施議對論學四種

施議對 著

濠上偶語

施議對學術隨筆

上海古籍出版社

海上鏡濠，魚樂我樂

一九九九，世紀盛事（1999年，澳門特別行政區成立慶祝大會留影）

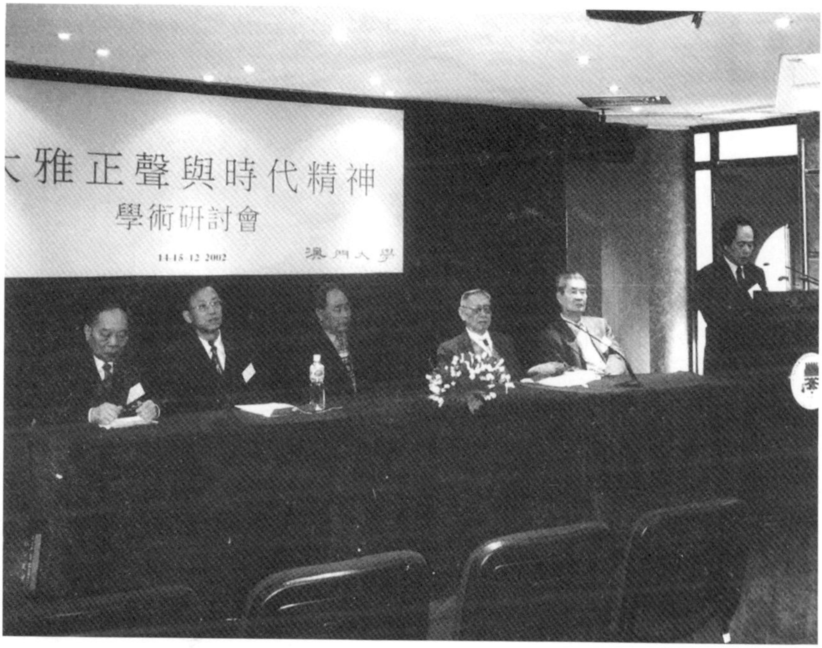

大雅正聲，時代精神（2002年“大雅正聲與時代精神”學術研討會留影）

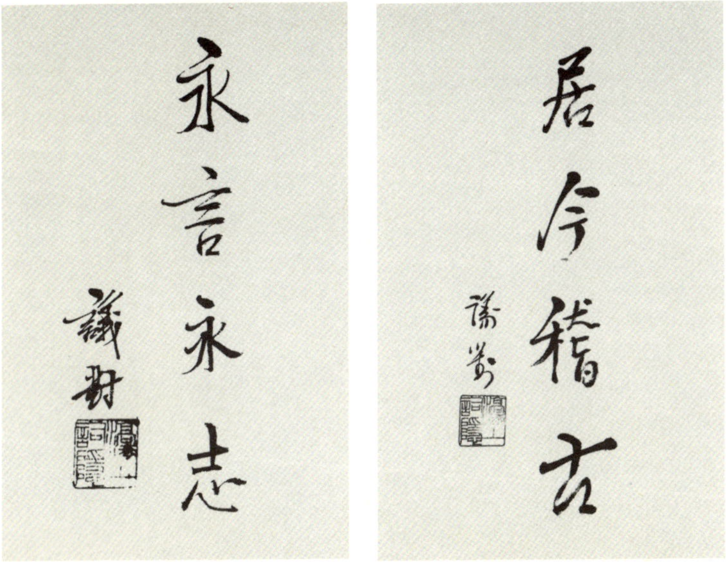

居今稽古，永言永志（手迹）

賀新郎（代序一）

初到氹仔

晨早聞啼鴂。似未堪、清秋時候，初寒時節。啼到數聲尋無處，鏡海波光明滅。昇共退，愁腸空結。小島來看滄桑換，正半山紅翠半山缺。樓擁起，地崩裂。　人生能不頭飛雪。算幾番、風晴月朗，吳歌淒絶。道是曾經經已矣，十二巫峰横列。推曰去，郎心如鐵。馳蓋須教隨緣住，料蟾宫畢竟凝芳潔。拚一醉，豈分説。

附注：沈約《却東西門行》有「馳蓋轉徂龍，回星引奔月」句。

附《賀新郎》書法原件

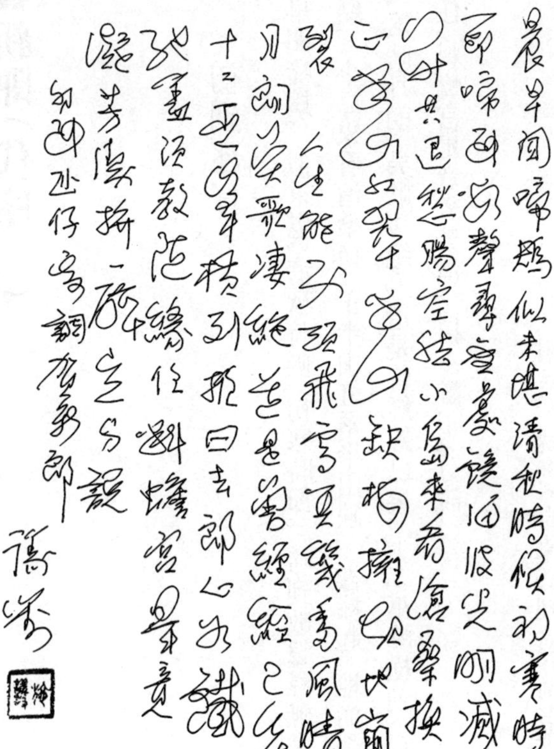

答客問(代序二)

秦曰龍先生：

有關拙稿的説明。（一）基金專案一項，可以删除，因未曾接受任何資助。（二）郵編亦可删除，不適合於澳門。（三）濠上對談問題。古之濠上，大家都知道，乃莊子與惠子辯論的地方，所謂濠梁對談，或濠上之辯，已留下千古佳話，而今之濠上，則今濠江，亦即特區澳門，却以賭城聞名於世。可以説，此濠上，並非彼濠上，除了地名勉强可扯上關係，此外，頗難將二者聯繫在一起。但二十年前，移居澳門之初，見到啓功先生贈澳門報人李鵬翥詩一首，第一次將兩個濠上對舉，引發我的聯想。並且，於舞文弄墨之時，竟然也以濠上自居。既以濠上赤豹書屋名其齋，又以濠上詞隱名其號。説得好聽一點，在於表達一種景仰之情，或者説，是一種自我的鞭策和鼓勵；而説得難聽一點，就是一種附庸風雅。如此而已，請勿見笑。

清樣還有兩處小改動，請見附件。

請多批評指正，並頌

文祺

施議對　敬上

附録一：

尊敬的施議對先生：

您好！

此番來信，首先謝謝先生對我刊的信任與支持！　其次，有三件事情向先生咨詢：一，文章是否受到基金專案的資助，若是，請先生告知專案名稱及編號；二，請告知「作者簡介」中的郵編或地址如某區某街某號；三，「濠上對談」，不知出自何典，是否與濠江有關，望先生教我。附件裏是文章清樣終校稿，王昊教授已讀校一遍，保險起見，請先生再校核一番，以免出什麽紕漏。　由於本期雜誌將在十一月五日下工廠印刷，時間緊迫，請先生儘早處理。

給您添麻煩了，再次謝謝先生賜稿！

研祺！

後學秦曰龍敬上

附録二：啓功先生題李鵬翥《濠江文譚》詩

濠上濠江地不同，文思相印漆園風。三巴勝迹行更始，鼓吹南天仰大宗。

里句敬題《濠江文譚》

甲戌夏日啓功拜稿

自叙

這是在作學院式文章之餘所進行的另類書寫。謂爲隨筆，雖亦有隨手下筆之意，但與古之謂爲隨筆者，似稍有不同。古稱：「意之所之，隨即紀録，因其後先，無復詮次，故目之曰隨筆。」（洪邁《容齋隨筆》序）其所紀録，已自成一體、獨立名家，而吾則未也。不過附庸風雅而已。所謂另類書寫，只是想變换一下筆墨，既使自己輕鬆，亦讓讀者見到吾文，不至於那麽沉悶。

編中文章計四輯。第一輯，説自己的師承關係。吾生有幸，自志學之年起，一直遇到良師友。本科、研究生階段，三位導師，霞浦黄之六（壽祺）、永嘉夏瞿禪（承燾）、海寧吴子臧（世昌），手把手，引導弟子步入學術殿堂。移居港澳，學界兩位尊長，雲間施舍（蟄存）、永春梁雪予（披雲），傳道、授業、解惑，本人獲益匪淺。五篇文章，從各個不同角度，如實作了紀録。

第二輯，説自己對於文學的看法。包括對於舊體詩與新體詩創作的看法。《文學的位置》，試圖回答，什麽是文學以及文學在哪裏的問題。人和自然的衝突及互惠，兩個互相對立而又互相依賴單元的排列與組合，以及兩個單元之間中介物的地位及作用，諸多方面，構成了文學的位置。這是就天地萬物的構成，采用二元對立定律，或二元對立關係（Binary Opposition），對於文學的存在所進行的追尋。《文學的承載》，試圖探討文學的闡釋問題。山下、天邊一節，文化闡釋與闡釋文化相對於《山海經》與《讀山海經》，今與古相對照，目的在於爲今之論文者提供借鏡。接著一小段，有關人文價值問題，所説還是闡釋中的問題。至俯仰宇宙及與天公比高二節，由形上之思，説及人天關係，將文學闡釋以及希天與配天聯繫在一起。二文的書寫，雖有所感而發，並且帶有自己的思考，但大多淺嘗輒止，未作充分展開。有朋友説，看了兩遍，還是看不明白。二文以外，《新聲與絶響》説舊體詩創作，在網上流傳多年，有關話題，諸如詩官與官詩以及詩商與商詩，至今經常被提起；《黄河浪城市生活的人文書寫》，説新體詩創作，將人本與人文對舉，當代價值與永久價值並列，目的亦在於爲今之創作者提供借鏡。以下三文，《星星·太陽·月亮》、《旅美小札》，以及《國慶觀光小札》，一般敘事文章。其中二文，非作於濠上。

第三輯，説文學觀念、思維方法以及學風與文風問題。《没有觀念，就等於没有靈魂》，指出近代文學、現代文學以及當代文學的劃分，是二十世紀文學研究中的一個嚴重失誤。進入新世紀，三段劃分，依然故我。《舊文學之不幸與新文學之可悲哀》，除了説明胡適其人，以爲

「物競天擇，適者生存」，實際上至其將死，仍然不知如何與眼下這一鬧嚷嚷的大千世界相適應。此外，還揭示這麽一個秘密。胡適嘗試以填詞的方法創作新體白話詩，爲新體白話詩創作指出一條生路。這一秘密，我曾以還原的方式加以證實，所撰《胡適詞點評》及《胡適詞點評》（增訂本），相繼於香港及北京刊行，並曾在有關「現代文學」的研討會上，公開展示，但都得不到回應。以上兩組文章，分别揭示思維方法以及學風與文風問題。大多皆平日之親所聞見，哀樂之心感，不能不發。此類文字，友人見之，亦頗贊賞，謂有兩副筆墨。因此，對於另類書寫，自己也感到欣慰。

第四輯，有關濠上的人和事。《映日荷花》，澳門回歸中國詩詞專輯。這是專輯的編後語。既爲澳門回歸提供歷史見證，亦爲中國傳統文學樣式之如何歌咏大政事，表現大時代、大氣概，提供事例。文章所説側重於文學創作，希望爲振興大中華文化，創造新一代既好且工的大雅正聲。《立足大三巴，遠望大中華》，這是「中華詞學國際學術研討會」論文集《中華詞學論叢》的編後語。説的是回歸以後，在中國文學方面，澳門所舉辦的第一次專家級國際會議。小地方，開大會，意義重大。既顯示澳門作爲舉世聞名的東方蒙地卡羅（Monte Carlo），正從娱樂之都轉變成爲文化之都的繽紛色彩，亦顯示大中華文化輝煌的過去以及燦爛的未來。研討會的主題是詞學研究。時當二度千禧年（Millennium）的起始，以「國際」爲標榜研討詞學，這是破天荒的第一次，如將上一個千禧年緬因及臺北所舉辦的兩次研討會計算在内，這是第三次。毫無疑問，三次國際詞學研討會，都將載入史册。以上二文所説，皆爲較具規模的文學活動。《坐井觀天與倚天看井》，就另外一次較小規模的文學活動，叙説觀感。這是以舊體詩詞寫作爲題的研討會，在澳門而言，也是第三次。主事者乃港澳無人不識的一位才子詞人。所謂「情懷總是詩」，這位才子，不僅有詩情，而且有詩才，有正續編舊體詩詞集出版。才子不作新體。如若不然，以其才情，寫作新體，必將被古遠清等一班專家納入「風景綫」，進入「大中華文學史」。這是題外話。最後一篇，探討文化産業問題。包括現狀與對策。局外人所説，必然在局之外。尚待大方之家有以教之。

四輯而外，卷首「訪談録」因北京《文藝研究》編輯部邀約而促成。整體構想以及幾個片段的布局，均由曾大興先生所設置。先在廣州大學文學院演講，由超星學術視頻現場攝録，再依據幾名博士候選人的録音記録，整理成文。超星學術視頻以「填詞與詞學」爲題，分十一集，於網上演播；《文藝研究》題稱《登高知幾重，太白連太乙——施議對教授訪談録》，於二〇一二年第七期發表。名爲訪談，並非訪而不談，只是一般的問和答；而是且談且行，相與切磋、琢磨，共同將話題推進。希望讀者能喜歡。

大致説來，以上皆偶語，而未及濠上。教授古代韻文，期終測驗於基本常識部分有名詞解釋，要求學生記得作者的名、字、號以及里籍和著作。讓學生知所來歷。因此，也得説説自己。施議對，字能遲，號錢江詞客，又號濠上詞隱。原籍臺灣彰化，出生於福建泉州。有《能遲軒詩詞集》（未刊）及《詞與音樂關係研究》等著作行世。其中就有許多疑問需要回答。此外，還有我的書齋以及書齋名稱，居京有水深火不熱齋、未容膝齋、能遲軒，居港有敏求居，居澳有文狸書房、赤豹書屋。至於濠上，我的《答客問》已説明，此濠上非彼濠上，將二者聯繫在一起，除附庸風雅之外，乃在於表達一種景仰之情。有關種種，得閒之時，再與細叙。

濠上詞隱乙未處暑前三日於濠上之赤豹書屋

目録

第二輯

第三輯

第四輯

登高知幾重，太白連太乙

——施議對教授訪談録

曾大興

施議對教授，臺灣彰化人，出生於福建泉州。一九六四年，福建師範學院中文系畢業，同年考取杭州大學語言文學研究室研究生，從夏承燾習宋詞。文化大革命中斷學習。一九七八年重新報考，入讀中國社會科學院研究生院文學系，從吴世昌習詞學。一九八一年獲碩士學位。一九八三年，在職攻讀博士學位，繼續從吴世昌習詞學。一九八六年獲博士學位。曾任中國社會科學院文學研究所副研究員、《文學遺産》編委。一九九一年移居港澳。先後擔任香港新亞洲出版社總編輯、澳門大學原中文學院副院長。現爲澳門大學社會科學及人文學院中文系教授。已出版著作有《詞與音樂關係研究》、《施議對詞學論集》以及《當代詞綜》等二十餘種。本刊特委托廣州大學中文系曾大興教授就有關詞學問題采訪施議對教授，整理出此篇訪談録，以饗讀者。

曾大興：施先生您好！《文藝研究》雜誌社委托我對您做一個專訪。這對我來講，是一件非常榮幸的事。因爲過去雖然讀過您的許多著作、論文和詩詞作品，也曾就一些具體的學術問題向您請教，但是就我這一方面來講，所思考、所請教的問題並不系統。這一次，我將根據雜誌社的要求和廣大讀者的預期，同時結合我個人這些年來研讀您的著作、聆聽您的演講時所積累的一些問題和思考，對您做一個稍微系統的訪談。感謝您給我這樣一個難得的學習機會。

施議對： 謝謝《文藝研究》雜誌社，謝謝大興先生。

一　詞學傳承問題

曾大興： 我曾經對二十世紀已故詞學名家做過考察。我發現，二十世紀多數詞學名家，或者出自名門，或者出自名師，或者二者兼而有之，真正既無家學淵源、又無名師指導的詞學名家是很少的。施先生既是夏承燾先生的關門弟子，又是吴世昌先生第一個也是唯一的一個博士研究生。夏先生是一代詞宗，吴先生既是詞學名家，又是紅學名家，施先生出自名師，這是許多人都知道的。我現在想問的是，施先生是不是也出自名門？或者說，是不是也有深厚的家學背景？

施議對： 中國的讀書人，向來重視家學淵源和師承關係。我生有幸，在求學過程中，遇到三位影響終生的導師：大學時的黄壽祺先生，攻讀研究生課程時的夏承燾先生和吴世昌先生。三位先生，都是一代名師。但我並非出自名門，我的家學，也與一般所説有所不同。我的一首五言古詩《讀書難》曾道及此事。詩云：

我家深滬灣，前港出生地。尊道曾讀書，恢齋記學藝。憶昔少年時，讀書真有味。來來來上學，去去去遊戲。惜我家貧窮，輟學才十二。跟隨老阿公，補鞋走鄉里。補鞋人看輕，阿公有絶技。陳店龍園村，處處留情誼。阿公爲傳人，我爲讀書計。含泪過操場，久久未能已。取笑同學翁，聞誦小蜜蜂。東邊采花蜜，西邊采花紅。學堂書聲脆，遊子豁心胸。歸來苦求索，長夜夢難逢。光陰飛似箭，日月懸太空。滄桑多變幻，乾坤一笑同。恢齋喜建樹，二舍立西東。四十三慶典，萬里托飛鴻。寄語後生子，磨劍十年功。勤學多創造，園裏看騰龍。

這首詩，爲我家鄰近村落一所小學四十三周年校慶而作。開篇所説深滬灣在哪裏呢？前段時間，在釣魚島海域同日本海上保安廳巡邏船相撞的船長詹其雄，就是我們那邊的人。他住深滬半島，我在深滬灣。前港是深滬灣的一個小村落。兩句話，自報家門。接下來，「尊道曾讀書，恢齋記學藝」。一個是尊道學校，在前港，我讀書的地方；一個是恢齋學校，在鄰近另外一個村落——龍園。他們弄錯了，把我當校友。我曾跟隨祖父，走鄉串里，替人修鞋。當年十二虛歲。「憶昔少年時，讀書真有味」。讀什麽書呢？「來來來，來上學。去去去，去遊戲。大家去遊戲」。這是當時的課文。陳店龍園村，恢齋學校所在地，修鞋走過的村落。因爲阿公手藝好，處處留下情誼。「阿公爲傳人，我爲讀書計」。祖父要我繼承他的手藝，我却想讀書。「含泪過操場，久久未能已」。挑著擔子經過操場，同學們正打籃球，看到我就一起「哇」的一聲叫了起來。此刻，我才意識到：修鞋被人看輕，讀書才高貴。「取笑同學翁，聞誦小蜜蜂」。前者借用杜甫詩句，後者也是當時的課文，曰：「小蜜蜂，嗡嗡嗡。飛到西，飛到東。東邊采花蜜，西邊采花紅。」後面兩句，我將其截取入詩。謂聽到讀書聲，心裏不平静。當時最大的理想就是讀書，希望讀到十八歲。詩篇結尾之看騰龍，既兼顧本地風光（龍之園），也是一種共同的勉勵語。

那麽，我的家庭出身，和我喜好文學，專注古典，究竟有什麽關聯呢？這就要從我的祖父説起。我的祖父，十四歲獨立生活，是一名普普通通的農民，也是名修鞋匠。白天修鞋，晚上種田。識字不多，但善於講故事。從《封神榜》一直講到清朝、民國。去世的時候，我十八歲。我把他所講的故事，作個總結算，合計一百七十六則。故事圍遶兩個主題：勤勞和孝道。祖父平常講話，也多來自《論語》和《孟子》。這是我上大學時才發現的。他講《論語》、《孟子》，大都亦穿插自己的理解和創造。比如，講到「君子食無求飽，居無求安」時，他接著説：「食過喉三寸，變成糞。」寸和糞，閩南話在同一韻部。意即，喫飯吃到八分飽就可以啦，不要過量。還有一條，《禮記》裏的「玉不琢，不成器」，他加上一句：「想留下來做種子的，就要曬得乾。」就是説，小時候須嚴加督教，長大後才能成材。祖父帶我學手藝，曾説：「賜子千金，不如教子一藝。」祖父是我的第一位啓蒙老師。他所講的故事，需用一生的經歷，慢慢加以印證。

曾大興：我在《詞學》第二十五輯上，讀到您的一組日記，題爲《一代詞宗與一代詞的綜合》。日記記録您從一九六四年八月至一九六五年十一月在夏承燾先生門下學詞的經歷。不僅具有很高的文獻價值，而且文字生動活潑，讓我們真切地感受到兩代學者的個性與風采。在夏承燾研究方面，您做的工作最多，也是最有發言權的。我想問您幾個問題：第一，如何理解夏承燾先生作爲一代詞宗的意義？第二，夏先生如何完成一代詞的綜合？第三，夏先生對您的影響主要體現在哪些方面？

施議對：我的一首五言古詩，題稱《戊子金谷苑送別有作》，曾道及相關情事。詩云：

三月十七日，轉頭已再周。平生多少事，行退且無憂。一棹烟波遠，大江滾滾流。崇樓天欲蔽，藥影立沙鷗。我本農家子，白衣入翰林。始隨永嘉夏，聲學度金針。後逐登高知幾重，太白連太乙海寧吴，袒誠款實襟。古粤移居晚，空階寒氣侵。唧唧復唧唧，當户未成匹。斟酌仰南門，几篋文史溢。幸得素心人，光照臨川筆。登高知幾重，太白連太乙。

金谷苑，借用舊典，實指澳門新竹苑。因話別而自寫胸臆。四月十七，詞中所有。三月十七日，指我自己的故事。各有所指。第一段，當前情事。謂重樓蔽日，自己則是荷花影下的一只小沙鷗。第二段，自叙經歷。補説自己的出身。夏先生，永嘉（温州）人；吴先生，海寧人。對於我的成長，皆各有所傳。第三段，話別。爲點題，亦爲展示將來。

詩篇特別叙説夏承燾、吴世昌二位導師對我的教誨及影響。而在夏先生、吴先生之前，當代《易》學宗師黄壽祺先生，也是影響我終生的一位導師。黄先生教我如何做人，讓我認識到，師道就是父道。而且，他手把著手，引領我走向學術殿堂。一九六四年春夏之交，報考研究生，被初步録取，需提交一篇學術論文。黄先生與另一位授業導師陳祥耀先生，爲我確定論文題目：《龍川詞研究》。黄先生，當時稱黄主任，曾親自指導寫作，並爲修改、定稿。正式被録取，黄主任專誠備辦家宴，爲我餞行。

一九六四年八月十六日，到達杭州，成爲夏門弟子。我認爲，夏先生之作爲一代詞宗，指的是，他在當代詞界居第一，爲大宗師一級人物。這是胡喬木講的，爲大家所公認。夏先生是神仙中人，所填製歌詞，皆絶非凡品。他喜歡蘇、辛，其人其詞也像蘇、辛。而一代詞的綜合，意思就是集大成。因爲詞學研究的各個門類，他都做到了。龍榆生先生將前代詞學研究的五事，增添爲八事：圖譜之學、詞樂之學、詞韻之學、詞史之學、校勘之學、聲調之學、批評之學、目録之學。唐圭璋先生平添二事，爲十事。趙尊岳先生説詞中六藝，將其劃歸六事。依據諸前輩的劃分，我則大膽地將其歸納爲三事：詞學論述，詞學考訂，詞的創作。我以爲，這麽一概括，就很清楚，也很好記。所謂詞學，就這麽三件事。這三件事都做了，就是一代詞的綜合，就是大宗師。此外，還有一條，研究二十世紀詞學，無論寫什麽文章，都離不開「夏承燾」三個字。這也可以證明，夏先生之作爲一代大宗師乃無可改變的事實。

在填詞與詞學方面，夏先生教給我詞中的絶學。絶學的對面是顯學。詞之爲體，包括聲學與艷科。這是一個問題的兩個方面。二十世紀後半葉，中國詞學處於蜕變期。大家做的都是顯學，都來批判艷科。也就是只研究思想内容，不研究藝術形式。夏先生注重詞的形式，講究聲情與詞情。三四十年代的著作，都是這方面的，屬於絶學。五十年代的著作，多爲顯學。夏先生有個學生，幫助修改文章，以適應時代潮流。其實，夏先生的真傳，並不在這裏。他的拿手好戲在聲學。這才是詞學的真傳。

夏先生對我的影響，除了於聲學，爲度金針，在精神上，亦爲樹立榜樣。夏先生坐在我面前，我覺得，他就是蘇東坡。「也無風雨也無晴」。蘇東坡這麼處事，夏承燾先生也這麼教導我。我在杭州大學經歷「文革」，後來到福建接受工農兵再教育。當時是工人階級領導一切。但到了工廠，仍然是臭老九。當然，工人不會説我們是臭老九，是廠裏的個別幹部。我原在一個車間勞動，車間幹部其實並不是很大的官，最多十七級。大學生相當於十九級。他看我是研究生，就説，你不要覺得自己了不起，你是歸我管的，而且永遠要歸我管。聽到他的訓話，我在心裏暗笑，這個小小的車間，我怎麼會總是在這裏呢？當時，我寫了一首小詩以自嘲。詩云：

却向疏籬覓小詩，相看冷眼且隨伊。今生落拓我能信，直掛雲帆會有時。

這是當時的心情。我記住夏先生的教導，知道在逆境中，應當怎麼做人。我曾請朋友爲自己刻過一方印章：「生當憂患，成於艱難。」逆境與順境相比，我喜歡逆境。這是蘇東坡的經驗，也是夏先生的經驗。

曾大興：施先生從一九七八年九月至一九八一年六月，又從一九八三年九月至一九八六年六月，先後在吴世昌先生門下攻讀碩士學位和博士學位。我還想問幾個相關問題。第一，吴世昌先生的學術與夏承燾先生的學術有何異同？第二，吴先生對您的影響主要體現在哪些方面？

施議對：二十世紀第四代詞學傳人中的一位領軍人物邱世友先生，他在給我的信中，對於拙著《宋詞正體》，曾有以下一段評語：

正體之作，得通變之思於吴（子臧），獲實證之學於夏（瞿禪）。斯二老者，各以其治學特點授兄，各以其風範示兄焉。而博士則融二家之長以治詞，正體其猶是爾。

這段話，用來評述學生之如何發明師説，實在有點不敢當；而用來比較夏先生、吴先生兩人的學術異同，却十分恰切。

夏先生和吴先生，對於我來説，初入師門，也許覺得吴先生似乎比較嚴厲，相對而言，夏先生要温和得多。不過，正如我在詩篇中所記述，所謂「祖誠款實襟」，吴先生爲人，似乎更加率性一些。而夏先生則較能克制。

「平生不作干時計，後世誰知定我文」。這是吴先生的座右銘。吴先生堂堂正正地做人，堂堂正正地寫文章。他敢於講真話，按照自己的想法寫文章，不怕得罪人。攻讀碩士階段，曾對我說：「你已經跟夏先生學習過二年了，對你的要求比一般研究生要高。你不要做一般的作家作品論，不要做別人已經做的題目，而應當敢於披荆斬棘，開創新局面。」並說：「你所寫的論文，如果是在現有的一百篇當中，再加上你一篇，成爲一百〇一篇，那就没多大意思。你所寫的論文，應當是某一方面的第一篇，而且，以後人家修文學史，一接觸到你所論述的問題，就想起『施議對曾經寫過一篇這方面的文章』，非找來參考不可。這樣的論文，才是真正有價值的。」我明白，他對我的要求是，發前人之未敢發，言前人之未曾言。吴先生的這一教導，讓我更加堅定爲人、爲學的志向。

從師八年，碩士三年，博士三年，文學評論編輯部兩年，吴先生既教我寫文章、做學問，也教我思考問題。哲學上講多和少、有和無。一般只知道，無比多大，也比有大，那麽，還有比無更大的東西嗎？這當然是很抽象的。我從吴先生所講述的故事當中，領會得其中奥秘。認識到比無更大的東西，就是無無。以下故事省略。

曾大興：杜甫詩云：「别裁僞體親風雅，轉益多師是汝師。」施先生除了師從夏先生和吴先生，還與二十世紀的其他詩人、詞人、詞學家有過許多交往。請問在相關詞人和詞學家中，您最欣賞哪幾家？是否也曾受到他們的影響？

施議對： 我推崇民國四大詞人：夏承燾、唐圭璋、龍榆生、詹安泰。我給他們的定位是：夏先生，一代詞宗與一代詞的綜合；唐先生，中國詞學文獻學的奠基人；龍先生，中國詞學學的奠基人；詹先生，中國詞學文化學的奠基人。我想，二十世紀的詞學研究，他們四人已全部包括。相關文章發表在《文史知識》上。四人之外，最佩服二人：王國維和胡適。這兩個人，吴世昌先生不太喜歡。我開始也不喜歡，後來慢慢覺得他們了不起。他們對中華詞學，産生過深遠的影響。兩人都懂得分期和分類。這問題説起來簡單，其實並不易。王國維將詞分爲兩類，一類有境界，一類無境界。謂「詞以境界爲最上」，有境界的詞是最上的詞，没有境界的詞是最下的詞。這就是境界説。胡適呢？他的分期也不容易。他將千年詞史劃分爲三個大時期，三段歷史。第一時期，自晚唐到元初，爲詞的自然演變時期，詞的本身的歷史；第二時期，自元到明清之際，爲曲子時期，詞的替身的歷史；第三時期，自清初至一九〇〇年，爲模仿填詞的時期，是詞的鬼的歷史。兩人的劃分，就是一種開天辟地的功業。我對於中國詞學史上三座里程碑以及百年詞史、詞學史所進行的論斷，其相關史識的確立，與以夏承燾爲首的民國四大詞人以及王國維、胡適二人，都有一定的關聯。

曾大興： 宋代詞人中，施先生對柳永、蘇軾、李清照、辛棄疾的研究相對較爲集中。我想請問，在詞的創作方面，您是否受到這四大家的影響？

施議對：從近談到遠，現在又談到宋詞。宋詞大家這麼多，各人有各人的偏好。現在説説自己，從這些大詞人身上，究竟學到了些什麼。簡單點説，我學柳永，上片布景，下片抒情。東坡呢？學他的「也無風雨也無晴」，學他的達觀態度和向上精神。除了東坡，其他大詞人，主要學習他們的技巧。李清照，正與反的組合。辛棄疾，以文爲詞。毛澤東的秘書李鋭，曾以「獨立的人格，自由的思想」説柳永，不知道是不是一種夫子自道，因我看不出柳永有那麼高的覺悟程度。去年十二月，應邀訪學，所作《貂裘换酒・庚寅冬至冰城紀游》，就是以文爲詞的一種嘗試。詞云：

天地並生宇。過遼西、因何未見，斜陽草樹。道是今冬寒潮急，四野水晶帷幕。冰世界，緑窗朱户。又道一山難藏二，振雄風、行慣雪中路。猶困守，北江渚。　上京脚下終非故。帝王都、權分諸省，官居六部。記得當年完顔氏，立馬斷流飛渡。城郭變，庭園狐兔。十里荷花三秋桂，論忠奸、看把青銅鑄。歸大統，問誰主。

蘇軾詩云：「並生天地宇，同閲古今宙。」（《次韻答章傳道見贈》）宇和宙，表示空間和時間。詞章開篇即問：同樣生活在天地這個時空裏，爲什麼經過遼西，見不到斜陽草樹呢？接著是朋友的回答以及對於主要景點（虎園）的介紹。「道是」，「又道」，基本上如實記録。下片説金上京。「記得」、「看把」及「問」，大致也依一般文章作法，展示歷史的事實及個人的思考。金上京有三省六部，和南宋一樣，都是一個主權國家。我問朋友，宋金對立，爲什麼一定要南宋去統一呢？金可不可以去統一南宋？當年的完顏氏，將大宋王朝一直趕到臨安。這是一千年前的事情，以之入詞，應當得力於稼軒。

二　歌詞創作問題

曾大興：我國歷代的詞學名家，絶大多數都擅長詞的創作。把詞的創作與詞的研究結合起來。施先生既是學界公認的詞學大家，同時也是一位有成就、有影響、有個性的詞人。不知道施先生從什麼時候開始從事詞的創作？

施議對：初中階段，數理化成績比較好。我選擇文科，就是想舞文弄墨，當文學家。升上高中，趕上大煉鋼鐵。在德化戴雲山上，寫成一詩，題爲《砍樹》。一九五八年十一月一日，於《德化日報》發表。詩云：

高高山上白雲飄，蒼松翠柏衝九霄。南僑健兒志氣豪，伐木燒炭半山腰。煉鐵煉鋼又煉人，巨斧一揮大樹倒。地動山摇鬼神驚，土地嚇得抱頭跑。

這應當算是一首民歌。那時候，年幼無知，人小膽大。果真將一棵參天大樹砍倒。這首小詩經一位音樂老師謝迪堯先生譜曲，竟然在全校同學中傳唱。每天早上，一走近操場，就聽到歌聲。彼落此起，一直到上課的鐘聲敲響爲止。

考上大學，報刊上見黄拔金（拔荆）先生歌詞作品，一時引發興趣，開始習作小令。而第一次，較爲認真的嘗試，應是一九八二年的《金縷》之製。當年夏天，訪學滬杭。杭州大學一位老先生周采泉告訴我，填詞要從《金縷》開始。他有《金縷百咏》，要我幫助出版。他説，七十歲才學填詞。《金縷》此曲，一填出來，就能像詞。因此，我即試填一首《金縷曲・重游西湖》：

一棹西湖水。釀清愁、平波倦瀲，暖風慵起。不了晴絲飄柳岸，隊隊無言桃李。費多少，紅情緑意。烟雨畫船應依舊，甚當年争渡今何地。横翠蓋，舞雙袂。　重來合共佳人醉。對長堤、沙鷗笑問，鬢毛斑未。客子光陰駒過隙，惟有此情難已。縱幾度，蟾宫折桂。曲院曉來聞鶯語，正沉沉幃幕眠西子。凝皓腕，亂釵髻。

歌詞上片寫白堤的景色，學習柳永的布景。下片是説情。《金縷》既成，即寄香港大學教授羅忼烈先生斧正。羅先生回信説：「頗得瞿禪法乳。」面呈夏瞿禪先生，將「欲共」，改爲「合共」；「睡西子」，改爲「眠西子」。寄呈繆鉞先生，將「月宫」改爲「蟾宫」。最後，經吴世昌先生審閲，由施蟄存先生定稿，於上海《詞學》第六輯發表。施蟄存先生將「一勺」改爲「一棹」，「重遊」改爲「重來」。一時間，詞界諸前輩顧雪奇、戴維璞先生並有和作見贈。陳兼于、冒孝魯、吴調公諸先生，亦有贊辭見許。

曾大興：陸游講：「汝果欲學詩，功夫在詩外。」雖然我們關注施先生詞的創作所接受前輩詞人的影響，但是我們更想知道生活本身對施先生創作所産生的影響。例如，「文革」期間，在部隊農場、鋼鐵廠和基層科研單位鍛煉和工作，可稱基層十年；一九七八年以後，在北京讀書和工作，可稱京華十年；一九九一年移居港澳至今，可稱港澳二十年。三段經歷，對您的思想和創作有什麽影響？您在這三個不同的人生階段，各留下哪些代表作品？

施議對：歌詞創作，我的産量並不高。不過，不同階段，不同生活環境，大致均留有痕迹。文化大革命十年，可存篇章較少。一九七八年，改革開放，重上征途。當年，重新報考，前赴中國社會科學院參加復試。有《千秋歲・戊午夏院試南旋過杭州作依淮海韻》，爲記行踪。詞云：

放遊天外。豪氣終難退。功業事，曾經碎。錢江潮正激，岸柳飄如帶。歸去未，屏山脉脉羞當對。　到底今重會。十載無軒蓋。吟課處，西溪在。炎涼論世故，翻覆人情改。湖影亂，波心蕩月深深海。

歌詞作於院試南旋途中，主要説故地重遊的感受。西溪，指當年師從夏承燾先生課讀的所在地，亦爲先生泛舟朗吟之處。十年過後，物是人非。「文革」陰影尚未完全消散。

自一九七八年至一九九一年，居京期間，曾以小歌詞，記述當時環境及課讀生涯。其一，《鷓鴣天·自嘲奉和羅忼烈教授》云：

豈爲虚名役此身。我生樂道且安貧。大鍋喫飯無愁米，小井看天自在春。　居鬧市，亦閒人。書城坐擁味甘辛。會當磨取數升墨，洗却毫端萬斛塵。

此時居東城趙堂子胡衕十四號，與臧克家結爲詩鄰。臧居十五號。其間，因爲遷居，臧有詩見贈，曰：「博士我老友，呼號不稱名。爾我見親昵，差距計年齡。二人對門居，一天幾相逢。今將喬遷去，依依動我情。」之前，臧曾有《博士之家》一文，爲蝸居紀實，並展現相互間的情誼。文刊《光明日報》，一時間名滿京師。歌詞所記述，爲當時的實際環境和心境。由於劉征的《博士之家詩話》，這首小歌詞亦曾藉以流播都下。

其二，《沁園春·憶課讀生涯仿南宋二劉體》云：

亮馬橋邊，六公墳畔，西八間房。有一三一號，社科社研，書生課讀，牧女窺窗。土豆易燒，牛根難熟，夜半青燈鼠跳梁。弦歌地，道延安精神，今日發揚。　風霜。春播冬藏。歷數載耕耘學士忙。喜論文答辯，通過全票，前程期待，老少同堂。金榜題名，峨冠高戴，不負辛勤拚此場。人才衆，顧無須媚外，土亦如洋。

此詞作於《鷓鴣天》之前。時由城西遷往城東，在東城的郊外。地址：北京東直門外西八間房一三一號，中國社會科學院研究生院。當時未有洋樓，所住簡易四合院，乃生産大隊舊物。與農舍接鄰，農家羊群時常在院内奔走，故有窺窗之謂也。既以地址入詞，所述亦皆其時其地之實際境況。有詩評家稱：「大俗大雅，微型《離騷》。」上片寫於攻讀過程之中，下片乃後來所追補，故稱之爲憶。

移居港澳，不覺已過廿載。瞻前顧後，每有所思。因有《賀新郎·生日自述》，以寄其慨。云：

好取人嘉句。坐看雲、南山獨往，興來何處。日夜乾坤憑軒北，秋水長天孤鶩。照我影，溪頭三楚。九萬里風星河轉，舉鵬程、不待東方曙。當鋭巧，忘機旅。潮生潮落悲今古。釀清愁、一彎眉月，半蓑烟雨。容膝非同陶潛共，十面霓裳中序。在陋巷，稼耕自與。滿屋堆書拈隨手，鎖窗寒、銀箭移將午。詩夢就，晉龍虎。

上片説先時經歷。「好取人嘉句」，指自己喜好集句之詞。忘機，與鋭巧對舉，説明自己的處世態度。下片是當前情事。十面霓裳以及滿屋堆書，皆爲寫實。而詩夢者也，應當就是我和我的學生共同的一種夢想。

曾大興：施先生的詞，就我所見，似乎慢詞多過小令。這與夏承燾先生和吴世昌先生不太一樣。夏先生慢詞和小令大體相當，吴先生以小令居多，施先生則以慢詞居多。請問何以更鍾情於慢詞？

施議對：我喜歡辛棄疾，以文爲詞，以論爲詞，以筆記爲詞，每一樣都想嘗試。長調多一些。不過也有小令，只是發表得少。有一首《鳳栖梧・仿敦煌曲》，已在網上傳播。詞云：

費盡人間鐵無數。時節櫻桃，二字相思鑄。總已般般相與許。枝頭却剩輕飛絮。　往事如烟烟一縷。亂我夢魂，來共叨叨語。記得鹽田田脚路。莫教踏碎青青露。

這首小詞，與仿傚稼軒諸作明顯不同，應當也是一種實驗。

曾大興：譚獻《復堂詞話》把詞分爲三種：才人之詞、詞人之詞、學人之詞。夏敬觀在譚獻的基礎上，提出一個學人兼詞人之詞。請問施先生是否同意這種分類？您認爲您的詞大體上屬於哪一種？

施議對：現代人寫詩填詞大致可劃分爲三種派別：臺閣派、學院派和山林派。臺閣體每個朝代都有，寫得最好的是《詩經》裏的《頌》。現在的臺閣體，鋪天蓋地。學院派越來越少。山林派，包括江湖派，網絡詩詞多數也在山林派範圍之内。我自己呢，應該算是學院派。不過，我更喜歡山林派。不以詩設教，無意做詩人。

曾大興：施先生是當代詞學家中，對當代詞最爲關注、最爲用心的人。不僅編纂中國第一部大型詞總編《當代詞綜》，而且對當代的詞人、詞作多有深入的研究。我想問：《當代詞綜》前言，把百年詞分爲三個時期，清朝末年至民國初期、五四新文化運動至抗日戰爭時期、中華人民共和國誕生至改革開放新時期，並且把這三個時期的詞人大體分爲三個主要派别，即解放派、尊體派和舊瓶新酒派。能不能簡要地評説一下三派的利弊得失？説一説解放派和舊瓶新酒派有什麽不同？

施議對：這一問題，就是個分類問題。分類需要標準。不同的標準，有不同的劃分法。標準的確立，體現識見。解放派、尊體派和舊瓶新酒派。劃分的依據是對瓶的態度。解放派，把瓶打破；舊瓶新酒派，還當個瓶是寶貝；尊體派就更加寶貝了。這是一種劃分方法。剛剛講的臺閣派、學院派和山林派，則是另一種劃分方法。

曾大興：「五四」以來，傳統的詩、文受到不同程度的批判和冷落，只有詞一直是個熱門。胡適提倡白話文，反對一切文言的作品，但不反對詞，認爲詞是白話文的源頭之一。他還編撰《詞選》，寫了一些白話詞。由於他的聲望、地位和影響力，以及本人的身體力行，詞因此受到保護。建國以後，尤其是「文革」期間，傳統的詩、文被打入冷宫，但因毛澤東的個人喜好，詞因此也就再次受到保護。請問施先生，是否同意我這個意見？也就是説，詞在二十世紀的獨特命運，與新文化運動的領袖胡適，以及無産階級革命領袖毛澤東的保護有没有關係？

施議對：我有一篇文章，題爲《詩運與時運》。嘗試對二十一世紀詩壇進行預測。提出：二十世紀有這麽幾個年份比較重要，須特别加以注視。一個是一九一六年，一個是一九七六年。一九一六年，胡適發表第一首白話詩。新體白話文學誕生，舊文學被宣判爲「半死文學」。原來寫作舊詩的,像沈尹默、俞平伯,皆「改途易轍」,轉向寫作新詩。詩壇上出現一個轉折。一九七六年,天安門事件,詩詞創作從地下轉到地上。原來寫作新詩的,轉向寫作舊詩。比如臧克家、陳邇冬、秦似,以及丁芒,程光鋭,皆轉而專寫舊詩或者寫舊詩而兼寫新詩。這是另外一個轉折。兩個轉折,我稱之爲中國詩壇的雙向流動。六十年一甲子。至一九七六年,舊體詩包括詞,死而復生。由一條蟲變成一條龍。這條龍就將飛到天上(飛龍在天)。再過一個甲子,六十年,就是二〇三六年。就詩的運程看,第一個六十年,死而復生。第二個六十年,會不會生而復死呢?這就是一種預測。胡適與毛澤東,在第一個甲子,六十年當中,究竟都做了些什麽呢?胡適的嘗試,即其以填詞的方法作新詩,其用心仍在於爲新體詩創作尋求生路;他編撰《詞選》,明顯也只是爲他的白話文學提供依據。對於詞體的生存與發展,胡適之所爲,並無所謂保護可言。而毛澤東則有所不同。在第一個六十年,他寫作舊詩,批評新詩。算不算一種保護,可以討論。

曾大興:尊體派詞人,對以胡適爲代表的解放派,大都不屑一顧。施先生推崇尊體派,似乎並不輕視胡適。不僅不輕視,還做過相當專門的研究。一九九八年,在香港出版《胡適詞點評》;二〇〇六年,又在中華書局出版《胡適詞點評》增訂本。施先生一再稱許胡適爲詞壇解放派首領,是不是從胡適的詞裏發現一些别人没有發現的東西?或者從解放派詞中,看到中國填詞的未來走向?

施議對:胡適的確了不起。他很聰明。一個人能力有限,正如饒宗頤説的,我没有三頭六臂,哪能做那麽多事情。但胡適能够。他的半部哲學史,半部文學史,將哲學和文學兩個山頭控制在自己手裏。至於填詞和詞學,他也有自己的規劃。他所填寫的詞,掛上詞牌的,盡管最多只能找到二三十首,但他所想做的事,他的用心,却是誰也猜不透。正如胡適自己所説,他葫蘆裏賣的究竟是什麽藥,就要讓你們去猜。他的一首《沁園春》,裏面就有這樣的詞句:「我笑諸仙,諸仙笑我,敬謝諸仙我不才。葫蘆裏,也有些微物,試與君猜。」只可惜,一百年間,竟没有人能够猜透。我編纂《胡適詞點評》,爲的是揭穿這個秘密。看一看胡適的葫蘆裏,究竟有些什麽物事。我發現,胡適的詞,除了二十九首掛有詞牌,還有七十四首未掛詞牌,合計一百〇三首。從中國文學的發展歷史看,胡適就是個孫悟空。他到詞學領域來,不是爲著保護詞,而是將詞的規矩和秩序打亂。本來好好的一首《生查子》,五言八句,他給砍掉一半,剩下四句,而後,收到《嘗試集》,成爲他自己的一首新體白話詩。我將他的這類嘗試,一一給找出來,昭示世人:胡適所嘗試製作的是詞,而不是詩。並且揭示,他這麽做,是爲著替寫作新詩的人提供樣板。但他的良苦用心,却兩邊不討好。搞古典的人説,你這個東西,詩不像詩,詞不像詞;搞新詩的人説,你這個東西,不成個樣子,不會像他那樣做。其實,胡適自己也曾泄露天機，在好幾個地方説，他所嘗試製作的是一首小詞。我研究胡適，並不是因爲他的詞寫得好，而是想打開葫蘆，讓今天的新體白話詩作者和研究者看看老胡所要弄的究竟是什麼一種玩意兒。

三　詞學研究問題

曾大興：我個人認爲，施先生的詞學研究，主要涉及四個領域：詞與音樂關係之研究，唐宋詞研究，當代詞研究，詞學理論研究。我想請教幾個問題。施先生的《詞與音樂關係研究》，先由中國社會科學出版社於一九八五年出版，一九八九年收入「中國社會科學博士論文文庫」，由中國社會科學出版社出第二版。二十年之後，二〇〇八年，由中華書局推出第三個版本。這本書經受時間考驗，已經成爲學界公認的詞學名著。我在拜讀這部專著之前，曾讀過劉堯民先生的《詞與音樂》（一九四六年初版，一九八二年再版）。施先生這部書，不僅在篇幅上大大超過劉著，所討論的問題，也比劉著深入得多、全面得多、系統得多。我想請教施先生，是否同意劉著的某些觀點？劉著的得失在哪裏？

施議對：上世紀四十年代，劉堯民先生撰寫《詞與音樂》，在當時算是一項「墾荒的工作」（羅庸語）。幾十年後，一直到當下，這部著作對於後學，應當仍有啓導作用。七十年代末、八十年代初，結撰碩士、博士論文，只是想在其基礎之上，有所承接、有所添加。當時的著眼點，在關係二字上。劉説詞與音樂，因爲是詞史的第一章，原題「詞之起源」，其所論列，較偏重於音樂對於詞的制約。這是可以理解的。我説詞與音樂的關係問題，既説制約，又説反制約。以爲：「（詞與音樂）二者在發展演變中，經歷了從互相融化到互相脱離的漫長過程。」（見《詞與音樂關係研究》緒論）劉氏强調一個方面，所謂「音樂之賜」，我顧及兩個方面，詞與音樂。劉以爲，詞不能没有音樂，離不開音樂。我以爲，詞可以脱離音樂。到底離開不離開，脱離不脱離呢？我覺得，最好不要離開，不要脱離。但是，從實際上講，是離開、脱離，離開、脱離，才能發展。那麽，什麽時候離開，或者説，什麽時候可以離開呢？我以爲，温庭筠的時候就可以離開。不必等到宋。據《舊唐書·温庭筠傳》記載：温庭筠其人，「能逐弦吹之音，爲側艷之詞」。弦吹之音，樂音的音；側艷之詞，文詞的詞。文辭的詞，就是語言文字的字，或者詞彙。以之追逐弦吹之音，即將音樂轉移到語言文字。用現在的話講，就是用文學的語言去追逐音樂的語言。這一記載説明，温庭筠的時候，所謂倚聲填詞，只要注意文字的聲，用文字的聲去應合樂音的音。詞之所以填者，自此時開始。因而也説明，温庭筠的時候，詞已經可以脱離音樂。那麽，這個時候的倚聲填詞，究竟處於一種怎樣的狀態呢？就詞與音樂二者的關係看，所謂用文字的聲去應合樂音的音，應當説，這仍然是歌詞合樂的一種形式。後世所謂「音理不傳，字格俱在」，即以字格追尋音理，同樣屬於這一情形。

曾大興：除了探討詞與音樂關係問題，施先生的另一個用力之處，就是對唐宋名家詞的研究。施先生對於屯田家法，以及易安體和稼軒體，都有深入而系統的研究。可以説，您的認識遠遠超過前賢和時賢。像《論屯田家法》、《李清照的〈詞論〉及其易安體》、《論稼軒體》幾篇論文，已經成爲二十世紀詞學史上的代表作。我想請教施先生，研究宋詞四大家，是不是有一些宏觀上的考慮？

施議對：周濟《宋四家詞選目録序論》云：「問途碧山，歷夢窗、稼軒，以還清真之渾化。」這是舊宋四家詞説。我提出新宋四家詞説，主張：「由屯田之家法，易安之『別是一家』，歷東坡、稼軒之變化，以還詞之似詞。」周濟想達到周邦彦的渾化，我並不要求具體到達哪一家。我的目標是四個字：詞之似詞。以爲，詞像是詞，也就行啦。原來覺得，抓兩頭，一頭唐宋詞，一頭當代詞，兩頭抓好，以後再匯合起來，主要從作家作品考慮。後來覺得，四大家的研究，牽涉到入門途徑問題，也就産生你所説的一種宏觀的考慮。吴世昌先生曾經説過，他不信周濟的那一套，不從王沂孫開始，而從小山開始。小山是性情中人，一輩子有幾種痴。吴先生對他特別鍾情，體會得也非常深入。這給我很大的啓示。經過自己的摸索，也就逐漸形成獨立的見解。

二十世紀詞界，關於舊宋四家詞説，除了吴世昌先生外，還聽不到有人反對，没有人説不。那麽，有没有人跟著周濟走呢？當代倚聲家中，哪一位學得最好，最出色？二〇〇九年，在中山大學的一次講演，我説詹安泰。他走到第一步，問途碧山。意思就是懂得寄托，有言外之意。但是，接下來，歷夢窗、稼軒，怎麽跟清真掛起鈎來，還清真之渾化，可就没有人能够説清楚。唯一一個能够啓發思考的是吴世昌先生。他説勾勒。指出：清真「以小詞説故事」，「在情景之外，滲入故事：使無生變爲有生，有生者另有新境。這種手段，後來周濟稱之爲『勾勒』，他説『清真愈鈎勒愈渾厚』，他所謂『勾勒』即述事：以事爲鈎，勒住前情後景，則新境界自然涌現」（《周邦彦及其被錯解的詞》）。以爲，於我（情）與物（景）之間滲入事，把前景後情連接起來，就是勾勒。例如，周邦彦《蘭陵王》：

柳陰直。烟裏絲絲弄碧。隋堤上、曾見幾番，拂水飄綿送行色。登臨望故國。誰識。京華倦客。長亭路、年去歲來，應折柔條過千尺。　閑尋舊踪迹。又酒趁哀弦，燈照離席。梨花榆火催寒食。愁一箭風快，半篙波暖，回頭迢遞便數驛。望人在天北。　凄惻。恨堆積。漸别浦縈迴，津堠岑寂。斜陽冉冉春無極。念月榭携手，露橋聞笛。沉思前事，似夢裏，泪暗滴。

歌詞分爲三段。一段布景。堤上柳陰，絲絲弄碧。拂水飄綿，柔條千尺。二段説故事。於故事中説故事，即於離會送客場合，另行搆思自己的故事。三段説情。謂離會即將散去。沉思、落泪。此刻，方才發現：從前種種不過是春夢一場。前面所布置的物景，折柳送別。古往今來，盡皆如此。不一定跟自己有何牽連。是死的物景。滲入個小故事，謂京華倦客，或者作者自己，或者歌詞主人公，於送別離會中，開了小差，往尋以前的踪迹。這一個小故事，將前面的景和後面的情，連接起來，景與情也就有了牽連。因而也就活了起來，變成另外一個境界。這就是勾勒。這是吴世昌對於舊四家詞説的詮釋與發明。

曾大興：過去讀書，覺得别人都不是這麽説勾勒，就是吴世昌先生這麽説。這當也是爲他的一套理論服務，那就是，作詞要能叙事，要有結構。没有叙事就談不上結構。這一點，施先生應有自己的理解。

施議對：所謂叙事，吴世昌先生指的是「以小詞説故事」。比如，上文所説周邦彦的《蘭陵王》。此外，周邦彦的另一首歌詞《少年游》，也是説故事的範例。詞云：

朝雲漠漠散輕絲。樓閣淡春姿。柳泣花啼，九街泥重，門外燕飛遲。　而今麗日明金屋，春色在桃枝。不似當時，小樓衝雨，幽恨兩人知。

這首小詞説了兩個故事，前一個故事説過去，後一個説現在。中間只用「而今麗日明金屋」一句話中「而今」二字聯繫起來。兩個故事，兩種情景，形成鮮明對照。吴先生指出：故事中的人物，「從前曾在一個逼仄的小樓上相會過，那是一個雲低雨密的日子，大雨把花柳打得一片憔悴，連燕子都因爲拖著一身濕毛，飛得十分吃力。在這樣可憐的情況下，還不能保住他們的會晤。因爲某種原因他們不得不分離，他們衝著春雨，踏著滿街的泥濘，彼此懷恨而別。現在他已和她正式同居：『金屋藏嬌』。而且是風和日麗，正是桃花明艷的陽春，應該很快樂了。可是，又覺得有點不大滿足。回想起來，才覺得這情景反不如以前那種緊張、悽苦、懷恨而別、彼此相思的情調來得意味深長」。吴先生將這個意思説出來，別人誰也讀不出這個意思。

曾大興：以上是施先生對於舊宋四家詞説的理解。請問施先生，新宋四家詞説和舊宋四家詞説相比較，最大的區別在哪裏？新四家當中，蘇、辛二家，就其變化看，各自有什麼特點？施先生以新四家爲入門的途徑，最後目標在哪裏？

施議對：一般説來，舊四家詞説之所提示，大都很難落到實處，很難言傳。比如寄托，這似乎容易明白，但到了勾勒，就説不清楚。再加上什麼渾化，就更加説不清楚。這應當就是舊四家的難處。我的新宋四家詞説，從柳永、李清照開始，經歷蘇軾、辛棄疾，一路下來，直到詞之似詞，每一步驟，都有一定的規劃和實現標準。這是新與舊的一個重要區别。我以爲，新與舊相比較，應當較易操作。比如柳永的屯田家法，上片布景，下片説情，已經構成程式，可以依法砲製。李清照「别是一家」説，對於聲詩與樂府，聲律與音律，亦已有明確的界定。所謂入門須正，一開頭就有正確的指引。大興先生研究柳永，起步較早，方法得當，我是很贊賞的。

有了前進的目標，入門之後，經歷東坡、稼軒，諸多變化，或者使之大，或者使之奇，同樣都把握得到。大和奇，這是夏承燾先生告訴我的。蘇和辛，讓宋詞變得更加豐富多彩。

比如東坡《永遇樂》：

明月如霜，好風如水，清景無限。曲港跳魚，圓荷瀉露，寂寞無人見。紞如三鼓，鏗然一葉，黯黯夢雲驚斷。夜茫茫、重尋無處，覺來小園行遍。天涯倦客，山中歸路，望斷故園心眼。燕子樓空，佳人何在，空鎖樓中燕。古今如夢，何曾夢覺，但有舊歡新怨。異時對、黄樓夜景，爲余浩嘆。

謂彭城夜宿燕子樓，夢盼盼。張建封和關盼盼的故事。一爲風流太守，一爲著名歌手。

一段美好的經歷，現在都在夢中。一般人來遊，大都只能看到這一層。東坡於此，覺來、望斷，重尋無處，盡管一樣爲之惋惜，謂「空鎖樓中燕」，却並非只是停留在這一層面，古人的層面，而是由古人的夢，聯繫到今人的夢，由古人説及今人。古是張建封和關盼盼，今是現在的你和我。謂古今如夢，而今人仍不覺醒，只是在舊愛新歡上糾纏不清。將古今界綫打通，謂此時我爲古之張建封和關盼盼浩嘆，過些時候，面對黄樓夜景，必當有人爲我浩嘆。古今界綫打通之後，歌詞覆蓋面積更大。這就是使之大。大到放諸四海而皆準，大到能够成爲千古不變的定律。這就是蘇東坡。

又如辛稼軒，他是一名歸正官員，二十二三歲從淪陷區投誠過來。開頭二十年有官做，十年小官，十年大官，後來二十年没官做，投閒置散。六十三歲時被起用，重新做官。六十七歲去世。四十年間，他的經歷，曾令聖天子一見三嘆息(洪邁《稼軒記》)，他的填詞，也激昂排宕，不可一世(彭孫遹《金粟詞話》)。但因其變幻莫測，往往頗難得其要領，也就是不可學。不過，如從正與反的排列組合看，所謂稼軒體，其搆造模式及方法，却並非無迹可循。他的兩個二十年，我用正與反兩個互相對立的單元進行概括，其歌詞構成即明顯可見。即第一個十年，正就是正，反就是反，和他的爲人一樣，想做官就説想做官，没官做，不高興就不高興。一看就清楚。第二個十年，正話反説，一切倒轉來看。正就是反，反就是正。這是前二十年的狀況。最後二十年，則亦正亦反，亦反亦正，無正無反，神龍見首不見尾。這就是辛稼軒的奇。

總括四家研究，貫穿起來，進行兩個方向的歸納與描繪：一爲終極目標的歸納與描繪，另一爲達至目標方法與途徑的歸納與描繪。前者是一個落脚點、一種狀態，我用詞之似詞加以歸納與描繪。説明並非落脚於某一家，而是處於一種怎樣的狀態。後者是一種簡單的公式，一種數碼，我用A和B加以歸納與描繪。説明已構成一個模式。比如：上片A，下片B。通過兩個方向的歸納與描繪，也就方便探測宋詞的基本結構模式，進而探測詞之似詞的最佳狀態。這就是新宋四家詞説所給予的提示。各位如有興趣，超星學術視頻有我的演講。相關文字稿，亦已刊登上海《詞學》第二十三輯，可供查考。

曾大興：施先生一番話，不僅僅回答我的問題，也回答許多讀者的問題。就是説，爲什麽選擇柳、李、蘇、辛四家集中進行研究，原來是爲了提出新四家詞説，以與周濟舊四家詞説作比較，爲探示門徑。很能啓發思考。下面再問一個問題，我覺得您在詞學方面的第三個用力之處，是對當代詞的研究。除了編纂《當代詞綜》，還發表多篇宏觀性的論文，對王國維、胡適、詹安泰、劉永濟、沈祖棻、夏承燾、吴世昌、唐圭璋、饒宗頤等做過重點研究。可以説，施先生是最早對當代詞進行系統而有重點研究的學者，爲詞學研究開闢了一個新領域。請問施先生，編纂《當代詞綜》，從事當代詞研究，有何體驗及心得？

施議對：編纂《當代詞綜》，研究當代詞，目的大致有這麽兩個：一爲保存文獻，二爲當代人讀詞、品詞提供借鑒。前面説過，詞學研究有三大塊，一爲詞學論述，一爲詞學考訂，一爲詞的創作。三事中，相對而言，創作最重要。没有創作，便喪失文本依據。好的作品，才是傳世的根本。至於考訂，一般亦爲著提供文本，好的考訂，大都與文本共久長。當然這個文本要有價值。論述比較危險。如果一輩子全做論述，那就太危險了。《當代詞綜》的編纂，屬於述而不作。根本的目的，在於保留文獻。就個人而言，編纂《當代詞綜》，似乎比我的《詞與音樂關係研究》還更重要。

《當代詞綜》的編纂，操持選政，就我的經驗看，似應留意下列二事：

第一，需要有個宗旨，一定的見識。而對《當代詞綜》而言，則需要爲當代正名。爲此，通過發凡立例，提出個大當代概念。指出，我的這個當代是大當代。其起始年份，以作者生年計。我不用一九一九年，也不是用一九〇一年，而用一八六二年。想不到吧？一八六二年，乃清同治元年。離清王朝滅亡還有整整半個世紀。這也叫當代，膽量也够大的。但我有依據，即以作者活動年代論，編中作者出生於清同治年間（一八六二至一八七四年）者，部分進入二十世紀五十年代、六十年代，出生於清光緒年間（一八七五至一九〇八年）者，截至全編結稿的一九八八年，許多人仍健在。說明，編中作者絶大多數都在一般意義上所謂當代社會中生活，其創作活動及詞業建樹均屬於今天。這就是我的大當代概念。在起始年份上，經此斷限，即以一八六二年（清同治元年）爲界，凡自此以後出生的作者，屬於當代，此前則非當代。即此前出生作者，例如王鵬運、文廷式、鄭文焯、朱祖謀、況周頤，他們的作品，概不闌入。這就是《當代詞綜》編纂所體現的一種歷史的見解。

第二，必須出自公心。不能够有私心雜念，不得徇私。不能因爲是自己的朋友，或者老師，就多選一些。對於自己不喜歡的作者，不能持以偏見。須以負責的態度，把握標準。

曾大興： 學界關於當代詞和當代詞學的研究，目前已逐漸受到重視，但也不無困惑。尤其起始時間，有的主張從一九〇〇年算起，有的主張從一九〇四年算起，有的説一九三一年，不知怎麼斷限較爲合適？至於命名問題，也有不同意見。有的籠統地給戴上二十世紀這頂帽子，有的稱當代，有的稱現代，不知應當如何界定？施先生編纂《當代詞綜》，首先爲其正名，説明是一個大當代。之後，許多具體問題，比如，幾代詞作者的劃分問題，以及十大詞人的定位問題，等等，也就易於解決。有關當代的正名和論定，針對的是當代詞的創作；對於當代詞學，同樣也有明確的界定。施先生以爲，懂不懂得分期與分類，是有没有觀念的表現，可見問題相當重要，希望説一説您的見解。

施議對：分期、分類，確實相當重要。我曾多次提出，二十世紀只有兩位大學問家懂得分期、分類。一位王國維，一位胡適。分期、分類，一個是時間上的斷限，一個是空間上的規劃。看起來，似乎沒什麼了不起，但包裝起來，就是一種歷史的論定，古時稱操斧伐柯。操斧伐柯，典出《詩經·豳風·伐柯》。其云：

伐柯如何，匪斧不克。取妻如何，匪媒不得。伐柯伐柯，其則不遠。我覯之子，籩豆有踐。

以爲伐柯要有斧頭，娶妻要有媒人；經過砍伐，方才有所創獲。這是先民的一個重要發現。陸機取材於此，後世所謂班門弄斧者，與此亦當有所牽連。如用之於做學問，我看就是這麼一種砍伐與開闢。所以，《文賦》稱：

操斧伐柯，雖取則不遠，若夫隨手之變，良難以辭逮。

謂砍與伐要有個法則，不能隨意爲之。做學問亦同此理。這就是説，要有一定分寸。依照前人的説法，這分寸必取則於柯。柯，就是斧頭柄。以其大小長短爲標準，進行砍伐。這就是操斧伐柯。説起來似有點文縐縐的，如拆除包裝，這種砍與伐就是開與辟，是依照斧頭柄的大小長短爲法則所進行的一種開與辟。説得明確一點，這種砍伐與開闢，就是一種分期與分類。

這一法則，出自先民智慧。中國人無論做什麼事情，都講究分期、分類。比如，唐人爲著突出自己的創造，將中國詩歌分爲二類，古體詩和近體詩。即將唐人當時新出格律詩稱爲近體詩，而將唐以前較少格律限制的詩稱爲古體詩。這是依據時間先後次序所進行的砍與伐。這種砍與伐，斷限與劃分，都要有個依據。這就是一種識見的體現。也就是觀念。

一九九七年，黑龍江大學和北京《文學遺産》編輯部聯合舉辦一個學術研討會。主事者安排我在開幕式上發言。我曾經這麽説：我們的文學研究，到現在爲止，還没有自己的觀念。我的論斷是，近代文學、現代文學、當代文學的劃分，其所依據，不是文學事件，而是政治事件；其所采用觀念，是政治學家的觀念，歷史學家的觀念。文學研究者自身，没有自己的主意，没有自己的觀念。我贊賞王國維和胡適，以之爲先導，將一九〇八年確定爲古與今的分界綫，嘗試將中國詞學劃分爲二段。一九〇八年以前，爲舊詞學，古詞學；一九〇八年以後，爲新詞學，今詞學。並且對於一九〇八年以後的詞學，進一步加以斷限與劃分。我的這一嘗試以什麽爲依據呢？ 以王國維發表《人間詞話》爲依據。 這是文學事件，而非政治事件。 是文學的理由，文學的依據，而非政治。 這就是一種觀念的體現，也可以説是一種識見。

曾大興： 施先生探討詞學理論上的許多問題，尤其是對李清照的「别是一家」説，王國維的境界説，吴世昌的結構分析法，做了深入、系統的研究。 我個人的體會是，吴世昌只是强調宋詞的叙事結構，對宋詞的叙事結構做過一些個案分析，概括出了人面桃花型和西窗剪燭型兩種模型。 也就是説，結構問題在吴先生那裏，還只是一個形式問題。 把結構問題上升爲一個理論問題，上升爲一個詞的特質問題，上升爲一個可以和「别是一家」説、境界説並舉的命題，並且是一個後來居上的命題，應該是施先生的功勞。 這也就是説，吴先生只是做了詞的結構的分析，而施先生則提出了結構論。 我想請教施先生，爲什麽要提出結構論？ 結構論的實質是什麽？ 結構論與「别是一家」説、境界説相比，有哪些新的内涵？ 結構論對詞的研究和詞的創作有何重要意義？

施議對： 關於詞學理論問題，實在很難界定。 從哲學意義上講，也許應當是，能够體現從多到一的提升，方才算得上一種理論。 不過，説白了，應當就是一種包裝，或者一種使用説明。 最近一段時間，確實正嘗試這方面的思考。 但與你所説理論研究，不知能否掛上鈎來。

我有兩篇文章，説及中國詞學學的建造問題。 一篇題稱：《詞學的自覺與自覺的詞學——關於建造中國詞學學的設想》；另一題稱：《傳統文化的現代化與現代化的傳統文化——關於建造中國詞學學的再設想》。設想與再設想，都牽涉到三座里程碑問題。這就是中國詞學史上的三大理論建樹，三個里程標誌。當中包括，傳統詞學本色論、現代詞學境界說和新變詞體結構論。以下説説，這三大理論建樹，究竟是怎麽産生的。

中國傳統詞學講究本色與非本色，但不注重言傳。我用似與非似加以概括。例如，陳師道論蘇詞稱：「退之以文爲詩，子瞻以詩爲詞，如教坊雷大使之舞，雖極天下之工，要非本色。」這是本色論的最早依據。他以爲，如教坊雷大使之舞，即非本色。我取這個如字。如，从女，从口。本義遵從、依照，引申爲好像、如同。就是相似的意思。陳師道的意見是，如或者不如。我將其轉變爲似與非似。意即：謂之似，爲本色；非似，非本色，並將其看作陳師道的四字要訣。李清照著《詞論》，提出：「别是一家，知之者少。」從聲學與艷科兩個方面，爲聲詩與樂府兩種不同的樂歌形式，劃分疆界。八個字將本色論確定下來。李清照的主張，即其「别是一家」説，爲傳統詞學本色論奠定基礎。這是中國詞學史上的第一個里程標誌。

王國維創導境界説，有與無有，也是關鍵所在。但於具體的辨别、確認過程，仍牽涉到對於境界的認識問題。就以往的討論看，所謂主觀與客觀的統一，情與景的融合，多數學者只是將境界當意境看待。我有不同意見。在《傳統文化的現代化與現代化的傳統文化——關於建造中國詞學學的再設想》一文中，我將王國維的理論創造，概括爲下列三個步驟：第一，拈出疆界，以借殼上市，爲新説立本；第二，引進、改造，將意境並列，使之中國化；第三，聯想、貫通，於境外造境，爲新説示範。大體上説來，我將境界首先看作是一個容器，比如疆界，其長、寬、高，都可以現代科學方法加以測量，用現代語言加以表述；其次，將西方哲思，主要是叔本華的欲，作爲意而與境相結合，成爲意境；再次，所謂境外之境，就是最高目標。所以説，有境界爲最上，無境界爲最下，有與無有，是個關鍵問題。境界説的創導，唐圭璋反對，繆鉞和顧隨贊同。胡適、胡雲翼，將其變成風格論。這是上世紀三四十年代的事情。五十年代，詞界講究風格論，不要境界説。境界説跑到美學、哲學那邊去了。至八十年代，方才有人重新提起。我將境界説的創立，看作中國詞學史上的第二個里程標誌。

關於新變詞體結構論，可先上網，看看《紀念吴世昌誕辰一〇〇周年暨學術研討會紀要》所載我的一段講話：「吴世昌先生没有詞體結構論，但是他有結構分析法。結構分析法加上理論説明不就是論了嗎？理論説明就是我加的。詞學在哪裏？詞學就存在於批評模式裏，批評模式存在於言傳形式裏。在這個意義上我來談一談詞學史上的三座里程碑。傳統詞學講本色論，是似與非似的問題。這個理論管了一千年。王國維先生的境界説，是有與無有的問題，空間可丈量。這個理論管了一百年。接下來將是吴世昌先生的世界，他在最後一篇學術論文《周邦彦及其被錯解的詞》中，提出了勾勒的概念，説明事物間的相互聯繫，是生與無生的問題。「生與無生，也是關鍵問題。正如吴先生指出，勾勒就是在詞中插入另一故事情節的手法。插入故事，景和情就有了聯繫，才能另造新境。這是中國詞學史上的第三個里程標誌。

中國詞學史上的三大理論建樹，三個批評模式，於實際運用過程，各自有所偏重。一般講，傳統詞學本色論，講究一個「悟」字，只在乎意會，而不太注重言傳；現代詞學境界説，講究一個言字，既要求語語如在目前，又追求言外之意；新變詞體結構論，則講究聯繫，吴先生所標示人面桃花型和西窗剪燭型兩個結構模型，其奥秘就在聯繫二字。吴先生稱之爲生，生與無生的生。三大理論建樹，三個批評模式，代表詞學的存在及其存在的形式。所謂詞學者也，必當於其中尋取。你所撰寫的《詞學的星空》，當代二十家，其守舊或者始創，都不出其範圍。建造中國詞學學，亦當以之爲基礎。這是我對於詞學理論研究的思考。

曾大興：一九八六年八月，吴世昌先生病逝，施先生有絶句三首，表示哀悼。其云：

未了湖山未了情，未嘗便作履星行。長宵病榻長言笑，一日昏昏竟不醒。

能信人天就此分，才相呼唤抱情殷。從今欲把東籬菊，忍向烟郊對夕曛。

登高知幾重，太白連太乙

好學精思記法鞭，不隨俗士佞與便。羅音四卷遺書在，要做文章第一篇。

吴世昌先生卧病期間，施先生隨侍榻下，連續九個晝夜。「要做文章第一篇」，吴世昌先生之所期許。施先生秉承師説，不負厚望，於二十世紀詞學，已有幾個第一。博士學位論文答辯，吴先生説：這是一九四九年以來對詞與音樂關係問題進行綜合研究的第一篇具有突出成就的論文。啓功先生稱：這是清朝庚子前後直到現在詞學研究成果的綜合，也就是近百年來詞學研究領域裏的一部集成之作。將中國當代詞學劃分爲三大塊，包括詞學論述、詞學考訂、詞的創作，這是施先生的首創，施先生並且於一九八九年，率先以此規劃運用於撰寫《夏承燾與中國當代詞學》一文。此外，將一九〇八年確定爲古詞學與今詞學的分界綫，也是施先生第一個提出的。早在一九九三年，施先生即已著文，推舉王國維爲中國當代詞學之父。文載香港《大公報》「藝林」副刊。一九九七年，在黑龍江重申這一觀點。經過施先生的再三論證，一九〇八年這一古今界限，不僅已得到學界的認同，於我看，可能已成爲一種常識，以爲非這麽劃分不可。進入新世紀，施先生第一個提出中國詞學史上的三座里程碑這一重要命題，並且提出警告：「二十世紀後半葉，進入蜕變期的中國詞學，基本上處在誤區當中，混沌未鑿；大量著述，究竟在門内或者在門外，有用或者無用，似乎都須要冷静地進行一番檢討。」(據《倚聲與倚聲之學——關於文體因革以及科目創置問題》)施先生對於中國詞學研究的現狀及未來走向,不知有何看法?

施議對:二〇一一年十一月,南京舉辦唐圭璋先生誕辰一百一十周年紀念暨詞學國際研討會。某年輕學者對於我所説詞學誤區問題,曾有疑問。不知究竟。我跟他説:中國當代詞學的三大塊,創作一塊,可暫且擱置一邊,誤不誤,就看考訂和論述。考訂不必多説,比如詞籍整理、資料校核及匯編等,較少有所謂誤不誤問題,也擱置一邊。我所説誤區,主要指論述,有時候,鑒賞也包括在內。在《百年詞學通論》中,我説誤區之誤,表現在兩個方面:觀念之誤與門徑之誤以及文風之誤與學風之誤。觀念與門徑之誤,指的是對於詞體的認識所出現的偏差以及方法上的失誤。比如,只是將詞當艷科看待,忽略聲學。並且,對於相關問題的處理,亦未能得其要領。而文風與學風之誤,是個態度問題。一般所見,比如避難就易,只是於詞體的外部用功夫,未作深入細緻的探研。具體事例,文中已爲舉證,此不贅述。誤區的出現,誤人誤己。除了個人的因素,可能與傳承有關。二十世紀詞學傳人,我將其劃分爲五代。其中第三代,出生於一八九五年以後,生當世紀詞學的創造期,爲世紀詞學的中堅力量,曾爲中國詞學創作一代輝煌。於第三代的稍前與稍後,世紀詞學出現兩次過渡。第一次,由古到今的過渡;第二次,由正到變的過渡。中國詞學的現代化進程,從第二代開始;

世紀詞學的蛻變，從第四代開始。詞學誤區的出現，與第四代的誤導，頗有牽連；在一定程度上講，第五代的推波助瀾，也擺脱不了干係。傳承上的問題，迷途知返，新世紀的第一代、第二代，一九五五年以後及一九七五年以後出生的新一代傳人，生當這麽一個時代，究竟應當如何自處？從整體上講，應當跨越第五代、第四代，直接第三代；從個體上講，應當返回民國四大詞人——夏承燾、唐圭璋、龍榆生和詹安泰，承接他們的事業，進一步加以發揚光大。中國填詞與詞學之有無未來，就看新一代的王（鵬運）、鄭（文焯）、朱（祖謀）、況（周頤）以及夏（承燾）、唐（圭璋）、龍（榆生）、詹（安泰）。這是我的個人意見，不妥之處，敬請批評指正。

曾大興：感謝施先生回答了我這麽多的問題，給我的啓發非常之大。謝謝施先生！

據胡善兵、金春媛、黄嫻記録整理。原載北京《文藝研究》二〇一二年第七期

第一輯

瞿髯翁治詞生涯側記

一　親栽桃李三千樹，管領風騷六十年

兩年前的己未年正月十一日，瞿髯翁八十誕辰。

這是一個美好的春天，北京的朋友和學生，外地的朋友和學生，紛紛寄來了祝壽的詩詞和書畫，朝陽樓（瞿髯翁京師寓所的書齋名）更加春意盎然。

靜質嚴骨，奇形正體；得道以安，其壽莫紀。

當代著名畫家劉海粟送來了一副「萬年松」。劉海粟先生的題畫詩，體現了萬年松的氣節和風度，正是瞿髯翁人格的生動寫照。

髫齡驢背上幽燕，想見豪情抗士銓。白石歌聲旁譜按，東坡海外口碑傳。親栽桃李三千樹，管領風騷六十年。合捧蟠桃擎壽斝，張筵絶頂會群仙。

這是王權先生從浙江金華寄來的祝壽詩。王權先生也已經七十來歲了，是瞿髯翁在温州教書時的學生。在現存的夏門弟子中，他算是年齡最大的一位。「捧蟠桃」，「擎壽斝」。王權先生的詩篇，表達了所有受業門生的心意。

瞿髯翁不僅是當代一位詞學大師，還是一位受人尊重的教育家。從二十歲開始，瞿髯翁就獻身於祖國的教育事業。六十年來，桃李滿天下，詞壇傳盛名。截至「文革」，筆者算是瞿髯翁的最末一代研究生，俗稱關門弟子。在這個美好的春天裏，瞿髯翁專門在湘江飯店（現名曲園），宴會在京的朋友和學生。筆者因此和多位前輩及老師兄見了面。瞿髯翁的學生，大多在各大中學校擔任教學工作，有的學術上已經有所建樹，有的正嶄露頭角。瞿髯翁爲學生們的進步感到無比欣慰。

六十年來，瞿髯翁就是在教學工作之餘，夜以繼日地進行詞學研究的。六十年來，瞿髯翁出版的詞學研究專著有《唐宋詞録最》、《唐宋詞人年譜》、《唐宋詞論叢》、《白石詩詞集》（校輯）、《姜白石詞編年箋校》、《龍川詞校箋》（與牟家寬合作）、《怎樣讀唐宋詞》（與吴熊和合作)、《讀詞常識》(與吴熊和合作)、《唐宋詞選》(與盛弢青合作)、《詞源注》、《辛棄疾》(與游止水合作)、《瞿髯論詞絶句》、《月輪山詞論集》、《唐宋詞欣賞》,計十四種; 出版詩詞創作《瞿髯詩》、《瞿髯詞》(油印本)二種; 發表詞學研究論文以及其他有關古典文學研究方面的論文,達數百篇; 還有大量的日記和筆記。 目前正待整理出版的還有《詞林繫年》、《詞例》、《域外詞》、《清詞選》(與吴無聞合作)、《韋莊詞校注》(與劉金城合作)等數種。 在治學方面,用力之勤,成就之大,很是值得欽佩。

瞿髯翁給我們講述自己的治學生涯,總是念念不忘良師益友的啓發和幫助。 在他十四歲至十九歲期間,温州師範學校有位國文先生張震軒(棡),曾在他的詩詞習作上畫密圈,有位高年級同學李仲騫(驤),經常同他談古籍及詩學。 這兩件事一直留在瞿髯翁的記憶裏。瞿髯翁説,當他剛進師校的時候,「童心未除,懵不知爲學」,因爲師友間經常一起磋商、探討,「方稍稍知書中趣味」。 瞿髯翁還説,他之所以走上治詞道路,與這兩位師友的啓發、幫助是分不開的。 師校畢業,張震軒先生臨别贈詩云:

詩亡迹熄道淪胥,風雅欣君能起予。 一髮千鈞唯教育,三年同調樂相於。 空靈未許嗤歐九,奔競由來笑子虚。 聽爾夏聲知必大,忍彈長鋏賦歸歟。

張先生的勉勵，深刻地留在瞿髯翁的記憶裏。

師校畢業後，經過十年探索，瞿髯翁治詞突飛猛進，三十歲前後，曾由龍榆生先生介紹，多次與近代詞學大師朱彊村老人通信並當面聆聽他的教誨，這對瞿髯翁是個極大的鼓舞。瞿髯翁回憶説：「這位老先生很難得。當時，老先生名氣已非常之大，却一點架子也没有，誠懇地回答問題。」説：「老先生誠懇、博大、虚心；老先生態度好，對於培養年青人做學問的興趣關係極大。」

幾十年來，瞿髯翁正是嚴格地以先輩師友爲楷模，時時刻刻以高標準要求自己，滿腔熱情地對待下一輩，把自己的全部心血，貢獻給教育和科研事業。

二　鸚鵡、鸚鵡，知否夢中言語

夏承燾，字瞿禪、瞿禪，晚年改字瞿髯，一九〇〇年二月十日（農曆正月十一日）出生在浙江省温州市一個普通的商人家庭裏。瞿髯翁的父親是開布店的。這個家庭，根本不是什麽書香門第，没有任何藏書，未曾爲這位詞學大師創造所謂「家學淵源」。但是，瞿髯翁正是從這裏，闖開了自己的道路，建樹了非凡的功業。

瞿髯翁十四歲考進温州師範學校，這是個五年一貫制的中等師範學校，由孫貽讓先生創辦，師資力量强，設備也較完善。瞿髯翁在這個學校裏整整學習了五年時間，這爲瞿髯翁的治詞事業，打下堅實的基礎。六十年代初，瞿髯翁介紹治學經驗，就是從這裏談起的。

瞿髯翁說，研究詞學，做學問，他並沒有什麽特別的禀賦，他的秘訣在「勤奮」二字。他說：「『笨』字從『本』，笨是我治學的本錢。」在他投考師校的時候，國文試題是「學然後知不足，教然後知困」，他在試卷裏這樣寫：「凡是自以爲學問已經足够了的，那是没有學過的人，説教學没有什麽困難的，那是没有做過教學工作的人。」這是一個十四歲孩子說的話，但是，這對瞿髯翁整個治詞生涯影響極大。

瞿髯翁說：「從十四歲到十九歲，是我學習很努力的時期。」那幾年，每一書到手，不論難易，必先計何日可完工，一定得迅速看完。除了上課、應付考試，絕大部分自修時間，都用於讀經、讀文學作品。幾年當中，全沉研於舊書堆中，自「四書」而《毛詩》，而《左傳》，各相繼讀完。一部《十三經》，除了《爾雅》以外，都一卷一卷地背過。記得有一次，背得太疲倦了，從椅子上直撲向地面。每天看書、做筆記，從未間斷。

在師校五年中，瞿髯翁除了熟背《十三經》，還養成寫日記的習慣。從十四歲開始，六十五年中，瞿髯翁寫了幾十本「日記」。「文革」中，瞿髯翁的「日記」全被當作「變天賬」被抄走了，但是，第二天，瞿髯翁也還是照樣記，就是進了牛棚，也從未間斷過。「四人幫」覆滅後，這些「日記」物歸原主，瞿髯翁十分高興地說：「我的心血都在這裏頭了。」

背誦《十三經》，寫「日記」，每時每日，頑强地鍛煉自己的意志力，功效也並不是一朝一夕就可體現出來的，不過，這對於瞿髯翁一生的成就，却是很有幫助的。

在這五年當中，還有兩件事，至今仍然深刻地留在瞿髯翁的記憶裏：

瞿髯翁在師校，理科成績不甚好，只是愛好文學。他說，當時有一位高班同學，姓李，名驤，字仲騫，日以詩學相研究，大受其益。他從李驤處借得《元遺山詩集》、《十八家詩鈔》等書，如獲至寶，一股勁地看。元遺山推崇東坡、稼軒，詩詞成就很高，瞿髯翁從此入門很是得力，而且，這對於陶鑄性情，培養豪放、曠達的性格，也起了很大作用。

在師校時，瞿髯翁喜歡讀詩詞，也開始寫詩填詞，他的詩詞創作都保存在「日記」裏。瞿髯翁說，他曾填了一首《如夢令》，國文老師張震軒看到了，就在最後「鸚鵡。鸚鵡。知否夢中言語」句上，用濃墨在句旁加了幾個大密圈。這對少年詞人是一個巨大的鼓舞。張先生雖是研究《史記》的，但他對於詩詞却頗具法眼。瞿髯翁說：「這幾個濃墨大密圈，至今對我仍有深刻印象，好像還晃耀在我眼前。」

中學時代的師友，儘管都默默無聞，但瞿髯翁永遠忘不了他們的名字。

三　年年單舸哦詩到，不負江風好

瞿髯翁師校畢業後，在温州任橋第四高小當校長，不久到北京任《民意報》副刊編輯，並轉向陝西。從學校畢業出來這五六年間，年青的詞人奔走四方，往返北京、西安和温州之間，廣泛地接觸了社會，大大開闊了眼界，爲詩詞創作創造了有利條件。

一九二一年從北京往西安途中，瞿髯翁填寫了一首《清平樂・鴻門道中》云：

吟鞭西指。滿眼興亡事。一派商聲笳外起。陣陣關河兵氣。　馬頭十丈塵沙。江南無數風花。塞雁得無離恨，年年隊隊天涯。

詞作揭示當時軍閥混戰的現實，飽含著詞人對於國家興亡的無窮憂慮。

一九二三年，瞿髯翁到北京，寫下了《登長城》詩，云：

不知臨絶頂，四顧忽茫然。地受長河曲，天圍大漠圓。一九吞海目，九點數齊烟。歸拭龍泉劍，相看幾少年。

登高望遠，氣象萬千，生動地體現了年青詩人的壯志豪情。

一九二五至一九二九年間，瞿髯翁回到浙江，在嚴州第九中學教書。這裏是一個美麗的風景區。嚴子陵釣臺就在這個地方。嚴州第九中學原來是座州府書院，裏頭有州府的藏書樓。瞿髯翁到了學校，校長請他各處看房間。瞿髯翁拿了鑰匙，一個房間一個房間打開看，結果發現一個大房間，裏頭都是古書，真是喜出望外。瞿髯翁在大堆古書中，發現涵芬樓影印《廿四史》和浙局「三通」、《嘯園叢書》，如獲一寶藏，隨即借二三十本回來看。校長交代把這些古書整理出來，瞿髯翁就在此地紮紮實實地看了幾年書。瞿髯翁說，許多有關唐宋詞人行迹的筆記小説，他全部都看了。

在新出版的《月輪山詞論集》前言裏，瞿髯翁回顧自己治詞的經過，曰：

> 我二十歲左右，開始愛好詩詞，當時《彊村叢書》初出，我發願要好好讀它一遍；後來寫《詞林繫年》，札《詞例》，把它和王鵬運，吴昌綬諸家的《唐宋詞叢刻》翻閲多次。三十歲左右，札録的材料逐漸多了，就逐漸走上校勘、考訂的道路。

瞿髯翁三十歲前後著手做專門學問，這和嚴州任教期間大量讀書的準備工作是分不開的。現在回憶起，瞿髯翁説：這是很重要的一段。實際上，瞿髯翁的《唐宋詞人年譜》、《唐宋詞論叢》等重要著作，以及姜白石研究資料，都是這個時期積累下來的。

「年年單舸哦詩到，不負江風好」。瞿髯翁十分留戀嚴州時期的那段攻讀生涯，無比熱愛釣臺風光，一有機會，總想重遊舊地；又因爲嚴州是詞人進出温州的必經之地，所以，瞿髯翁每年都深情地爲她吟詩填詞。

四　一榻俯風湍，百詩茁肝肺

夏承燾三十歲開始在之江大學任教，一直到抗戰爆發，都住在錢塘江邊的秦望山上。在《月輪山詞論集》的前言裏，瞿髯翁説：從三十多歲到六十多歲，「這三十年間，我兩次住在錢塘江邊的秦望山上，小樓一角，俯臨六和塔的月輪山。江聲帆影，常在心目。現在就把我的集子取了這個名字」。筆者此處所記，是瞿髯翁第一次住秦望山時的情景。

一九三〇年，瞿髯翁剛到之江大學，寫了四首《望江南·自題月輪樓》。其三云：

秦山好，面面面江窗。千萬里帆過矮枕，十三層塔管斜陽。詩思比江長。

詞作充分體現了當時的美好詞境與心境。

瞿髯翁在之江大學所授課程主要有詞選、唐宋詩選、《文心雕龍》、文學史、文選五科，每周共十六小時。雖然繁忙不得專心，但是，做學問的條件總比以前優越。在之江大學期間，瞿髯翁寫作了大量詞學研究文章。

有一件事，現在想起還頗覺有趣。瞿髯翁説，開始時山居偏僻，寫了文章就往書架上擱。有一回，顧頡剛先生到之江大學，發現了瞿髯翁放在書架上的一篇文章《姜白石旁譜考辨》，覺得不錯，就帶走了，並在《燕京學報》上登了出來。不久，滙來稿費銀元一百多塊。之江同事知道了，都很爲驚動：原來寫文章還有這麼多稿費。於是，便大大激起了大伙寫稿的興趣。

此後，《詞學季刊》出版，瞿髯翁的《唐宋詞人年譜》就在《季刊》上連載。當時，瞿髯翁和龍榆生，一個寫年譜，一個寫詞論，每期一篇，成了《季刊》的兩大臺柱。《詞學季刊》出版了十一期。在《季刊》上，瞿髯翁還登載了不少詞作。

之江時期是瞿髯翁從事專門研究的一個豐産時期，也是瞿髯翁做學問、用力最勤的時期。此時，詞人年譜十幾種全面鋪開，頭緒繁多，甚殫心力，但他却常在辛勤搜輯中，得到樂趣。一九三五年三月二十日，瞿髯翁在「日記」中寫道：

校正中譜畢，午後郵還榆生付印，年來著書雖甚瑣細，皆能句斟字酌，不敢輕心，鏡中白髮日多，不以爲悔也。

瞿髯翁十分珍惜之江這段治詞生涯，他的《將去月輪樓》詩云：

洩雲不可留，隱几山逾媚。自我客江樓，萍蓬訝有蔕。一榻俯風湍，百詩茁肝肺。平生獲野心，低徊專壑計。豈不戀西湖，南村有嘉契。懷哉雨緋桃，識我眼食地。後夜辦煎茶，聽江在夢寐。

瞿髯翁居住月輪樓，顧盼所及，盡是美麗的水光山色，對於這一切，他已經産生了深厚的感情。

「我住西湖過半生」。瞿髯翁一生與山水有緣，抗戰勝利後，他又回到杭州，住在西子湖畔，一直到批林批孔運動期間。三四十年間，瞿髯翁寫作大量有關西湖的詩詞和研究文章，比如《西湖雜詩》、《湖樓紀事》、《西湖春柳贊》、《洞仙歌》（重到杭州）以及《西湖與宋詞》、《西湖楹聯箋注》等等。瞿髯翁揮動彩筆，更爲西湖山水增添詩情畫意。

五　南辛北黨休輕擬，雁蕩匡廬合共歸

抗日戰争爆發後，瞿髯翁隨之江大學搬遷到了上海。一九四二年，上海淪陷，瞿髯翁回到温州，温州淪陷，即入樂清雁蕩山。以後，應浙江大學龍泉分校之聘，前往龍泉教書。抗戰勝利後，瞿髯翁才回到杭州，第二次住在西子湖畔。

在這七八年間，動蕩不安，瞿髯翁飽嘗戰亂風霜。但是，在各個關鍵時刻，瞿髯翁都始終保持著高潔的民族氣節。

一九三八年在上海，瞿髯翁目睹國民黨反動派於「八・一三」紀念日大捕愛國青年的事實，寫了《點絳唇》詞，云：

招得秋魂，斷笳先送斜陽去。鷩鳥飛處。南北山無數。　打盡霜紅，迢遞傷心路。長亭樹。無聲最苦。夜夜風兼雨。

詞作以「鷩鳥」喻愛國青年，對他們受摧殘，遭打擊，深表同情，同時對於白色恐怖中人們箝口結舌、「夜夜風兼雨」的現實，表示不滿和抗議。

一九四〇年寓廬，西鄰一漢奸伏誅，東鄰一抗戰志士殉難，瞿髯翁作《賀新郎》詞，贊頌志士，斥罵漢奸。詞云：

餘氣歸應詫。舊門庭、雀羅今夕，鶴軒前夜。依舊梅梢團圓月，來照翠屏幽榭。卻不見，淡蛾如畫。三十功名空自負，負靈山吩咐些兒話。屋山雀，嘆飄瓦。　東鄰客祭欒公社。聽夜夜、羽聲慷慨，徵聲哀咤。同灑車前三步血，或落溝渠飄瀉。或化作，飛霞盛夏。最苦西家翁如鸛，過街頭蒙面愁無帕。君莫問，翁欲啞。

詞作揭露漢奸，「負靈山吩咐些兒話」，背叛國父孫中山遺囑，罪當伏誅。下片以對比的手法，一方面寫東鄰志士之死重於泰山，人民永遠懷念；一方面寫西家漢奸之死輕如鴻毛，連自己的老父親都爲之感到羞愧。兩相對照，表現了詞作者的强烈愛憎感情。

在上海期間，知識分子處境十分艱難。由於政治腐敗，通貨膨脹，學校裏經常發不出工資。當時，有些意志薄弱者就投奔南京汪僞政權。瞿髯翁的個別好友，也在此時投奔南京。但是，瞿髯翁的立場是十分堅定的，他在《鷓鴣天》詞中寫道：

萬事兵戈有是非。十年燈火夢凄迷。南辛北黨休輕擬，雁蕩匡廬合共歸。持涕泪，謝芳菲。冤禽心與力終違。銜山填海成何事，只勸風花作隊飛。

詞作表明，汪僞政權是違背民族利益的，「心與力終違」，漢奸們必然身敗名裂。瞿髯翁爲去南京的友人感到惋惜。此時，瞿髯翁已抱定歸志，決心以南宋愛國詞人辛棄疾爲榜樣，決不屈膝求榮。

瞿髯翁有一位詞壇好友，投奔南京後來信招邀，説：「汪先生知道你。」瞿髯翁覆信，對他進行了嚴厲批評，並正告他：「你説到南京是爲了吃飯，那就只許你開吃飯的口，不許你説别的話。」爲此，瞿髯翁曾寫《水龍吟・皂泡詞》以皂泡上之「夭斜人物」，比喻投奔汪僞政權的人，指出此輩依仗日本侵略者，如同皂泡，「乍明滅，看來去」，片時即破，而中華民族，終將如東升酷月，「一輪端正」，永遠照耀祖國山河大地。

在艱難困苦的歲月裏，瞿髯翁始終注重自己的出處大節，並且常常以此與友人共勉。一九四〇年在上海，送一位女詞友歸揚州（當時揚州已淪陷），寫了《惜黄花慢》贈别，其中「荷衣耐得風霜，謝故人問訊，湖海行藏」，就明確表明自己的態度，熱切地希望詞友保持氣節。

上海淪陷後，瞿髯翁寧願回到家鄉，上雁蕩山，過著清苦的教書生活，始終保持著清貧自守的高貴節操。七八年間，瞿髯翁一刻也離不開教育事業，孜孜不倦地工作，發奮著述，爲發展中華民族的教育文化事業，作出了貢獻。

六　老羆尚欲身當道，乳虎猶期氣食牛

一九四九年杭州解放，瞿髯翁作了《杭州解放歌》，表達當時的喜悦心情。詩云：

半年前事似前生，四野哀鴻四國兵。醉裏哀歌愁國破，老來奇事見河清。著書不作藏山想，納履猶能出塞行。昨夢九州鵬翼底，昆侖東下接長城。

瞿髯翁對於新社會、新生活，充滿著信心和希望。

一九五〇年十二月，瞿髯翁隨浙江大學中文系師生一道，前往嘉興、皖北等地參加土改，「居鄉見聞，皆平生所未有」，因而寫下了不少優秀篇章。絶句十首就是從農村生活的各個側面，生動地描繪當時農村的各種人物和農事活動，深刻地表達了詩人與大衆打成一片的意願。絶句之一云：

能同大衆共生涯，自有吟情出好懷。看掃陳言效韓愈，何心多事比誠齋。

作者認爲，優秀的詩篇，不在苦思冥想，效法古代詩人的創作，而是產生於與勞動大衆打成一片的生活實踐當中。《滿江紅・皖北五河縣治淮》云：

何處歌聲，紅旗下、秋濤怒吼。看工農、共揮熱汗，同開笑口。畫地能教豺虎伏，滔天敢縱蛟龍鬥。是獨夫、舊曲莫重謳，隋堤柳。　漴潼合，沱澮鬥。波一石，泥三斗。有炊香萬灶，登秋千畝。他日賡歌傳酒客，今朝鞭石驅山手。問詩翁、擊壤頌豐年，重來否。

詞作熱情地贊頌勞動群衆戰天鬥地的革命精神。

瞿髯翁關心民間疾苦，熱愛新農村；解放以後，一有機會下鄉，他就報名參加。一九六四、一九六五年間，瞿髯翁先後兩次在諸暨縣利浦公社住了四五個月時間。鄉居期間，瞿髯翁寫作了不少獨具風格的田園詩詞。《諸暨安華看豐收》其二曰：

兒孫膝下幾英雄，擺秬村頭遇此翁。我亦硯田有新獲，得來辛苦大家同。

詩作正寫出了作者與農民同甘苦，努力把詩才獻給新農村的心情。

在詞學研究方面，此時又開闢了新境。瞿髯翁在解放以前二十年所校勘、考訂工作的基礎上，開始寫評論文字。《李清照詞的藝術特色》、《評李清照「詞論」》、《論陸游詞》、《辛詞論綱》、《論陳亮的「龍川詞」》等等，都是在這個時期寫成的。同時，根據社會主義文化事業蓬勃發展的需要，瞿髯翁還著手詞學研究方面的普及工作，寫作了大量有關詞的欣賞的文章，如《唐宋詞欣賞》、《湖畔詞譚》、《西溪詞話》、《月輪樓説詞》等，深受廣大讀者歡迎。

瞿髯翁做學問，嚴格要求，精益求精。

一九六〇年六十歲生日，瞿髯翁作了《臨江仙》詞，云：

安得魯戈真在手，重揮夕日行東。書城要策晚年功。江山支枕看，千丈海霞紅。自插梅花占易象，如何報答春工。兒童休笑囁嚅翁。古詩哦幾首，鼻息起長風。

其中，「書城要策晚年功」，正是瞿髯翁的座右銘。

一九六四年秋，筆者考上研究生，到杭州大學從瞿髯翁學詞，瞿髯翁諄諄教誨，給筆者留下了終生難忘的印象。瞿髯翁曾用陸游詩句爲筆者書贈條幅：「老羆尚欲身當道，乳虎何疑氣食牛」。這幅題字，既體現了詩翁的勃勃雄心，也是對後輩的巨大鼓舞！

七　蓬島吟壇誰健者，何時握手日華東

瞿髯翁十分重視外國學者對於漢學的研究成果，熱心地致力於中外文化交流活動，尤其是與日本的中國文學專家，更有深厚的友誼。

早在年青時候，瞿髯翁因受新學影響，就已經注重學習西洋史和歐美文學。一九二〇年，瞿髯翁到南京高等師範學校暑假學校旁聽，那時，教師如胡適、郭秉文，皆新學巨子，給學校開了古代哲學史、白話文法、近世歐美文學趨勢、美國之文化等課程，瞿髯翁大廣見聞，在「日記」中寫道：「平生治文學只限於本國，不能放眼及世界，故見識不廣，今後須假數年工夫研究歐美文學也。」

幾十年來，瞿髯翁儘管没有機會實現出國學習考察的宏願，但他始終密切注視國外研究中國文學的動態。

一九五七年，瞿髯翁發表《我對研究古典文學的一些感想》説：有幾位外國學者，他們研究中國古典文學的精神對我有很大啓發。比如日本京都大學的吉川幸次郎、神田喜一郎、清水茂教授等，像他們這種研究精神，不能不使作爲中國古典文學研究者的我們感到慚愧。

一九六一年，在《我的治學經驗》中説：我看見過蘇聯列寧格勒大學研究中文的論文題目，有些是很專很深的，如對韓非子的篇目研究等等，這些却不爲中國大學生所注意。又如日本研究中國學問的，像林謙三的《隋唐燕樂調研究》、桑原騭藏的《蒲壽庚的事蹟》。

瞿髯翁説：「我國學者在今天百花齊放的時代裏，如果還不努力，那真是對不起自己的祖先，辜負了這個大時代。如果我們真正了解今天研究我國文學遺産的意義，就會爲這一工作貢獻自己的全副精力，决不會半途而廢了。」

清水茂教授曾在日本撰文評介瞿髯翁的《唐宋詞人年譜》，文中提及韋莊《又玄集》，爲《唐人選唐詩》九種之一，其書中土久佚。在與清水茂教授通信中，得悉一百五十年前，此書尚有江户昌平版刊本，今存日本内閣文庫。瞿髯翁通過清水茂教授的幫助，將此書影印回國。因此，九種唐詩選乃見其全。瞿髯翁十分高興地説：「此學林瑰寶，並中日邦交勝事也。」爲此，特贈《西江月》，寄謝清水茂教授，並邀吉川幸次郎教授同遊杭州。詞曰：

二陸定嘖傖父，三唐猶有余師。西湖風月要新詩。待看庭松西指。　問訊靈光一老，朵雲落手何時。昨宵孤杖夢中飛。滿耳天風海水。

日本友人寄贈工具書《全唐文索引》和《中國筆記小説索引》，瞿髯翁很受鼓舞，曾經無限感慨地説：「日本人做得出這樣的工作，而我們自己却做不出來。」瞿髯翁常用外國人的鑽研精神鞭策自己，勉勵年青人。

二三十年來，瞿髯翁與日本漢學家常有詩詞唱和。

一九六五年，神田喜一郎教授寄贈新著《日本填詞史話》，瞿髯翁回贈《菩薩蠻》詞曰：

偏師一戰歸成霸。朗吟人亦從天下。槐竹各干雲。後身應是君。　詞流携屐地。回首今何世。萬幟展東風。蓬萊怒海中。

一九六六年，日本友人水原渭江寄贈武田（泰淳）、竹内（實）所著《毛澤東：他的詩與人生》，瞿髯翁寄《臨江仙》答謝。詞曰：

蓬島吟壇誰健者，筆端浩蕩東風。一輪畫出曉暾紅。照天開霧雨，燭海起蛟龍。　並世夔牙家學盛，天涯夢聽笙鐘。何時握手日華東。晴暉我能寫，海岳萬芙蓉。

詞作熱情贊頌毛澤東同志詩詞，贊頌中日文化交流，表達了作者歷年來希望訪問日本，與日本漢學家歡聚的夙願。

「文革」中，瞿髯翁被誣爲「裏通外國」、「民族敗類」，他寄給日本友人的書籍和信件，都被扣留。十幾年當中，瞿髯翁與日本友人斷了書信，但瞿髯翁與日本友人的友誼並未中斷。一九七二年，瞿髯翁寫了《題日本吉川幸次郎、清水茂兩教授函》詩，曰：

紅桑碧海幾揚塵，文字光芒亘古新。昨夜江樓聽尺八，九州以外幾星辰。

詩篇寄寓了作者對於日本友人的懷念之情。

近一兩年來，瞿髯翁恢復了與日本友人的往來，他幾十年來辛勤搜輯的「域外詞」，載有日本、朝鮮等國詞人作品，也將正式出版。

八　一頂帽子飛上頭，搬它不動重如山

一九六六年六月二日清晨，杭州大學校園，一夜東風，到處貼滿了大字報。在學校大門的入口處，不知是哪個系的學生，畫了一幅漫畫，最是使人驚心動魄：絞死牛鬼蛇神夏

承燾！

這是省委組織的「林夏戰役」的第一幕。林淡秋同志作爲黨内資産階級的代理人，夏承燾先生是黨外資産階級反動學術權威，兩人被推出來，代表了鬥争的大方向。

瞿髯翁從未經歷過這樣的場面，他在漫畫前站了一會，便轉向各處看大字報。

敢想容易敢説難，説錯原來非等閑。一頂帽子飛上頭，搬它不動重如山。

「啊！——」瞿髯翁大吃一驚！這是他於一九五八年十二月間寫的一首打油詩。據「文革」初期《解放軍報》揭發：這首打油詩曾被引用來批評文藝界和教育界的領導幹部，以爲對老專家的政策不落實。大字報稱：這是一首反對教育革命和學術批評的黑詩，是對黨進行的瘋狂反撲！瞿髯翁掏出筆記本，認認真真地把有關「罪行」摘抄下來。

當天晚上，全校揪鬥林淡秋同志，瞿髯翁和其他「牛鬼蛇神」一起上臺陪鬥。「打倒林淡秋！打倒林淡秋！」會場上口號聲此起彼伏，震耳欲聾。

先黨内後黨外，瞿髯翁心中有數，知道林淡秋同志被打倒後，就輪到自己了。回到家裏，瞿髯翁就親自寫了一幅大標語：「打倒夏承燾！」方方正正地貼在自己的門墻上。這時候，

「也無風雨也無晴」，東坡的達觀思想還能幫助他解脱困境。在「牛鬼蛇神」的一次坦白交代會上，瞿髯翁交代：他曾經這麼想，下次輪到揪鬥時，就事先準備好棉花，把兩隻耳朵塞緊。瞿髯翁以爲：只要心中平静，就不怕外界風雨。

但是，「林夏戰役」並未按計劃打下去，没多久，工作組撤退了，組織批鬥「牛鬼蛇神」的人，自己也變成了「牛鬼蛇神」，和瞿髯翁他們一起，同被關進「牛棚」。從此，新老「牛鬼蛇神」就天天讓兩邊的「造反派」，輪著揪出去觸靈魂和觸皮肉。經過反覆訓練，瞿髯翁終於心定地過慣了「牛棚」生活。

有一次，瞿髯翁被送到老家温州批鬥，經過長途跋涉，心力交瘁，他中了風，幾乎一命嗚呼，但他仍然很達觀，日頌語録：「既來之，則安之。」表示願意以正確的態度對待疾病。因此，儘管醫生斷定，「不是死，就將是半身不遂」，却居然完好地活了下來。

瞿髯翁一生治詞，特别推崇蘇東坡，也贊賞東坡思想。他曾説：東坡貶官到海南，並不感到痛苦，所謂「日啖荔枝三百顆，不辭長作嶺南人」，相反却心滿意足了；秦觀就不同，才到郴州，便憂鬱至死。「文革」十年，瞿髯翁就以東坡思想作爲自己的精神支柱。

「文革」初期，瞿髯翁看大字報十分認真，有的學生揭露，「不是棋邊即耒邊，好風如扇月如鐮。菜根滋味老逾美，蔗境光陰夢也甜」。這是攻擊人民公社敬老院。又揭露「相逢都在湖風裏，白鷺東飛我向西」，以爲瞿髯翁不滿社會主義制度，嚮往西方資本主義社會。瞿髯翁看了便以「牛鬼蛇神」的名義，寫了《説我幾首舊詩詞的原意》一文進行答辯。説：

「臨安人民公社敬老院」詩，第三句用古語，「咬得菜根則百事可做」。院裏老人都在階下種菜佐餐，我用此以喻滋味好。第四句用顧愷之吃甘蔗，從末梢吃起，吃到根，説是「漸入佳境」。我的意思是説敬老院裏的老人老年過美好的生活。有人解作：蔗境（佳境）只在夢裏，説我譏院裏生活不好。我以爲原詩是「夢也甜」，而非「只夢甜」，此説可商。

又説：《湖上雜詩》：「相逢都在湖風裏，白鷺東飛我向西。」那時我住在浙大西湖宿舍（平湖秋月隔壁的羅苑），這詩是從斷橋經白堤歸家時作，故云「我向西」（平湖秋月在斷橋之西），無他隅見。

後來，「綱」越上越高，觸皮肉重於觸靈魂，諸如此類的「學術批判」，已是不在話下，因此，十年「牛棚」生活，瞿髯翁没有牢騷，也不寫這方面題材的詩詞。在「牛棚」裏，瞿髯翁把全部心力用在歷代詞人身上，他的《瞿髯翁論詞絶句》八十首中，絶大多數是在「牛棚」裏寫成的。

此書付印時，筆者偕瞿髯翁遊北海公園，瞿髯翁感到無比快慰，説：這是他一生中感到比較滿意的一部書。

九　風霜晚節，光射斗牛

「資産階級反動學術權威」，這頂帽子確實沉重如山，飛到瞿髯翁頭上，整整壓了十三年之久。

一九七八年底《浙江日報》登載報道：杭州大學黨委公開爲瞿髯翁平反，摘下了帽子，所有加在瞿髯翁身上的一切誣陷不實之詞，全部被推倒。杭州大學黨委派專人晉京，親自向瞿髯翁宣布這件大事。

然而，度過這艱難的十三年，却是非常不容易的。

一九六九年，瞿髯翁被下放到嘉興接受貧下中農再教育，返校後宣布「解放」，中文系準備讓他開辛稼軒專題講座；不久，批林批孔開始，瞿髯翁又被當作重點，被發配到文二街中文系打掃教室，清理厠所。一波未平，一波又起，瞿髯翁就在這「不斷革命」的浪潮中，不斷受到衝擊。

「文革」初期，有位了解内情的教師貼出《夏承燾必須交出黑賬來》的大字報，稱：「夏承燾數十年來，一直堅持寫反動日記，寫反動札記，這是他的黑賬本，裏面充滿黑話，是夏承燾反黨反社會主義反革命的罪證，勒令夏承燾把黑賬本之類交出來，決不許消滅罪證。」不久，瞿髯翁的所有「日記」、札記、書籍，全被抄走了。但是，瞿髯翁依然不減詩人氣質，他明明知道還會被抄家，却照舊天天記，天天寫，時時記掛著詩書事業。

一九七〇年所作《玉樓春·神遊》，是瞿髯翁進「牛棚」以來的第一首抒情作品。詞云：

> 燈前掛壁雙芒屩，不礙神遊周九域。山河誰畫好風光，聖佛自憎乾矢橛。靈妃皓齒如霜雪，夢裏殷勤求短闋。吟成電笑過千江，揮手西湖風和月。

詩人熱愛祖國河山，熱愛西湖風月。寫這首詞時，詩人還不得自由，身不由己，但是，詩人的心，却是無所阻礙的。這首詞，表達了瞿髯翁重上征途的熱切願望。

此後，瞿髯翁便逐漸有所創作。

一九七五年，卧病北京。此時，瞿髯翁已經七十六高齡。十年折磨，使他感到精力衰竭。但是，瞿髯翁還是時時關心著祖國的文化事業，關心著國家民族的命運。一九七六年間，周恩來總理、朱德委員長、毛澤東主席相繼去世，都給瞿髯翁以極大的震動。在卧病期间，瞿髯翁寫作了《水龍吟·總理周公挽詞》，五律《挽朱德同志》，並且自製《昆侖曲》，挽毛澤東同志。詩詞中寄寓了瞿髯翁對革命領袖的高度敬仰及對國家民族的深厚感情。

在北京卧病期間，瞿髯翁以堅强的毅力堅持著述，並在師母吴聞先生的協助下，刊行了《瞿髯詩》（油印本）、《瞿髯詞》（油印本）以及整理了大量札記和文稿。

「四人幫」覆滅，瞿髯翁再獲光明。《笻邊和周（谷城）、蘇（步青）二教授》，生動地表現了瞿髯翁對於一舉粉碎「四人幫」這一偉大功業的熱烈贊頌和自己的愉快心情。詩云：

笻邊昨夜地天旋，比户銀燈各放妍。快意乍聞收雉雊，論功豈但勒燕然。冰消灼灼花生樹，霞起彤彤日耀天。筋力就衰豪興在，誰同萬里著吟鞭。

爲了慶祝這一歷史性的偉大勝利，爲繁榮社會主義文化事業多作貢獻，瞿髯翁更加頑强地進行工作。僅一九七九到一九八〇這兩年中就整理出版了三本詞學專著：《瞿髯翁論詞絶句》（中華書局版）、《月輪山詞論集》（中華書局版）、《唐宋詞欣賞》（天津百花文藝出版社）。同時，瞿髯翁還熱情地爲許多刊物撰稿，熱情贊頌無産階級的革命事業。

十　壯懷昔昔横江約，吟興迢迢入蜀圖

瞿髯翁「生平好遊，聞有佳山水，即欣然往」，他把遊歷和讀書一樣看待。所謂「行萬里路，讀萬卷書」，正是希望自己的文章，能够得到江山之助。

在瞿髯翁《二十自述》中，有一段記載：「十五歲遊平陽，登南雁蕩，十六歲秋登北雁蕩。遊踪雖未半天下，已勝當年謝客兒（謝靈運）。」這是當時留下的詩句。十九歲遊西湖惠山，遊上海、無錫、南通，心胸知識爲之一展。瞿髯翁想：「安得他日再探五嶽、登天台峨嵋、武夷巴蜀諸勝以及世界最繁華之區，以一飽我眼福哉！」

一九八〇年元旦，筆者到瞿髯翁家裏作客，談起八十年代的工作計劃，瞿髯翁給筆者看了他的《八十自壽詩》。詩云：

> 深燈久已廢翻書，多謝鄰翁問起居。小閣哦成容生嘯，稚孫學得莫嗔渠。壯懷昔昔横江約，吟與迢迢入蜀圖。聞道千花環北海，畫船昨夢繞西湖。

瞿髯翁始終念念不忘平生的宏圖大願，説：八十年代的第一件事，就是争取入蜀進行實地考察。

瞿髯翁是中國社會科學院文學研究所特約研究員，《文學評論》編委，一九七八年正式借調到北京工作。一九七九年冬，文學研究所安排瞿髯翁給古典文學專業的研究生上課，他十分樂意地接受了。瞿髯翁給研究生們講述了自己如何通過自學逐步走上治詞道路的經歷，以及自學過程中，師友間磋商探討對於做學問的啓發和幫助，並且介紹了自己的治學經驗。瞿髯翁對研究生寄予巨大的期望，一一記下了姓名，並把新近刊行的《瞿髯詩》、《瞿髯論詞絶句》分贈給大家。

瞿髯翁一向重視栽培後進，在之江大學任教時，就注意師生合作，共同進行研究活動。有一次，龍榆生先生介紹暨南大學畢業生來談詞。瞿髯翁將此生所談，鄭重地載入「日記」，並囑此生作一文跋《正中年譜》。解放以後，瞿髯翁開始承擔指導研究生的工作，許多論文和著作，都與研究生聯名發表。

瞿髯翁常説：「文字知己好比結髮夫妻」。他不僅一心一意地教學生，而且，善於接受各方面的正確意見，取長補短，使自己的研究成果更加完美。今年夏天，瞿髯翁的《韋莊詞校注》送交出版社，編輯同志爲之指出某些檢校方面的不足之處，他萬分感激，説：「像這樣認真讀我的書的，一生中還是第一次遇上。」

在八十年代的第一年裏，瞿髯翁已有另外六種詞學著作交付出版社，即《唐宋詞欣賞》、《清詞選注》、《域外詞》、《夏承燾詞集》、《天風閣詩集》、《陸游詞箋校》。他的長篇巨著《詞林繫年》、《詞例》等，也正在整理當中。瞿髯翁說：「我從二十歲時開始進行詩詞創作，三十歲以後專門從事詞學研究，六十年來，我的全部心神都放在詞學上。我的研究工作雖然取得了一些成績，但是還有許多問題没解決，我所應當做的工作還很多，還是遠遠不能自滿自足。」在八十年代裏，瞿髯翁決心在詞學研究方面，做出更大的貢獻。

附記：

以上文章計十則，於一九八一年三月十四日、四月十四日、五月六日、六月二十二日、七月七日、七月十日、七月十七日、七月十八日、七月二十二日、七月二十三日澳門《澳門日報》「新園地」副刊連載。

一代學人吴世昌教授逝世十周年祭

一九八六年八月三十一日(陰曆七月二十六日)七時十三分,業師吴世昌教授在北京協和醫院病逝。終年七十八。病逝原因,急性胰腺炎。但入院數日——二十二日晚至二十五日晚,並未曾診斷清楚,而誤當肺感染醫治。因爲那是在普通病房,醫生每日只是陪伴著護士查房,作例行檢查。既然發燒未退,也就必須繼續退下去。此數日,先生神志皆異常清醒。對於醫生診斷,經常提出疑問。例如:爲甚麽要檢查大便,這與肺炎有何關係?等等。有一次,曾當著護士的面打電話,用英語向師母嚴伯昇教授訴説醫院問題。按理説,先生以全國人大常委、人大教育科學文化衛生委員會副主任委員身份,完全够級别入住高幹病房。不知哪個環節出問題,却一直被當一般幹部對待。當時,與人民文學出版編審陳邇冬先生共住一房。只有兩張普通木床。我於夜間守護,也不能另加小床休息。每日盥洗及方便,都要到公共厠所。有一次管道堵塞,厠所裏積水成寸深。先生如厠歸來,褲管濕了一大截。先生仍然十分樂觀,每晚和我及病友暢談至深夜,而後呼呼入睡。那時尚未知曉,先生有一位外甥在朝中當大官。

入院之後，斷爲肺炎，以爲很快就可以康復。先生及師母不想驚動太多人，只是由我及家中一位小保姆輪流守護。二十五日晚，先生精神很好。另有一位學生劉揚忠前來探望，先生說詩詞，由唐、宋一直說到毛澤東、俞平伯，興致甚濃。此後，也睡得很熟。第二天清早，小保姆來接班，我即回家睡覺。中午過後，因不太放心，即往病房探望。可先生却不在了。說是獲准換住高幹病房。我即穿廊越道，快步趕去。可是先生已處於昏迷狀態。護士要求我按緊先生的手，正在掛瓶，不能移動。並說：急性胰腺炎，不准吃東西。這是中午會診結果。先生額頭、鼻孔以及手脚，都插入各種管道。閉著雙眼，只是很辛苦地呼氣與吸氣。我依循護士吩咐，寸步不離，而先生仍然未醒。到了夜裏九時許，先生突然全身發抖，要加蓋被子。並說：要吃稀飯。我告知他不能吃，他便不作聲。過一會則說，要小便、要大便，並且再三呼唤阿昉（二外孫吴昉）。當一切都料理完畢之時，突然間，雙脚一蹬，也就不再動彈。看血壓，已爲零。護士不慌不忙地安排將其送往重症病房治療。整個晚上，我在病房外苦苦守候。一見穿白大褂者出門，即上前詢問。不久，先生的外甥也到了。但已經太遲。經過五日五夜的搶救，先生都未能醒。

先生以陰曆戊申年（一九〇八）九月初十日出生於浙江海寧之硤石鎮。與徐志摩爲表兄弟。八歲喪母,十歲喪父,十二歲到某中藥鋪當學徒,開始獨立生活。十七歲考入嘉興秀州中學當自助生(工讀生)。僅用兩年半時間,即學完全部中學課程,並且考上南開大學預科。二十歲入讀燕京大學英文系,畢業後被破格吸收爲哈佛燕京學社國學研究所研究生,獲碩士學位。此後,歷任西北聯合大學國文系講師,中山大學、湖南國立師範學院教授,桂林師範學院國文系教授兼系主任,中央大學教授。三十九歲應聘赴牛津大學講學,由該校授予文學碩士學位,並任牛津、劍橋二大學博士學位考試委員。五十四歲(一九六二年)歸國。

先生畢生致力於教育及學術研究工作。胸懷民族大義,既癡且狂,十足性情中人。學生時代,不僅因第一篇學術論文——《釋〈書〉〈詩〉之「誕」》於《燕京學報》發表,名動京師,胡適將其與當時學術權威王國維、楊樹達相提並論,而且因「九·一八」後,爲逼蔣抗日,曾與其兄吴其昌前往南京哭陵,名噪金陵,即被燕大同學推選爲抗日會之第一届主席。此後,走南闖北,去國歸國;幾十年人生道路,經歷許多曲折。但是,其禀性,終老未改。無論做人、做學問,還是教書、教人,都只是追求一個「真」字。除此之外,全無顧忌。

一九六二年,先生響應周恩來總理號召,放棄在英生活之一切優裕條件,舉家歸國。中國科學院院長郭沫若發出〇〇一號聘書,聘請先生爲中國科學院哲學社會科學部文學研究所高級研究員。到達北京,曾發表《真的回到了祖國》等文章,表達其興奮心情。而且,一如既往，以其赤子之心對待歷次政治運動，包括文化大革命。一九七一年間，在河南息縣幹校。錢鍾書、楊絳以及俞平伯、余冠英諸教授均在此。有一天，突然接到通知。一批老知識分子可以提前回北京，大家都非常高興。駐校軍代表趁熱打鐵，即時開了個座談會。一方面由於不斷改造，已有一套政治上之熟習用語，一方面由於急著打點行裝歸京，會上發言相當踴躍。既談接受再教育之收穫，又爲軍代表歌頌一番。而先生則一言不發。軍代表要求說一說，却問：要我講真話，還是講假話？軍代表未加思索，即答：當然要講真話。那好，先生即說：我認爲：五七幹校並没有甚麼好處。這一來，可把大家急壞了。在此關鍵時刻，爲甚麼還那麼天真？弄不好又得留下來繼續接受再教育。軍代表問：爲甚麼没有好處？先生說：要我們回去，不是正説明問題了嗎？説得軍代表啞口無言。——這是「文革」中事。「文革」之後，所謂「正聲滿學院」（劉再復語），先生之敢言形象，更加引人注目。

當然，凡事只憑藉一個「真」字，也給先生帶來許多煩惱。例如，有關文物保護問題。三十年代，爲反對國民黨出賣文物，先生曾親自作調查研究，寫成報告多篇，公開進行揭露；三十年後之文化大革命，却讓其看到另一場面——大批書籍及寶貴文物，在紅衛兵手中付之一炬。先生說：那些運往國外之文物，而今反而完好地保存在玻璃櫃裏。不知該説甚麼好。又如，有關現代文化問題。也是在三十年代，先生曾聽過魯迅先生一次演講。現收藏於紹興魯迅紀念館之一份演講稿，即爲先生所記録。魯迅先生當時曾舉一例，用以説明中國現代文化問題。謂：猶如駕駛外國高級轎車，奔跑在大西北高低不平之黄土高原上。此爲五十年前事。五十年後之改革開放，先生於十年之中已經歷其八。先生在世時，常與談論某些社會現象。感到現代化仍有不少問題，令人困惑。又如，有關當官問題。同樣在三十年代，先生曾爲辛棄疾立傳，頌揚其當官思想。謂：辛棄疾中年時候，功名熱度高到萬分。醉中醒後，直嚷著要做官。他真想做官，而且是大官。做大官才能與金人拼個你死我活。這是真情之自然流露。不覺無賴可惡，反而愈見其真誠（據《辛棄疾（傳記）》）。五十年後，作爲一名無黨派人士，先生被推舉爲人大代表，並且一躍而成爲常委，成爲副主任委員。既出乎先生意料之外，也使周圍友好大爲驚訝。我在奉和其七十七歲生日詩時，曾特意提及「金印如斗大」一事，而先生則説「此事不説也罷了」，當亦頗有些難言之苦衷。但是，在現實面前，先生並不因此而退却，或者苟且偷安，而是仍然既癡且狂地繼續其追求。

一九七七年，六十九歲。先生曾作《鷓鴣天》以明志。詞曰：

飄泊中年迹已陳。天涯海角若爲春。燈前閑煞雕龍筆，夢裏空留寄象身。今老矣，復何云。臣之壯也不如人。平生未作干時計，後世誰知定我文。

調下附小序稱：余自英返國，十五年矣。客有問余僑寓舊況者，賦此答之。時丁巳中秋。可見有一定針對性。不僅説舊況，而且説今況。從出國時算起，兩個十五年——居英十五年（舊況）及歸國十五年（今況），自然有許多聯想。例如某氏，當先生之次女令安獲得牛津大學獎學金即將升入大學之時，還是個低年級中學生，而今如何如何。又如某氏，比先生之次女令安遲幾年歸國，仍被當作華僑，不僅工資比一般人高，而且有高級住房。等等。旁觀者對於愛國此舉，往往有早不如遲之嘆。所以，客之所問，當可想而知。而先生却毫不後悔，並於煞拍表明，其一生從不投合世俗時尚，不趨炎附勢，也不求取現世之榮華富貴，至於爲文、爲人之功過得失，那就任由評説。

一九七八年，七十歲。先生有《千秋歲》次淮海韻二首，爲生日自述。詞曰：

雁來天外。暑氣今全退。深院静，街聲碎。百年飛似羽，銀漢飄如帶。春去也，何當再與芳菲對。　月旦誰都會。論定須棺蓋。身漸老，情猶在。讀書常不寐，嫉惡終難改。今古事，茫茫世界人如海。

道存言外。不解知難退。曾見慣，山河碎。只今方一統，山礪河如帶。誰可語，深宵我共青燈對。　見説群英會。阡陌騰冠蓋。天下事，人民在。已看除四害，更喜滄桑改。君不見，京華冉冉春如海。

第一首寫個人事，第二首寫天下事，二首緊密聯繫在一起。作爲天外來雁，先生自英返國，已是第十六年。而百年光陰，則過得更加迅速。人生一世，雖到蓋棺，才能論定，但自身之癡狂性情，並無稍減。讀書常不寐，嫉惡終難改，即爲其一生之自我寫照，亦即癡狂性情之具體體現。先生讀書、寫作，夜以繼日，直到天亮，才睡一覺。早年養成之習慣，堅持到老。而其嫉惡如仇之禀性，則不僅表現在對待天下事上，有關學術問題也如此對待。歸國之後，在某些學術問題上受到歪纏，先生乃愈戰愈勇，毫不退讓。詞作所寫，頗能體現其真情性。至於天下事，當時改革開放正開始，先生乃充滿信心並寄予巨大希望。所以，有「春如海」之贊嘆。

七十以後，先生兼任中國社會科學院研究生院教授及國務院學位委員會第一届學科評議組成員，並於六届人大被推舉爲人大常委會委員及人大教育科學文化衛生委員會副主任委員。不僅積極參與各種社會活動，而且在培養研究生及學術研究上，取得卓著成績。尤其在學術界，仍以其癡且狂之禀性，在紅學、詞學以及文史各領域，發揮衝鋒陷陣作用。先生其時，仍爲一員猛將。例如《重新評價歷史人物——試論韓愈其人》一文，不僅勇於向所謂「文起八代之衰，而道濟天下之溺」這一千年定論挑戰，而且對其伯樂之説提出質疑。謂：社會上有些人，不怪自己没出息，缺乏千里馬本事，却怪世上没伯樂。這當歸咎於韓愈之片面論調。等等。先生所説問題，頗能發人深省。

行年七十，所謂從心所欲，先生之追求，即奮鬥目標，仍然十分高遠。既留意許多社會現象，又想在學術研究之各領域繼續開拓。尤其對於詞學史上許多被錯解問題，無論古代或今代，都想一一廓清之。例如有關宋人筆記小説之不可信以及歷代詞家詞論家之失誤，先生曾有《花間詞簡論》及《周邦彦及其被錯解的詞》等文加以辯證，並擬撰寫系列文章，闡發其見解。又如有關「言必稱蘇、辛，論必批柳、周」以及豪放、婉約「二分法」之謬誤，先生曾一再爲文，或發表演説，加以有力駁斥，並曾追尋根源，對其遠祖胡仔加以揭露，以爲中國詞學史上外行批評内行之一典型。——先生論斷，不同凡響。對於當前以及今後之詞學研究、詞學理論建設，都將發揮其指導作用。只是因爲，有關論斷對於傳統積習，包括世俗偏見，其衝突力量往往過於猛烈，致使未能很快得到廣泛認同與支持，而反對者則群起而攻之。可見，在學術問題上，與其他問題一樣，要改變一種既成之事實，乃何等困難。但我相信，對於這一切，先生晚年已徹悟，並已逐漸進入化境。

一九八五年陰曆九月初十日，先生七十七歲誕辰，曾以《偶成》詩見示。曰：

日下江河日夜流，滔滔那復計恩仇。成王敗寇千秋恨，漢殿秦宫一炬收。肉食與謀多鄙事，牛衣對泣又何求。最憐畢卓酒船裏，只解持螯不解愁。

詩篇説恩仇、説成敗，以及説人生態度，頗能「通古今而觀之」（王國維語），此當所謂「化」也。而且，將肉食與謀與牛衣對泣對舉，亦頗能體現其一貫情性。只是字裏行間，仍然可見其耿耿於懷。所以，我將詩篇轉呈四川大學繆鉞教授，繆老即有和作，與相勸勉。曰：

早年壯志湧江流，晚歲青燈事校讎。東海西瀛文共契，春蘭秋菊美難收。定哀季世宜微語，員嶠神山未可求。自有千秋傳世業，長吟不必畔牢愁。

度過七十七歲生日，進入晚年之最後歲月，先生有仿《子夜歌》五解——《題〈紅樓世界〉》。曰：

紅樓一世界，世界一紅樓。不讀紅樓夢，安知世界愁。
紅樓一夢耳，能使萬家愁。只緣作者泪，與儂泪共流。

說部千百種，此是情之尤。不獨兒女情，亦見世態憂。
古今情何限，離恨幾時休。所以百年内，常抱千歲憂。
紅樓復紅樓，世上原無有。可憐癡兒女，只在夢中遊。

這是一九八六年八月二十二日晚，先生入住醫院之前，在乾面胡同寓所口授詩章。時，先生約我明日陪同前往協和醫院看病。因精神尚佳，談興甚濃，即留我説詩。此篇由我當場記録，先生又重授一遍，加以核對。並且戲曰：不知道這會不會是我最後一首詩。當時，萬萬料想不到，竟一語成讖。深夜發燒，不願叫救護車，怕驚動鄰居，而由我在街口攔截的士。這是口授詩章情形。詩章爲近期新作。一解乃對於一部《紅樓夢》之總體觀感。謂：《紅樓夢》反映了整個世界，整個世界就是一部《紅樓夢》。只有讀《紅樓夢》，才能認識整個世界，知道其中憂愁。二解乃對於《紅樓夢》作者之所以成功之誠摯頌揚。謂：《紅樓夢》所展示者，不過其中人物之一夢而已，却牽動千家萬户之憂愁。這只是因爲作者之「一把辛酸泪」與讀者之泪流在一起，作者之癡變成了讀者之癡，才有如此效果。三解乃以一個「情」字，對於全部《紅樓夢》内容進行高度概括。謂：説部中小説有千萬種之多，惟獨《紅樓夢》表現好一個「情」字，此所謂「情」，不單兒女私情，還包括反映社會人心之世態情。四解乃對於「情」字進行價值判斷。謂：古往今來，都是爲著一個「情」字，而無有休止地怨恨，無有休止地煩憂。五解乃將以上種種一筆勾銷，既從一解之由無到有，經過許多輾轉，至此又返回到無。謂：世界上本來就沒有「紅樓夢」，而天下之癡情兒女，却只是在夢中遊，永遠未能醒悟。詩章既將紅樓看作一大千世界，將紅樓所説之情，看作一切怨恨、煩憂之根源，此即所謂「有」；但詩章又將其歸結至「無」，這當是「有」到了極端之必然結果。——詩章所寫，不僅表現其讀《紅樓》之心得，而且表現其對待人生、對待世界之觀點及態度。

先生在即將入院之時，特地將此詩章口授於我。此詩章與年前所作《偶成》詩，皆未入集。二篇皆爲先生晚年得意之作，更是十分珍貴。

作爲一代學人，先生論學業績，主要包括四個方面：

第一，詞學研究。先生雖以「紅學」名世，並非專力治詞，但在詞學領域却有獨特創造。這裏所説，主要指詞體結構理論之創造。四十年代中期，先生有《論詞的讀法》四章，先後刊載於一九四六年九月二十四日、十月一日、十月三十一日及一九四七年一月十四日《中央日報》之《文史周刊》。其中，第一、第三兩章，論詞的句法及章法，已爲結構分析法提供典範。尤其是第三章——《論詞的章法》，首創以「人面桃花型」及「西窗剪燭型」兩種結構類型，對宋詞作品進行結構分析，並從中推導出一個重要公式：「從現在設想將來談到現在」或「推想將來回憶到此時的情景」。此舉更爲詞體結構理論建設奠定基礎。此爲出國之前所作研究。歸國之後，正趕上大陸詞界所興起之豪放、婉約「二分法」大潮。作爲一位嚴謹治學之高級研究員，絶不能等閑視之。一九七九年春，先生在給研究生講授「詞學專題」時，首先擺明自己的觀點。此後，連續發表多篇文章，予以辯駁。先生之努力，既爲破除積習、偏見陷陣衝鋒，又爲詞體結構理論建設鋪平道路。其功不可没。

第二，紅學研究。先生治詞，强調「讀原料書，直接與作者交涉」，治紅學，則反對搞所謂「紅外綫」，主張著眼於作品本身。二者同出一轍。先生説：「現在有些人研究《紅樓夢》，可以不涉及這部書，只去考證曹雪芹爺爺的爺爺的家譜、社會關係，甚至跑到更遠的地方去，這是難以理解的。」並指出：「就作品本身看，《紅樓夢》還是大有研究餘地的，很多工作没有人去做。」旅英期間，先生用英文寫成長篇巨著——《紅樓夢探源》（牛津大學出版社，一九六一年版）。全書五卷，體現先生研究《紅樓夢》之五步次序。即：抄本探源、評者探源、作者探源、本書探源與續書探源。五步探源，尋根究底，爲進一步研究打下堅實基礎。歸國後，幾次紅學論戰及紅學熱，先生都曾參與。但其注意力，仍在於作品本身。先生準備著作《石頭記疏證》，已成若干片段，惜未完功。

第三，文史研究。先生爲人，既癡且狂，其爲學，亦在於：言前人之所未能言，發前人之所未敢發。曾説：所寫每一篇文章都如此，要不然就不寫。除了詞學與紅學，在文史研究方面，有關文章已收入《羅音室學術論著》第一卷《文史雜著》。此卷内容極爲豐富：有古代經籍之訓詁發明，甲骨文、金文之考釋，古代社會風俗以及古今文學之比較研究，古典詩歌、樂府中問題以及宗教學問題之探討，敦煌學中有關資料之考訂以及三十年代喪失文物之調查報告，並有關於生物學中條件反射之專論。文章所立論，大多在當時爲創見，到現在已成定論，具有一定學術價值。例如《釋〈書〉〈詩〉之「誕」》，胡適曾在《我們今日還不配讀經》一文中加以引述，謂：《詩》、《書》裏常用的「誕」字，前人解釋都「不能叫人明白」，燕京大學的吴世昌先生釋「誕」爲「當」，「才可以算是認得這個字了」。其餘篇章，也多有驚人之處。

第四，詩詞創作。先生中學時代對於詩歌已有特别愛好，曾有長篇新體詩發表。大學時代，於舊體詩詞，已有精深造詣。早年所作舊詩，出入唐、宋，率意爲之，不限一家；詞則取徑二晏，以入清真，稼軒，獨不喜夢窗、玉田。主真言語、真性情。曾説：「填詞之道不必千言萬語，只一句足以盡之。曰：説真話，説得明白、自然、切實、誠懇。前者指内容本質，後者指表達藝術。……論古今人詞，亦不必千言萬語，此二句足以衡之。」（《羅音室詞存跋》）因此，其所作詩詞，忠厚醇正，感情執著，具有無窮生命力，均爲癡狂性情之生動體現。

我入師門，先碩士而博士，前後八年時間。中間工作兩年，仍常常登門問學。既學知識，也學其爲人。八年時間，對我一生影響重大。這當從一九七八年七月説起。那時，因「重新報考」研究生，獲得通知晉京復試，第一次親聆教誨。此次復試考生，計十六名，乃由全國參加中國社會科學院文學研究所兩個古典文學專業考試之三百二十名考生中挑選而得。個個躊躇滿志，都想在文學所幹一番事業。而文學所兩個專業——先秦文學專業及唐宋詩詞專業，合共只能録取八名。結果，除八名外，又録取兩名，作爲北京師範大學之代培研究生。被録取之十名研究生，分别隸屬余冠英、吴世昌二教授門下。然後，再分别安排具體指導老師。吴門弟子五名：董乃斌、施議對由吴世昌教授指導。董攻讀唐詩，施攻讀宋詞。陶文鵬由張白山教授指導，攻讀宋詩。劉揚忠由吴庚舜教授指導，攻讀宋詞。雍文華（北京師大代培）由喬象鍾教授指導，攻讀唐詩。——因此，我即有此機會，得到先生之親自指導。而且，獲得碩士學位之後，又在先生親自指導下，攻讀博士學位。此爲我平生最值得慶幸之事。

八載受業，兩代人之間，要能相知相得，並非易事。加上我又是從「文化大革命」中出來，頗有些紅衛兵習性，即顯得有點難以相容。所以，初入師門，頗不順利。有關情形，我在《説我的師生情緣》一文中，略有記録，此不贅述。但是先生之嚴加教督，令我獲益匪淺。首先，先生之耿直、率真，我十分敬重。其對人、對事，愛憎分明，也是我學習的榜樣。尤其是嫉惡如仇，其幽默、詼諧、辛辣之戰鬥語言，隨時感染著我。至其既癡且狂之稟性，則更加令我陶醉。八年時間，由相異到相合，變化可真不小。其次，先生爲學，目標遠大，功夫紮實，作風嚴謹，堪稱典型。而培養研究生，則不僅極其注重自身之表率作用，而且善加誘導，多方訓練，以扶植其獨立工作能力。八年栽培，受惠終生。

先生畢生，對待國家民族，對待詩書事業，對待門下學生，乃無私奉獻，不遺餘力。幾十年中，每日工作十二小時。著作等身，中文、英文都有，單單目録就一大堆。有關著作，除了《紅樓夢探源》（英文版）、《紅樓夢探源外編》等專著及詩詞作品集《羅音室詩詞存稿》曾經公開出版之外，還有大量論文，刊載於海内外上百家報刊、雜誌當中。我很是爲先生焦急，深恐有關論文流失人間。而先生却並不在乎，仍然致力於著述，致力於爲學生審閲論文。因此，我只好自告奮勇，聯絡出版，並以大師兄名義，組織同門，義務謄録文稿。這就是《羅音室學術論著》（四卷）編輯出版之來歷。而先生只見到第一卷——《文史雜著》。先生晚年，心身日衰，很需要配備一名助手。而先生則不忍讓學生當助手，曾對師母説：「施議對有自己的研究工作。」但是，却抱病爲我組織博士學位論文答辯，直到所有手續均辨理完畢，蓋了印章，方才考慮上醫院看病的事。

十年光陰已逝，往事歷歷在目。先生駕鶴歸去，常常入我夢中。學海無涯，人生有限。而先生之道德文章，學人風範，將永垂千古。謹以斯文，致祭於先生在天之靈。嗚乎哀哉。尚饗。

丙子小暑後三日於濠上之赤豹書屋

原載一九九六年八月二日、九日、十六日、二十三日香港《大公報》

師道與父道

——懷念我的老師黃之六先生

我出身貧寒，没有家學淵源，但我的師生情緣不淺，從小學開始，就一直遇到好老師。這對於我的學習與深造起了很大的作用。

在我的多位老師當中，霞浦黃之六（壽祺）、永嘉夏瞿禪（承燾）以及海寧吴子臧（世昌）令我最爲難忘。他們把我當作親生兒子看待，我把他們當作父親一樣敬重。而三位老師當中，六師和我往來的時間最長，前後相加，將近三十年。

一

我是一九六〇年八月考上福建師範學院中文系，到了六師門下的。那時，全年級八個班，三百多位同學；全系四個年級，同學一千多。六師是系主任，大家都稱呼「黃主任」。黃主任未在我們年級任課，到了第二年，才代替另一位老師，爲我們講《離騷》，整整講了一個禮拜。親聆教誨，這是印象最深的一課。黃主任的聲音很清脆，聲調很優美，加上形象、生動的分析，授課效果非常之好，令全體同學贊嘆不已。同學們不僅欽佩其學識、才華，而且欽佩其爲人師表。那時傳説，黄主任曾在一次全院師生大會上表示：他擁護中國共産黨，但是他暫時不能入黨。因爲他的身體是父母給的。依循古訓，老母在堂，尚不能「獻身」。不够黨員條件。許多同學都將黄主任當作自己學習的楷模。不過，在衆多弟子中，要想真正登上先生的門庭，可不是一件容易的事。

在中文系四年，每次考試得五分，科科考試得五分，這一榮譽記録，我曾保持了兩年。到第三年，突然産生偏科思想：決定專攻宋詞，報考宋詞研究生，並且悄悄做了準備。但由於根基淺，很難使學習走上軌道。自己摸索了幾個月，我終於鼓起勇氣，前去拜訪黄主任。那是一九六三年四五月間，由一位霞浦的同學相陪，誠惶誠恐地走進了黄主任的家門，向黄主任請教有關詞的問題。黄主任熱情地接待了我，並先和我談談家常，安定我的情緒，而後認真地爲我解答問題。黄主任很高興，答完問題後，並將詩與詞作比較，爲我講述詞的特點以及早期詞的發展情況。這是我從事詞學專門研究的第一課。

此後，我繼續讀詞和有關詞學研究的書籍，並曾一次又一次地登門討教。那時，我雖未曾説明準備報考的事，但黄主任還是十分認真地爲我講述所有問題。到了一九六四年春，參加招考研究生全國統一考試，並於四五月間接到初步録取的通知。果真是杭州大學宋詞研究生，導師夏承燾教授。一聲春雷，全系轟動。黄主任非常高興，親自擔任指導老師，幫助我寫作論文。從選題到草擬寫作提綱，乃至整個寫作過程，黄主任都十分重視。寫成初稿，逐字逐句細加批改，並且提請系裏全體古典文學老師審閲，而後逐條逐條指導修改。這篇論文題爲《龍川詞研究》。爲了這篇論文，黄主任曾連續幾個晚上不睡覺，甚至生病住院，也將我的文稿帶到病房審閲。這篇論文爲我被正式録取爲宋詞研究生創造了條件，而且這也是我的第一篇學術論文，我因此學會了怎樣獨立進行學術研究。

考上杭州大學研究生，這是我平生最快意的時刻。接到正式録取通知書，全系同學都爲我歡呼。臨别之時，黄主任特地預備家宴爲我餞行。那一天，黄主任也很高興，先爲我書寫條幅。我和黄主任的愛女幼嚴在一旁，幫助鋪紙磨墨。黄主任興致勃勃，所寫的字又有力、又很瀟灑。寫完之時，落款壓寶，頗有點躊躇滿志的意思，只可惜，誤將「無限」寫作「無數」，變成「無數風光在險峰」。黄主任自己不覺得，等我告訴他時，已經來不及了。我很喜歡這幅字，説錯了一個字不要緊，而黄主任一定要重新寫過。黄主任説：「發現問題，要及時説出來。」這件事給了我一個教訓，而黄主任並無怪罪之意。席間，有説有笑，十分愉快。臨行之時，我送畢業照給黄主任，黄主任也命幼嚴拿來相册，由我挑選。黄主任還預備了幾封信，讓我帶交瞿禪先生以及他的老師朱師轍先生和他的好友吴茀之和蔣祖怡教授。黄主任語重心長地告誡我：要尊重老先生，才能真正學到東西；對於老先生的思想觀點，不要隨便批判，不然就不會教你。

二

到杭州大學，從夏瞿禪先生學習宋詞，先是「革命化」教育，再是下鄉搞「四清」，後來是文化大革命，真正學習時間只有一年多，但我牢記黃主任的話，真心實意地拜師求學，獲益仍甚不淺。

十年「文革」，從第一次全國大串連，直到後來的鬥私批修，我都曾積極參與，但對於批判舊文化、批判「反動學術權威」，我則一直有著不同的看法。走出校門，我仍記掛著我的老師——黃主任和瞿禪先生。

一九六九年間，我獲知瞿禪先生在嘉興農村，但未取得聯繫，到一九七三年間才接到瞿師的信。而與黃主任則於一九七一年間就取得聯繫。那時，黃主任下放周寧，寄給我《竹枝詞》十首和勞動詩章若干首。我寫了一首七絕寄奉黃主任，詩云：

最喜先生寄竹枝，盎然情趣我能知。何當遂我歸來願，籀易更聽唐宋詞。

黄主任隨即賜和一詩，云：

喜爾生花筆一枝，能鎔古典寫新知。老夫耕罷饒詩興，日盼飛鴻寄偉詞。

接到黄主任的信和詩作時，我正在福建省三明鋼鐵廠公幹，似已在工農兵行列。但是，我始終不相信「讀書無用論」，總希望有一天，能够「歸隊」，再到黄主任門下，聽他講授唐宋詞。「籀易」，即黄主任書齋名。不久，黄主任從鄉下調返福建師範大學，重理舊業，給了我很大的鼓舞。

一九七二年夏天，黄主任陪同中文系師生到三明搞教育革命，曾到我家作客。那時，我剛有個家，居住六十幾平米的套房，生活條件比高校好得多。經過「再教育」的黄主任，曾悄悄地對我說：「要是我就不走啦！」不過，他發覺我信念堅定，決心繼續以往的詩書事業，就積極想辦法幫助我調往師大。

一九七四年九月，我被調往省裏注釋法家著作，這就是「福建省李贄著作注釋組」。黄主任已先到這個組。這是爲調我到師大所做的準備工作。注釋組一共十餘人，部分爲廳級和處級的下放幹部，部分爲高校教師，工農兵代表是後來才進駐的。明祖凡同志任組長，計克良同志任黨支部書記。下放勞動期間，人們稱黃主任爲「老黃」，在注釋組叫「黃老」，而我和另外幾名老門生，仍然稱呼「黃主任」。黃主任擔任其中一個小組的組長，專門負責注釋工作，我就在這個小組。另一個小組是理論小組，負責寫作評論文章。

黃主任對工作極端負責任，所有查書、注書工作，不僅自己帶頭做好，而且非常注重對組裏每一個成員進行具體指導。尤其是對我這名老門生，則更加從嚴要求。我因爲在基層工作了幾年，心比較野，喜歡「走江湖」，以爲半部《辭海》通李贄，做起注釋來，往往非常迅速，有没有問題，自己也不太在意。但黃主任則很細心，往往爲我找出許多問題來。黃主任常常告誡我，要認真讀書，打好基礎，最好從經史開始，再攻子集。説：「趁現在年富力强，要抓緊學習。」同時，黃主任還處處用自己的行爲爲後輩樹立榜樣。比如，我們有問題向他請教，能解決的就當場解決，一時解決不了的，決不敷衍了事，而常説：「我查書看看再説。」有一次，黃主任突然叫住我説，這個字應該如何如何解釋，有什麽依據，並將有關資料一一羅列出來，而我則一時不知道是怎麽一回事。但想想，却猛然醒悟：原來這是我幾天前所提出的疑問；我自己忘記了，黃主任仍一直記在心上。黃主任視力不好，看書有困難，寫字也慢，却如此盡心盡力地幫助後輩；對於黃主任的這種精神，我們幾名老門生都十分感動。

在當時的社會背景下，研究法家著作，評法批儒，這是大勢所趨。但是，黃主任這位老知識分子，却往往有自己的意見。有一次，黄主任曾認真地問我一個問題：「陳亮和朱熹不是好朋友嗎？爲什麽還有那麽大的一場鬥争？」這是針對我的《南宋時期儒法之間的一場大論戰》而提出的①。因爲我在這篇文章中，將陳亮和朱熹劃歸兩個不同的陣營，所以我回答説：「認錢不認人嘛。」這是當時的政治套語。黄主任聽了，微微一笑，也就不再追問下去了。應該説，我當時的思想，「左」的烙印還是比較深刻的，只是還够不上「左派」的資格罷了。不過，黄主任以及我們幾名老門生，其實都是些書獃子，亦即儒生，從根本上説，大家還是有不少共同語言的。所以，我們常常利用工餘時間，一起在注釋組所在地——省委黨校的美好園田裏作「百步走」。

一九四九年以後，黄主任經歷了無數次運動，每次運動幾乎都是批鬥對象，惟獨這次評法批儒，並未被當作儒家而遭到批鬥。但是黄主任赤子之心永不改變，他並不因儒家被批判而把儒家的東西説得一文不值。比如《周易》，「文革」以前及「文革」當中，是極少有人敢問津的，而有一次，我則在黄主任的書案上，發現一本十分古老的《周易讀本》。我知道，這是黄

① 批林批孔期間，我曾將《龍川詞研究》的背景資料，按照當時的理論框架，寫成「大論戰」一文，並在《福建師範大學學報》上發表；到北京後，始還以真面目，將黄主任所審定的《龍川詞研究》稍加整理，改題《陳亮及其〈龍川詞〉》正式發表在《厦門大學學報》上（見一九八二年增刊號）。

主任所心愛的一本書，當是紅衛兵時代偷偷留下來的。我好奇地翻了幾頁，對黃主任説：「這本書原來竟這麽有趣，講得很有道理，很好。」黃主任即刻回答：「當然很好囉！」不過，黃主任並未再説些什麽，可能料想我也不一定有勇氣看下去。作爲「評法批儒」的一分子，黃主任對於儒家確實有保留意見，而對於法家，同樣也不願意瞎起哄，始終保持著獨立的精神。

在注釋組三年，與黃主任朝夕相處：一起吃飯，一起工作，一起「百步走」，我們的心是很靠近的。這是另一種形式的課徒授業，我學到了許多書本上所學不到的東西。

三

「四兇」覆滅，我準備重新報考研究生，黃主任知道後十分支持，曾對其他門生説：「議對很有志氣。」而我在備考期間，又有機會聽了黃主任的一堂課，那是他爲三明市中學語文教師所開設的中國古典文學講座。黃主任的這堂課，從頭講到尾，講得很周全，很有系統；通過聯想、思考，我的有關記憶也全部浮現腦際，我的思緒跟隨著黃主任在古典文學的王國中周遊了一大圈。有了這堂課墊底，我也就順利考進中國社會科學院，第二次當上了研究生。這是一九七八年間的事。

到了北京，再次深造，黄主任仍不斷對我進行鞭策和鼓勵。我於一九八一年在中國社會科學院研究生院畢業，獲得文學碩士學位，而被分配到《文學評論》編輯部工作。一九八二年夏，黄主任率領研究生晋京進行學術訪問，因我當時正趕著寫作《詞與音樂關係研究》這部書，黄主任則不辭勞苦，與研究生一起擠公共汽車，從北京師範大學招待所到我的住處看望我和我的妻兒。那時我住在東直門外西八間房，從西到東，要轉三四次車，但爲不耽誤我的寫作，黄主任便親自來了。黄主任説：「能寫出書來，比陪我遊玩更有意義，希望快點看到你的書。」記得那天，黄主任和我家人一起，自己動手，吃涮羊肉，大家都很盡興。此後，我的書正式交付出版，我並且繼續攻讀博士學位，於一九八三年秋，第三次當上研究生。在我攻讀博士學位期間，黄主任爲了替他的老師吴承仕先生整理出版遺著，曾多次晋京，親自主持具體工作。他住在北京師範大學小紅樓招待所，業務上雖有助手幫忙，生活上的許多事情却須要自己打理。有一次，我見他一個人在食堂排隊買飯，心裏很是過意不去。但他一心爲著老師的著作，並不在乎什麽艱苦與不艱苦。其時，黄主任已年届古稀，却像以前初入師門那樣，畢恭畢敬、兢兢業業地工作；在他看來，尊師重道，這是每個人所必須具備的美德。

黄主任讀一輩子書，教一輩子書。他將師道和父道一樣看待，把一切都奉獻出來，而自身之所求，則很微小、很微小。黄主任少年喪父、中年喪妻、老年喪女，在人生道路上，可以説是相當不幸的，但他還是把教書、育人的大事業擺在首位。前文説過，黄主任曾因堂上有老母而未敢「獻身」於黨。在家中，黄主任是個大孝子。他一直把老母帶往身旁奉養。但黄主任一心一意爲著事業，却將家庭重擔落在師母身上。師母嚴氏，知書識理，未曾參與社會工作，全力主理家政。國家困難時期，她憑著自己的手藝，將每月國家供應給專家的極有限的黄豆等製成各式各樣食品，讓一家渡過難關。這件事，直到師母逝世後好幾年，黄主任還常常提起。「三反」、「五反」時，鬥争十分激烈，「運動員」集中在一起吃、住，不得歸家。據説，黄主任當時也曾産生過自殺的念頭。而且，也正是在這個時候，女兒幼嚴出麻疹，他仍無法回家照看。結果，師母因過度操勞，患上了不治之症，幼嚴也因爲麻疹未好而留下致命頑疾。「文革」前夕，爲了醫治師母的病，黄主任曾忍痛出賣自己積存多年的藏書。架上任人挑，一共賣了八百元。但是，賣書買藥，仍救不了師母的命。一九七六年，幼嚴腎病復發，住入省立醫院，黄主任拜托朋友，四處求醫，也仍逃脱不了厄運。

黄主任爲當代《易》學大師，有關占卜等事，他是有一定研究的。但是，對於生命現象，對於命運，仍認爲有許多問題是解釋不清楚的。在幼嚴病重期間，因每天陪同黄主任到醫院探望，黄主任曾告訴我一件事：有一位老前輩爲他批命書，其中二句云：「妻雖賢美，或當再娶。」爲幼嚴批命書，從一歲批起，甚麼時候幹什麼，遇到什麼事，都批得很具體，並說這女孩前程很好，很有出色，但批到三十六歲就不再批下去了，說：「這以後的事情就別說了。」爲什麼批得這麼準，這麼靈驗？黃主任只是搖搖頭，感到十分無奈。

痛失愛女，黃主任的晚景顯得淒涼。「百步走」過程中，有一次突然提起夏瞿禪先生，說：「夏老好得有吳聞，要不誰來照顧他呢？」當時，我並不領會黃主任的話意，等到來到北京，看到瞿禪師處處需要吳無聞師母扶持之時，方才有所省悟：「再娶」的話是否也當兑現？於是，我感到很後悔，當時未曾給予幫忙。後來，聽說也有人想幫忙，但黃主任都婉拒了。黃主任經常對人說：「我七十歲入黨，七十歲才抱孫。」他已下定決心，把餘生獻給中國共産黨，獻給教書育人事業，同時也獻給兒孫。因此，對於自己的一切也就不願意多考慮了。

我在黃主任的關懷和指導下，斷斷續續當上了三次研究生，創造了二十六年的高學齡紀録。學習過程中，我牢記黃主任的教導，把師道當父道，真心實意地向老師求教，我的老師也真心實意地向我傳授知識。在攻讀碩士學位和博士學位之時，夏瞿禪先生也住在北京，他十分關注我的攻讀情況，而我的指導老師吳子臧師，則帶病參加我的博士學位論文答辯，直到一切手續辦理清楚，方才住入醫院。夏瞿禪師和吳子臧師病重期間，我曾日夜守候在病榻邊上，並且爲他們送了終。但黄主任病重，我則未能隨侍左右，也未及見上最後一面，這件事給我留下了終生的遺憾。

我和黄主任最後一次相聚是一九八七年冬天。那時，我應邀前往泉州參加李贄學術研討會，路過福州，就住在黄主任家中，並和黄主任一起驅車赴會。會議期間，黄主任和大家一起在泉州、南安一帶，尋找李贄的遺蹟，一起探討問題。黄主任興致很濃，曾當場揮毫賦詩，並曾給泉州開元寺留下「金聲玉振」四個堂堂正正的大字。同時，黄主任還和我以及黄拔荆等幾名老門生合照留念。大家都爲黄主任有如此健康的體魄和如此充沛的精力而感到高興。此後，黄主任又往東北、西北參加學術會議，進行學術考察，每次出遊，都寄給我一批别有情趣的詩詞作品。一九八九年秋，我因事赴閩，正巧黄主任出遊未歸，不得相見。一九九〇年春，黄主任赴美講學，但歸國之後，即發現胃癌，而且住入醫院即告不治。那正是福州的大熱天。黄主任跟身旁的人説：「天太熱，叫議對不要來。」黄主任直到生命垂危之時，也還是爲他人著想，而我又錯失時機，未能在六師大人離世之前趕去見上一面。

來到香港，四顧茫茫，我最崇敬的三位老師都已離我而去，我也被迫爲謀稻粱之計，「朝九晚六」，每天忙得團團轉；但我曾做過一個夢：黄主任正在爲一幅畫題辭，而所題之辭就是《離騷》上的句子。在我心中，仍然念念不忘老師所傳授的詩書事業。我將抓緊利用工餘時間，勤奮寫作，將老師的未竟之業繼續發揚光大，而以此作爲對我的老師的最好的紀念。

一九九二年九月九日於香江之敏求居

原載北京《人物》一九九三年第三期。又載《易學宗師黄壽祺》，《福建文學史資料》第三十輯（一九九三年・福州）。

淵明矢夙願，沾衣付一笑

——與宗伯舍翁施蟄存教授的最後一次筆談

在我的記憶中，施蟄存三個字，應當是「歷史」，是一種遥遠的存在。上個世紀七十年代末以及八十年代初，由於先師夏承燾教授的緣故，有幸於現實中與結忘年交好，對於施蟄存其名其人，又覺得何等親近。差不多四分之一世紀，有信必覆，有問必答，獲益良多；但相對其「四窗」著述及整個藝文世界，乃「高山仰止，景行行止」，依然那麽遥遠。

記得第一次於愚園路一〇一八號北山樓拜謁先生，那是一九八二年的事。

六月十四日　星期一　晴

午後訪施蟄存，十分匆忙，因近五時，我就告别了。幾個問題都未談妥，準備再次拜訪。關於編詞選，施老先生以爲，應從一九一二年起，到一九四九年截止。當代的不好辦，名人、高幹，送來了，不選不好。他説，詞是他的副業。年輕時通共寫不上十首，以後五首，不願拿出去。經歷倒是談了。他説，原來是搞創作、翻譯的，一九三七年由朱自清推薦到西南聯大教書，開始搞古典文學。詞是六十年代戴著帽子搞的。現在的一些文章，都是當時的札記。帶五個研究生，很忙。並說：你在北京打天下，我在上海編我的《詞學》。他說：現在的古體詩詞，差的多，好的少。並說：編個詞選可以，不要去幹那種事。詞選也就是每人三五首，至多十首。他不主張寫古體詩詞。《詞學》的詞苑，送來了，不登不好。他自己是不登的。關於葉棣，二十五首是否是套大曲？他說：這麽一來，《雲謡》三十首不也是大曲了嗎？並說：不像唐音，那麽慢。胡樂多繁聲促節。不像琵琶，倒像是古琴。又説：彈琵琶的姿勢不是唐人的。在西安看壁畫、石刻，都是橫的。電視上是豎的，方法不對。我説：我將自己的反對意見删去。他説：那也不必。成一家之言，還是可以討論的。舍翁以爲，幾支曲都没有煞聲。《詞學》出版慢，不便約稿。交代向吴先生問好。説：以後有什麽文章，給他們。又説：要是每年四期，就放手組稿了。

一九八四年間，中國韻文學會醖釀成立。應先師夏承燾教授之命，赴湘潭與彭靖、羊春秋以及劉慶雲、張式銘諸同仁協商有關事宜。途經上海，曾趨府奉訪。我在日記中寫道：

十一月五日　星期一　晴

午後訪包謙六。一九〇六年生，七十九歲。蓄著小鬍子。他是舊社會的書寫科出身的，曾從夏敬觀先生學詞。包謙六先生陪我去看施蟄存。一九〇五年生，八十歲。九月二十三日出院。他説我那個《詞綜》搞得他很忙，許多人都要找他寫評語。他説他是搞詞學的，不作詞。提起吕貞白，他説：完蛋了。老人你要趕快看，要不，就看不著了。臨走時，他説他問我：「我和你還有什麼没有了結的事情？」我説：就是要你的詞作。出院後，他不問社會上的事，要抓緊做自己的事。也有這樣一個書包，可惜他不能背了。

先生説只是搞詞學，不作詞，並不意味著自己對於倚聲之道不夠當行，也並非只是教人詞學而不教學詞。晚年手訂《北山樓詩》，未及詞，應當是秉承聖教，將其看作是一種力行之餘。但是，自一九八二年二月《詞學》創刊，先生却投入許多時間與精力，辛勤地勞作。從第一輯到第十二輯，組稿、審稿，乃至編排、出版，皆親力親爲，嚴格把關。尤其是對於詞苑所刊作品，則更加一絲不苟。拙作《金縷曲》刊發於《詞學》第六輯，其中即熔鑄了先生的心血。詞云：

一棹西湖水。釀清愁、平波倦溦，暖風慵起。不了晴絲飄柳岸，隊隊無言桃李。費重來合共佳人醉。對長隄、沙鷗笑問，鬢毛斑未。客子光陰駒過隙，惟有此情難已。縱幾度，蟾宮折桂。曲院曉來聞鶯語，正沉沉幃幕眠西子。凝皓腕，亂釵髻。

這是一篇習作，一九八二年寫成初稿。曾經夏承燾、吴世昌二教授圈定，繆鉞以及詞界多位前輩亦惠以教正或賜和。夏改「欲共」爲「合共」，改「睡」爲「眠」；繆改「柳飄帶」爲「飄柳帶」，改「月宮」爲「蟾宮」。在這基礎上，先生則改「一勺」爲「一棹」，改「重游」爲「重來」，並改「客裏」爲「客子」，改「算」爲「縱」。幾經點撥，大爲生色。説明不僅教人詞學，而且教人學詞。當時奉書致謝，而先生來信却説：「大作詞我擅改了幾個字，也靠你底子好，如底子不好，亦不易潤色也。張珍懷來函，對此詞甚爲稱贊。」其間，所謂無數法門，也許就是這麽一回事，確實令晚輩受益無窮。

上世紀八十年代初，編纂《當代詞綜》。先生既爲提供名單，開列地址，幫助徵求作品；編集過程中，遇到問題，亦予以熱情指導。諸如作品斷代問題、全編命名問題以及十大詞人推舉問題，先生都曾明確地提出自己的看法。作爲一代文獻，先生十分關注，一直到此書正式刊行。

有一位老前輩説，做學問須要三個條件：書卷、江山、交遊。先生藝文生涯，開始得很早，並享高壽，三個條件均具備。晚年少出門或者不出門而知天下事，尤其學界的事。一九九〇年，由北美一批學者所籌劃的國際詞學研討會在美國緬因州召開。會議期間以及會前、會後有關情況，都在先生的把握當中。旅美歸來，過滬趨訪，我在日記中曾有一段記載：

十月十三日　星期六　晴

上午訪施蟄存、包謙六。施老很激動：你就是施議對？我看不是。施議對不是這個樣子。他拿出詞學會照片，説：你穿灰背心。施老耳朵不靈，談了許久，話題均未對上。他爲我吟誦兩首詩、一首詞，十分高興。包老耳朵尚可以，但不會吟詩，只是誦讀。

就學問或者輩分講，無論如何，先生和晚輩的距離，都是很遥遠的。但是，在許多情況下，先生和晚輩，又那麽親近。這是移居香港前，和先生的一次筆談。説及緬因詞會，非常高興。仿佛就在現場一般。先生吟誦，亦曾爲之録音。

移居香港，並赴澳門大學擔任教職。換了個環境，一段時間與學界較少聯絡，對於先生，亦久未奉書請安。一九九七年八月五日，突然奉訪，极爲驚喜。當時與徐培均、孫琴安同行。

一見面，先生即説，九十三啦，再過兩年，就是九五至尊。接著，十分高興地叙説自己的每一天是怎麽樣度過的。以爲時間過得真快。早上八九點鐘起床，吃過早點，看看報，一會兒就是午飯時間。之後，稍微休息一下，天就暗了下來。每一天都過得那麽快。説年輕時埋怨日子過得太慢，年紀大了，却覺得時間過得太快。由於多年未有新訊息，這一回，我帶來兩部録音機，也算是有備而來。我問先生，平常看些什麽書，請先生再爲吟誦，並準備録音，因上一回所録吟誦磁帶，在課堂上不小心給洗掉了，希望重新來過。先生擺擺手，説不作老牛吼。我留下一部録音機，讓其得閒之時，自己紀録。先生説，有了這東西，那就不敢講話了。不過，先生在一篇文章中却曾説及，現在什麽都有，録音機、録像機，就是没有録想機。要是有這麽一部機器，可將所思想的記録下來，該多省事。我關於録想機的靈感，與此事不知是否相關。

我與先生同宗，一爲錢江施氏，一爲吴興施氏。偶然、必然，風雲際會，總覺得特别親切。一九九八年十一月，赴嘉興出席先師吴世昌誕辰九十周年暨吴世昌學術研討會，停留上海。十一月二日，星期一，晴。與太太前往拜訪。先生説：在外面工作很忙，不要每年都來看我。又説：十二月生日。九十三過了，就九十四。腦子十分清楚。與説每日狀況，起居飲食以及看書寫作。謂一日兩餐，早晨一顆雞蛋、八粒紅棗，午休後雀巢咖啡及餅乾。我贈送阿華田給他，他豎起大拇指，説好。謂很懶，不喜歡活動。見面時正躺在床上。抽雪茄。仍有所著述。喜歡看外文，小説或者政治一類的原版書籍。每天晚上十點鐘以後睡覺。床頭一盞燈，書本堆積著。提起上海大學時的同班同學，知道澳門有梁披雲，叮囑我代爲致意，並説《書譜》還是應當繼續出版。

二〇〇〇年七月，澳門大學中文學院舉辦中華詞學國際研討會。同樣規格的詞學研討會，曾在緬因與臺北舉行，這是第三次。在澳門回歸祖國的第一年舉辦這麽一次國際性的學術研討會，先生十分關注。劉淩、劉永翔二兄應邀出席研討，讓帶新出《詞學》十二輯，親筆題贈，以表示祝願。

步入新世紀，元亨利貞，萬物資始。與先師夏承燾、吴世昌教授輩分相當的幾位學者，鍾敬文、臧克家以及施蟄存先生，仍然筆耕不輟。短短幾年，時時有新著寄賜。由於忙著教學，忙著清理案頭積壓，又不經意地將剛剛收到的贈書擱置一旁。有一回，發現鍾敬文先生所贈送的一本書——《履迹心痕》，題曰：九八老人鍾敬文，二千年九月北京。扉頁附照片，並有題詞：百歲光陰此去還餘幾日，萬民文化從來總繫寸心。兩句話，概括其一生。看著看著，猛然一驚。這是前輩親手題贈。此時不好好拜讀，更待何時。於是，下定決心，其他事情暫時停下，即將前輩所贈書統統搬將出來，盡快拜讀，爲報心得。一共寫成三篇文章：一爲《記民俗文化學之父鍾敬文》，一爲《臧克家的詩世界》，一爲《施蟄存的藝文世界》。幸好三篇文章發表，三位前輩都已見到。

我所説先生藝文世界，大致包括兩個方面：①自己著述，中外古今，有北南西東「四窗」之作；②別人著述，組織領導，有《現代》、《詞學》兩大陣地。這是依據《詩經》「如切如磋，如琢如磨」所進行的歸納。爲己、爲人，古之學者以及今之學者，各有區別，先生則將其集於一身。

文章發表，寄呈斧正。未有回應。二〇〇二年，出遊南京、上海、蘇州。八月二十七日。是個下雨天。於愚園路拜訪舍翁。他正睡在床上，不起身。身旁小狗，使勁喊叫，亦無動靜。其公子告曰，近日身體不太好。我告辭時，將藝文世界所歸納的兩句話留下，希望得到認同。

二〇〇三年十月十七日，先生百歲華誕。華東師範大學爲之舉辦祝壽會。上午慶典，由各級領導及學界先進致詞。我獻上壽聯一幅並新出《當代詞綜》一套。下午學術研討。由先生嫡孫施守珪陪同，前往華東醫院探望。病榻前，就爲己、爲人兩個方面，與之確認。一見面，十分高興。他説：好久不見。你夫人也來啦？聲音洪亮。我給看壽聯：「斯文大厦，詞學正宗。」他豎起大拇指。接著，以筆叙。我謂：「二十世紀詞學傳人，夏承燾與施蟄存。」他笑了笑，表示贊賞。我謂：「詞學上等於兩個龍榆生，文學上等於兩個魯迅。」他亦點頭微笑，並豎起大拇指。並問：最近出了些甚麽書？我説：《當代詞綜》已出版，編内有舍翁作品。他滿意地笑了笑。

一人抵二人，一世當二世。這只是一種比喻，主要爲著表達晚輩的敬意。對於這一切，先生已看得非常通透。尤其是與魯迅的一段公案。早在上世紀五十年代末，於虹口公園拜謁魯迅墓，所作詩及序，已將各自弘文、弘道的志趣作了明確表述。所謂「殊途者同歸，百慮者一致」，其貞素、寒操，千秋萬代，永遠值得敬重。因以詩中二句，用作本文標題，以表示對於先生的懷念。

乙酉小雪於濠上之赤豹書屋

原載北京《新文學史料》二〇〇六年第四期。又載陳子善編《夏日最後一朵玫瑰——記憶施蟄存》，上海：上海書店出版社，二〇〇八年六月第一版。

梁披雲自述

梁披雲述　施議對手記

第一章　家世與教育（一九〇七—一九二六）

一　松竹溪山，畫圖難足

我於清光緒三十三年（一九〇七）二月初二日（三月十五日）出生於福建永春之蓬萊街。永春又名桃源。舊時永春州包括德化、大田二縣，位於閩中偏南。閩中戴雲山經此向東南延伸。由永春城内之五里街，沿著一條石砌官道向西北方向行走八里路，有山名鰲頂，並有鰲頂村，蓬萊街即在此村中。

這是山麓間之一小村莊。背靠高山，左右兩座小丘。松光竹影，一片葱翠。村前是級級梯田，一條小溪，曲曲彎彎，從山脚下流過。環境十分幽美。

鰲頂村民六七百，多姓梁，李姓、雷姓屬「少數民族」，僅數十人。協姓現改姓陳。梁氏乃南宋時梁克家之一分支。克家曾在泉州、惠安、莆田、福州等地做官。由泉州赴臨安考狀元，當過宰相，爲梁姓之開基祖。梁姓祠堂在泉州土沙街，有對聯一副，爲朱子（熹）所書：

事業經邦閩南賢才開相運，
文章華國温陵甲第破天荒。

而祖墓則在惠安，即今山尾水庫所在地。

鰲頂交通，有水陸二路。水路有溪船通行，陸路依靠石砌官道，均可到達泉州及鄰近各縣。據傳，此官道乃蓬壺鎮王、游二家所鋪砌。明末清初，蓬壺大盜林興珠投靠滿清，平烏拉（俄羅斯），立下戰功，即串通王及李、潘諸游氏，在閩省大片霸占土地，成爲大富豪。後來，諸氏械鬥，互相殘殺。鄉間曾流傳這麽兩句話：「王游林李潘，相打拿竹竿。」而王、游二家，並出敗家子。當營造房屋之時，某孫提出：「如今房屋造得這麽牢固，大石塊加上水泥，堅不可摧，將來缺錢用，如何拆除變賣？」於是，即將大石塊用來鋪路，由蓬壺一直鋪到泉州府。想不到此大富豪却爲永春百姓做了件大好事。我很早就離家遠遊，但對於家鄉山水很留戀。尤其是經過飄泊生涯，有機會返歸故里，即更加難分難捨。在我詩集中，有兩首詩記下這一情景。一首題爲《永春村居》，曰：

村居長覺月來遲，嶺上回看影已敧。待得更闌風定後，萬山如夢樹如癡。

另一首題爲《山居》，曰：

松崗竹澗碧烟舒，冉冉清暉畫不如。看取閑雲歸遠岫，山居我亦愛吾盧。

幾十年過去，家鄉之山與水，風和月，乃至松竹雲樹，一切一切，仍時時縈繞在我心中。

二　圖畫耕織，梅鏡傳芳

據考，梁氏始祖可追溯至春秋時代之梁叔魚，乃孔門七十子之一。我家祖厝友恭堂，大廳有副對聯。云：

友善聖門，溯齊國高賢，七十子中分道脉；
恭膺帝簡，爲宋朝碩輔，百千年後仰勳名。

而横批則曰：

梅鏡傳芳

友恭堂大門，另有對聯，曰：

秘閣圖書綿世澤，
霸陵耕織溯家風。

同樣記載了這一「道脉」。友恭堂，乃閩南民間一種宫殿式建築。前後兩進，每進四房一廳。左右兩道護廊，緊緊環抱。十分廣闊雄偉。加上緑瓦紅墻，更加富麗堂皇。這是我家老屋。而祖厝則在泉州城内。友恭堂爲祖父所創，父親始建成。大廳對聯用紅紙書寫，每年更新。大門對聯乃石刻，一年上一次金。二副對聯皆出自父親手筆。

梁氏家族，自梁克家始入閩。原居住泉州。由泉州衍派永春，已四五百年。據説，克家當時，因祖母夢見梅花，即中狀元，故有梅鏡相傳。我家世系，可見下圖。

梁氏世系

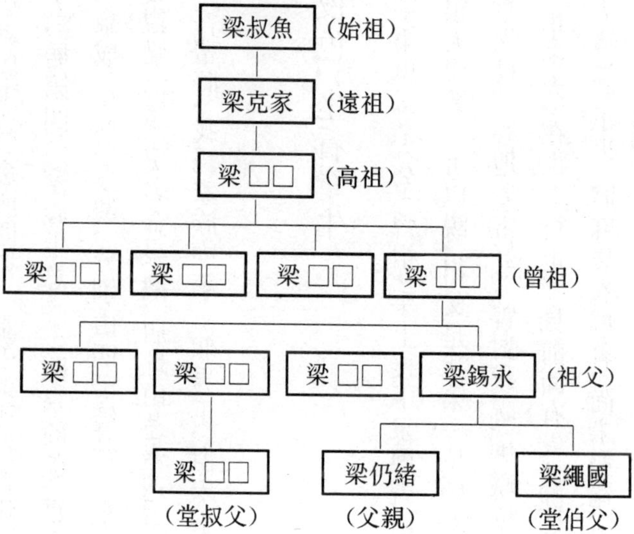

梁氏世代，以圖書、耕織傳家。高祖之後，兼營商業。至曾祖，已發展成亦儒亦商之一大家族。高祖梁□□，於家族事業，多所開拓。堂弟梁斗捐款建造永春體育館，即以高祖命名。曾祖梁□□，兄弟四人，居第四。家族生意——四泉商號，爲其所創立。子六名，二名未成人。四泉商號，泉泰、泉成、泉豐、泉興，分別由四子經營。祖父梁錫永，居第四，經營泉興。泉興在蓬壺鎮。至父親梁仍緒，更名金泉興，店址由蓬壺遷至縣城之五里街，發展成爲當時永春四大商行之一。吾輩時，我爲家族中第一個男丁，但未承繼家業。兄弟姐妹八名，皆遠走他鄉，各行其是。

三　天階夜色，坐看牽牛

我祖父梁錫永，字第思，從太公（曾祖）手上接下泉興號，因經營不善，終致倒閉，但其於詩書事業，却給了我很大影響。可以説，祖父是我第一位啓蒙老師。在我記憶中，祖父個子很高。穿長衫，但不拿拐杖。心地非常好。曾對我説，螞蟻也有生命，不可亂弄。爲人和善，樂於賑濟貧困。有一年冬天，在街上行走。見前面有人披件麻袋衣，凍得發抖，而背上用以取暖的「火窗」（取暖火罐）起了火，將麻袋衣燒著，尚未發覺，祖父趕忙幫助把火撲滅。知道是一名乞丐，即將其帶回家，給飯吃，並給錢用。村裏窮人，個個對其十分愛戴。

祖父並非讀過許多書，但能講故事，並喜吟詩。小時候，當夏末秋初，吃過晚飯，祖父就會帶我到大門外乘涼。大門外有堤，場面寬闊，大人、小孩常聚集於此。我陪伴著祖父，一邊吃果子，一邊聽故事。往往夜深人靜，仍不願回屋睡覺，而祖父則乘興吟起詩來。

有一回，祖父吟及杜牧《秋夕》：

銀燭秋光冷畫屏，輕羅小扇撲流螢。天階夜色涼如水，坐看牽牛織女星。

那時候，我才五六歲，並不知詩歌所講故事，但夜色中之流螢以及天上的星星，却都在眼前，而且，聽了一遍又一遍，心底更加留下深刻印象。這是祖父爲我所上的第一課。

到我七歲時，祖父便送我入私塾。

那是正月十六日早晨。我穿上長衫，並加馬褂（馬甲），戴上父親中秀才時所戴帽子，在家拜過神主，即隨祖父出門。私塾就在村巷裏，離我家不遠。到達之時，先向孔夫子造像行禮，再拜授業老師。這是本村一位童生。梁繩鶴，諱汀。鄭重其事，完成各項禮儀。之後祖父並交代：不要强迫「唸書歌」，而著重於理解，掌握要點。因爲私塾是個「有限公司」，老師不講解，只是帶學生唸，叫做「唸書歌」。祖父以爲，追隨其左右，吟詩作對，已有一定基礎，應當有點自由，給以獨立思考。

從私塾一直到初小，我的生活與教育，均由祖父親自安排與監督。但在我入讀初小這一年，祖父逝世。升讀高小，即與父親同住。祖父爲人，包括其講故事、對詩之愛好以及對於教育之重視，給我很大影響，令我終生受益，並留下永久思念。

四　生意興隆，廣做善事

我父親粱仍緒，字繩基，出生於清光緒八年（一八八二）五月十五日。光緒二十五年（一八九九）。十八歲，考進永春州學，爲州學士之第十三名，即州中最年輕之一位秀才。但未循科舉道路繼續赴鄉試，而入讀當時新興學堂——全閩法政大學。畢業後於州立學堂（永春梅峰書院）執教。經過兩年，即在同科秀才黃振偏幫助下，到菲律賓借錢，重振家業。

父親將祖父已關閉之泉興號，遷至縣城，更名金泉興，並與堂伯父繩國聯手，不斷拓展。到我懂事時，生意已越做越大。不僅總店初具規模，而且在泉州、厦門、福州以及上海皆設有分店。泉州分店與總店同名，爲金泉興，厦門爲乾元，福州爲泉興，上海爲乾興。後來，厦門還增設一間錢莊——乾豐錢莊，但也敗在這間錢莊上，這是後話。總店及分店，主要做南北貨批發，包括棉紗、棉花、甘果、肥料，品種好多，還有鹹魚。父親坐鎮永春，堂伯父坐鎮厦門，其餘分店，由堂叔父主管。到了一九二三年，父親四十二歲，我十七歲，家族事業發展至高峰。這一年，父親應友人之邀，到上海開店並向海外創業，是開拓對外營商之第一人。只可惜，第二年之一月二十七日，父親不幸於泉州逝世。

父親逝世後，堂伯父主管家族生意。賺取一百元，必分出五十元給我家，不會四十九元。但錢莊倒閉，也就拖垮了生意。厦門乾豐錢莊，遇到兩次擠提。一次是紅軍打仗，嚇跑了一些客户，但仍調撥得來，信譽不受影響；另一次是「一·二八」抗日，漳州客户提款，總店缺錢，分店調撥不來，即影響全盤。

在生意上，父親善於籌劃，表現出極大才能。但對於教育事業，仍未曾忘懷。父親既好文習經，又喜新學。在五里街總店，擺放多部詩文集，有名家所作，並有友人所作，皆爲父親所抄録。我與父親住在店裏，似懂非懂，經常翻看。父親最是佩服嘉庚先生。曾在家鄉興辦進化小學（即今南陽中學前身），並且資助家境困難之教師或學生，到北京或其他地方升學。常給我説，找些朋友，將來辦所較爲理想之中學。一九二〇年秋，省立第十二中學校長鄭蒼亭（翹松）帶我及另外三名學生到集美讀書。臨出門，父親交代：到了外面，不仅要讀好書，而且要結交好朋友。希望將來，能够有所作爲。這一點，與堂伯父頗爲不同。堂伯父也捨得給我錢，但再三交代：你自己使用，不要送給别人。有關父親仗義疏財事蹟，《（梁）靈光回憶録》多所記載，此不贅。

五　仁慈心腸，廣闊胸襟

我母親潘密，出生於清光緒十二年（一八八七）三月十一日，於一九八一年四月去世，享年九十五。永春達埔人。十九歲時，由其兄鴻基介紹，與我父結婚。外公經營典當店（大押）。舅父源基考秀才，得頭名。詩寫得不錯，有集。民國後，永春修譜，由前清舉人鄭翘松任主編，舅父曾參與其事。鄭氏對舅父之才極贊賞，以爲其所承擔部分寫得最好，而且贊賞其所作詩。舅父與父親早已是好朋友。

母親未曾入學讀書，但跟著兄長學習，頗知書識理。我爲老大。其中大妹梁瑾及三弟梁侃未成人，三妹梁勉、四弟梁熚分别於一九三〇年、一九九一年去世。目前尚健在者：二妹梁晃，又名蘭芬，生於清光緒三年（一九一一），居馬來西亞；二弟梁靈光，生於一九一六年十一月三日，居廣州；四妹梁芷香，生於一九二〇年，居厦門。諸兄弟中，除我得到祖父全力教育外，其餘皆由母親撫育。尤其是父親逝世後，母親承擔起全部責任。

母親讀書不多，但懂得四書、五經，和祖父一樣，善以講故事方法教育子女，從來不打、不罵。遇到問題，也一起協商，從不强加於人。例如，有關家族生意問題。父親逝世，作爲長子，並且已經十八歲，我應當將擔子挑起。堂伯父對我也很看得起。在生意上，堂伯父對人不相信，連自己兒子也不相信，只相信我與靈光。他勸我出來管生意。母親表示贊成，並在父親逝世百日之内，爲我完婚。於是，我到上海乾興做上了小老闆，掛名副經理。正經理乃堂叔，珠算相當出名。我專門管錢。但是，從春天到夏天，我卻整天翻看報紙、雜誌，偷偷報考學校，九月開學，將帳本交給堂大哥，便一走了之。此事令得堂伯父及母親都很失望。堂伯父同靈光說：上學讀書，要錢照付，但讀到初中就好，不要學你大哥。而母親則以商量口吻進行試探，看看靈光能否幫助打理店鋪。非在萬不得已的情況下，不會讓子女承受壓力。就當時具體環境看，家庭確實需要我，母親確實需要我。留我不住，將希望寄托在靈光身上。我將靈光帶走，母親追到厦門，勸靈光留下。但是我兄弟決心已定，即一邊擦眼泪，一邊千叮萬囑，將兄弟倆送走。

廣闊胸襟，實在可敬可愛。此外，有關其勤儉美德及樂善好施事蹟，《（梁）靈光回憶録》亦多所記述，可參考。

六　四書五經，黿鼇龜鱉

民國元年（一九一二）七歲。上元春正，入讀本村私塾。《（梁）靈光回憶録》以周歲計，此計虛歲。授業老師梁繩鶴，三十餘歲，未有功名，即未曾進學。古時科舉，須考上秀才，才獲進州學。否則，到七八十歲，仍舊是童生。所讀功課有：《三字經》、《千字文》、《百家姓》、《幼學瓊林》、《朱子家訓》、昔時賢文以及四書五經，包括「春秋三傳」(《左傳》、《公羊》、《穀梁》)及三禮。全班二十人。

第一天讀「人之初」。業師在上面唸，學生一起跟著唸。從頭到尾，然後又重新來過，直到倒背如流。每門功課都如此。若學生不願意唸，或不會背書，即給予懲罰，比如用竹片打手心等。但我則由於祖父的交代，往往能逃過懲罰。

私塾三年，唸了許多書，究竟有幾多獲益，實在很難說。記得有這麼兩句話：

四書五經讀透透，不識黿鼇龜鱉竈。

這是對於私塾「唸書歌」之一種諷刺，實際情況亦當如此。因為只是顧著唸，不理解，不思考，如碰到具體問題，往往應付不來。不過，說句公道話，小時候所背之書也並非白費。以後做事，想問題，經常會自己跑出來。例如昔時賢文，一提起，我就記得：

昔時賢文，勸汝諸君。宜乎静坐，仔細評論。

這是一篇韻文，對於掌握韻部，很有幫助。而且，還學作對子。放學時給一個字或兩個字。回家對好，上學時交老師批改。這也爲作詩打下基礎。

三年私塾，我過得很快樂。除了自由度較大之外，因爲在鄉下，還有許多課餘活動，例如抓蝦和看戲，至今我仍留有印象。抓蝦當不必多説，因村前就是一條小溪，溪水清澈明亮，小魚、小蝦看得很清楚，正是貪玩孩子好去處。而看戲，我也很有興趣。例如高甲戲和梨園戲，皆十分古老，百看不厭。高甲戲一開始，所謂跳加冠，有一小丑登場，唸道：

好巧好巧真好巧，頭戴紗帽兩邊翹。騎不得馬，坐不得轎，有人問我官從何來，糊裏糊塗不知道。

用閩南官話唸，很有意思。主要爲正戲開演作準備，但對於看熱鬧的小孩却特别有吸引力。這是我讀私塾三年之額外收益。我生性懶散，也可能與此相關。

七 離經背道，獨立創造

一九一六年，十歲，由私塾轉讀初小四年級，乃春季始業。入讀時，祖父仍健在。這是一間教會學校，由基督教長老會創辦，名育賢小學。在縣城與五里街之間，離蓬萊衖十餘里。學制七年，初小四年，高小三年。共有三位老師，我至今仍記得。即：校長羅馬可，牧師，留學荷蘭，專業國際貿易；教導王善報；修身莊以便，後入讀燕京大學，與潘受先後同學。

舊時學校，所讀科目，四書五經外，尚有《三字經》、《千字文》、《百家姓》等等。即一邊讀經，一邊傳授實用知識，主要在於啓蒙。私塾與小學皆如此。但我所在教會學校，屬於新式設置，四年級所讀科目有：國文、算術、公民、修身、自然（博物）及《千家詩》。這是畢業班。

初小四年級，事情比較多。祖父逝世，老二嬸逝世，畢業考試時，兩門未考，即返家。平均分數列第七，得尾名。當時稱坐紅交椅。但第二年，仍升讀高小，同在育賢小學。所讀科目，加多《聖經》、珠算與尺牘；一個是經，一個是應用文。此外，尚有英文、體育與唱歌。我只讀一個學期，第二學期病休在家。

一九一八年，十二歲。春，到厦門三育小學入讀高小二年級。這也是一間教會學校，由青年會所創辦。校長王宗仁，教英文，另有兩位美國人教英文。教務馬僑儒，雙十中學創辦人。有一閩西人教國文;一位秘書(青年會),秀才出身。科目與育賢小學差不多,已經有教科書。記得所讀國文有關於鐵達尼號的記載。後來在集美,父親買了很多書給我,其中也講到鐵達尼號。可能沉没於清末。

初小、高小功課都比較簡單,負擔不重,没有甚麽特别興趣,而我對體育及音樂較不感興趣。不鍛煉身體,只是有時亂唱歌。對於吟詩則較有興趣。祖父在世,跟著祖父吟詩。進入小學,跟著老師吟。無有固定腔調,一個地方一種吟法。如四川、陝西都不同。聽多了,都能辨别。至於《聖經》,則特别不感興趣。在三育小學,牧師(英國人)逼我唸,我不唸。我以爲:生活就是教育,宇宙就是學校,學校就是家庭,真理就是宗教。應允許學生獨立創造。這一觀念,當時未必清晰,但却成爲我後來辦學的宗旨。

初小一年,高小三年,同樣過得很快樂。尤其是課餘時間,更有許多自己所感興趣的活動。如在永春,放風箏、放孔明燈,乃至養蠶、養蟋蟀,都頗爲盡興;在厦門遊山玩水,往往樂而忘返。

八　聞誅一夫,未聞誅君

一九一九年,十三歲。我於厦門三育小學高小畢業。

一九二〇年，十四歲。春，入讀省立十二中學（今永春第一中學）一年級下學期。此時已是秋季始業。校長鄭翹松（蒼亭），前清舉人。詞填得特別好，不願赴京考試以繼續求取功名。返鄉教書，後到南洋。教授國文與歷史。此外，英文、地理、音樂，由其他老師任課。

在省立十二中學讀了一學期。至秋季，鄭蒼亭將校長一職讓給學生擔任，該學生姓陳，自己則赴集美中學做主任，並帶我前往就讀。集美中學有師範部、女師部、中學部、商業部及水産部。各部設主任一職，主任直接對校長負責。鄭爲中學部主任，我就讀中學二年級。

集美中學比廈門大學創辦得早。最先辦小學，在同安鄉下；接著辦中學，由同安遷集美。好多教員都很有名氣。例如：馮□□，留日，爲水産部主任。歷史學家錢穆、生物學家伍□□、畫家張士彥、早期新詩人徐玉諾、作家王魯彥以及外交家魏艮聲，都曾在集美任教。王魯彥，先在集美，後到黎明。魏艮聲，上海聖約翰大學碩士，先在集美任教，後到廈大教英文，曾擔任外交部主任秘書。

集美有兩首英文校歌，由本校音樂老師配曲。我還記得其中一段：

Looking toward the heaven mountain deep the water blue
Sons of China here we gather thinking knowledge true

中學教員也很優秀。現在我還記得：國文老師孫卧橋，山東人；蔡璣，教三年級國文。歷史老師蘇遂如，古田人。世界史老師蔣□□，古田人。數學老師，北京師範大學畢業。物理、化學老師，也有相當來歷。

集美中學采用四年制。我二年級讀完升三年級。後因病休學一個學期，接著讀三年級下學期。一九二二年秋，升讀四年級。期間結識了一位同學姜種因（祖菁），新城學生，由上海中國公學附中轉學集美。其信仰無政府主義，擅長語體文。我們意氣頗爲投合。我讀私塾時熟讀孔、孟，而對胡適所講哲學甚感興趣，曾寫一篇作文，就孟子對齊宣王有關「臣弑其君」之質疑所作辯解，發抒己見，頗有點造反精神。但最後一學年，學校鬧風潮，則被當作壞學生而開除出校。在學校張貼文告中，姜種因列第一號，第二號安徽同學，我則列第三號。

九　上海大學，群賢畢至

一九二二年十二月，集美中學風潮，乃因師範部學生偷東西被綁所引起。學生不滿當局做法，集會聲討，參加者二三千人。校長采取强硬措施加以壓制。

一九二三年，十七歲。春，與姜種因等幾位被開除同學，結伴北逃。兩個多月時間，於春末夏初到上海，而後遊洞庭東山（在太湖）。種因朋友索非，開明編輯，在東山開辦平民學校。

自號六不如，亦無政府主義者。曾自編打油詩云：

六不如，三不怕，兩袖清風走天下。金粟如來原一家，赤條條來去無牽掛。

種因暫留平民學校，我則繼續浪遊。由蘇州，過蕪湖，經安慶，到武昌。已是夏末秋初。持省立十二中學文憑，入讀國立武昌師範大學英語系。文憑因原校長鄭老先生幫助而獲得。師範大學校址，在張之洞所留下之抱冰堂。後歸省議會。原爲高等師範學校，民國十二年（一九二三）十月一日升格爲大學。後遷珞珈山，即爲武漢大學。但是，一個學期未讀完，即於十二月返回家鄉。

一九二四年，十八歲。於父親逝世後，到上海乾興任副經理，却以第一名考上上海大學。這是一間綜合性文科大學，包括文藝學院、社會科學院及法學院。與黄埔軍校相當，一文一武，均爲國、共兩黨所合辦。南方尚有廣東大學（中山大學前身），都爲培養文科人才。廣東大學，原爲高師，至中山時代，合併升格，成爲一間綜合大學。而上海大學即於北伐後，更名爲勞動大學。

上海大學，校長于右任，副校長邵力子，皆國民黨。教務長葉楚傖、鄭振鐸。葉爲國民黨宣傳部長，江蘇省書記。文藝學院主任陳望道，社會科學院主任瞿秋白，法學院主任□□。我在中國文學系，屬於文藝學院。系主任陳望道兼。系裏教師及所任課程：沈仲九，哲學及倫理學。李石岑，哲學。瞿秋白，社會學。蔡和森，社會進化史、思想史。鄭振鐸，文學概論。劉大白，中國文學史。俞平伯，《詩經》、楚辭及詩論。任訥，詩詞曲。邵力子，古代散文。葉楚傖，古代散文。沈雁冰，神話、小説。陳望道，美學、修辭學。胡樸安，文字學。朱湘，英文。方光燾，日文。蔣光赤，俄文。同學則有秦邦憲、王稼祥、張治中、王明、康生、毛一波、曾山、陳伯達、丁玲、許傑、施蟄存等。

十　兩會相争，龍虎騰躍

上海大學，四年制。創辦不多時，至北伐後，國民黨定都南京，進行清黨即遭封閉。在租界江灣另起校舍，改辦勞動大學。沈仲九任掛名校長，葉培基任校長。我於一九二四年秋入學，一九二六年夏畢業。中間跳級。畢業時二十歲。由於校長力争，上海大學畢業生才有文憑。

在校期間，我對於社會科學比較感興趣。畢業後，曾撰《社會運動史略》，二十萬字。在泉州寫成。課讀生涯中，留下一些片段，似值得一記。

二十年代，創造社及文學研究會兩大文學團體，在上海活動甚踴躍。兩大團體中，創造社文學家似乎都非本行，郭沫若學醫，郁達夫學經濟，張資平學地質，成仿吾在日本讀兵器，只有馮乃超學文學；而研究會文學家，魯迅、鄭振鐸、沈雁冰，則多在大學任教。上大團體，曾組織演講會，邀請兩大團體文學家前來演講。一次是成仿吾，演講題爲：《詩的防禦戰》。大罵冰心、康日情。挖苦沈雁冰，謂其將無神論（Cithie）翻成雅典主義（Ethienison），頗有火藥味。魯迅、郭沫若也曾應邀前來演講，題目已記不起。

我與魯迅見過兩次面。第一次，在内山書店。第二次，在學校演講會上。我對魯迅作品《故鄉》、《孔乙己》以及《阿Q正傳》，印象甚深刻。見面時，曾與提及厦門大學之林元慶。魯迅一直很嚴肅，予人不置可否的感覺，但仍可以親近。

沈雁冰爲人甚勤力。從無到有，從下到上。職業較爲穩定，瘦高個子。上課學生最滿意。但成仿吾曾有兩句詩，描繪其姿態：

春風楊子江邊柳，婀娜不如沈雁腰。

因其分裂後，創造《子夜》。

朱湘當時二十多歲，喜歡喝酒。性情天真，常對文學表示不滿。蔣光赤也很年輕。瞿秋白、蔡和森没來，代上社會學，被學生罵。喜歡追女學生。

劉大白講授《中國文學史》，序論提出：甚麽是文學？甚麽是詩？以爲：只要有内容、有詩意就是詩，不一定押韻。並以自己所作《秋之泪》加以説明。云：

夜來多少孤眠泪，枕頭是知道的，但知道的也只有枕頭呢。

學生聽了覺好笑，暗地裏説：「老烏龜在想老婆。」劉氏浙江人，曾當過廳長。

十一　楚騷今草，最堪爲師

上海大學諸多教員中，對我影響最大，友誼最爲深刻者，當是于右任。當時我年紀很輕，只是仰慕其爲人及學問，即登門拜訪。但于先生熱情招待，知道我是第一名被取録進學並且喜歡書法，則更是多加勉勵，要我經常探訪。之後，經常請教，經常提問題，更加親密。母親四十歲時，我請求書法，曾賜中堂一幅。曰：

福壽綿長

于先生説，從未替比自己年輕者祝壽，但這是例外。于先生此時已將近五十歲。

于先生乃國民黨元老。曾任南京臨時政府交通部長、靖國軍總司令。一九二二年參與創辦上海大學。一九二七年起任國民黨聯軍駐陝總司令、國民政治委員會兼審計院長及監察院長。爲國民黨中常委。地位很高，但却能平等相待。上海大學畢業之後，赴日留學並南下創辦黎明學校。仍保持密切聯繫。在上海、南京，我或專程奉訪，或順道探訪，他都十分高興。

有一次從日本歸國，前去探訪，于先生正中風，嘴巴歪向一邊，請來一位老中醫——祝味菊，給開藥方。老中醫交代，只能服用多少分量，不得超過。副官爲了早點將病治好，以爲多些分量總能多些效果。不依醫囑行事，嘴巴就歪向另一邊去。結果，只好請老中醫再將嘴調整。老中醫醫道高明，遠近馳名。于先生知我赴日後得胃病，便讓老中醫爲我治理，果然藥到病除，並且永不復發。

我在泉州籌款創辦黎明學校，組織校董會，邀其加盟，于先生即慨然應允。而且，對於辦學諸事宜，亦給予具體指教。

于先生一生，於德業、事功，頗多建樹，其詩與書，亦可堪師法。小時候，我喜歡寫字，但在集美兩年，因受「五四」影響，曾不再寫，儘管當時也有書法作品參加展覽。真正學書，應從于師門下算起。于先生是我人生道路上之楷模。在詩稿中，曾有二詩記載我對于先生的感想。曰：

楚騷今草兩神奇，游夏安能贊一詞。公論河陽題句在，中年晚歲最堪師。

又曰：

松楸未展只心喪，重對遺箋泪幾行。最憶金剛坡上路，蒼髯如戟拂秋霜。

十二　奉學聯命，作閩粤行

上海大學，中國文學系，在此之前已有二三班。我班同學三十幾人，其中陳伯達與我較多接觸。當時叫陳尚友，留蘇歸國，集美師範畢業，改名陳伯達。大我六七歲。在閩南學會開始來往。此學會由陳文聰所創辦。陳文聰，厦門十三中畢業。受胡適影響，寫白話文。曾在厦門通俗教育社所屬《厦聲報》任主編。後臺老闆莊希泉。陳伯達因投稿，與陳文聰相識。通俗教育社抵制日貨，反日情緒甚爲激烈。有臺灣人與之相對立，暗殺社中張某，主持莊希泉派人將中華中學負責人打死。對方報復，準備暗殺陳文聰。陳文聰跑到上海，改名陳復生，就讀大同大學英語專業。後赴日，又改爲陳君文。陳文聰組織閩南學會，陳伯達和我都曾參與，所以多些接觸。

葉永烈爲陳伯達立傳，説頭一個愛人陳得名，乃確有其人，但説一篇小説寄《現代評論》未發表，説我是孫文學會主持人，則與事實不符。在上大時，陳氏小説最先寄《小説月刊》，未被録用，十分氣憤。開課時，拿出文稿給我看，問：「爲何不能登？」我還給他，並安慰説：「大概是比下有餘，比上不足之緣故。」主編沈雁冰。不知後來何以誤爲《現代評論》？有關孫文學會，當時已有組織，但福建未有，乃國民黨政治部主任何應欽所辦。青年部特派員黄振嘉到福建活動，才與陳伯達取得聯繫。黄振嘉，廣東大學英語系學生，推崇孫中山。陳伯達受其影響，信仰「三民主義」，並由其介紹，加入了國民黨。在厦門，我經陳伯達介紹，認識了黄振嘉，黄也曾邀請我加入國民黨。我是無政府主義者，與「三民主義」有别。以上事實，一並加以澄清。至於陳得名，有一段故事倒可以説説。一九二五年「五卅」慘案後，奉上海學聯之命，我與陳伯達一起南下宣傳抗日、抗英。來到福建，一個在漳州，一個在泉州，分頭作報告。到厦門集合時，我提出到厦大，因不願在集美見到葉淵，但陳伯達説，有一位女朋友在厦大，應讓其前往。説：「我愛她，她也愛我。但父母不肯，因兩個都姓陳。」並説：「名字俗不可耐，叫陳得名。」説時甚憂傷，並且十分爲難。當時，不知下文，直到一九四三年，由重慶回永安（省城當在此地），遇税務局局長戴某（戴季陶之侄）夫婦，有人介紹，局長太太乃厦大校花陳得名，方獲知結果。這是後話。

我和陳伯達離開厦門後，向西進發。經過詔安，陳被張貞留下當秘書，我則繼續行走。張貞，保定軍校畢業，駐守詔安、潮州邊界。漳州老百姓傳有歌謡，稱：

張毅换張貞，錢糧年年增，銅棍（手杖）多於槍。

我由厦門乘搭一艘三四噸小火輪，走到汕頭。黄振嘉也由福州來到汕頭。由汕頭到潮州，兩人一起走了一段，後來我自己走。遇福建同鄉，被帶到潮州。花費一個禮拜時間。當時，陳炯明部下造反，時間較爲緊張。在潮州停留，等候蘇俄船隻。原準備搭船到香港，再經港九鐵路到廣州，因有宣傳品，怕被搜查，即先到澳門。在澳門住了幾個禮拜，而後由香山搭小火輪到廣州。由福建到廣州，經過二三個月。在廣州，入讀廣東大學三個月，而後返回上海大學。

原載澳門《九歌》創刊號，澳門詩社，二〇一〇年十二月出版

第二輯

文學的位置

二十世紀的中國文學，至今不知道可以留下多少東西來。心結過剩，主義亦過剩，就是没有主意。或者説，並非没有主意，而乃没有文學自己的主意。文學不可能完全等同於歷史。文學家和歷史學家不一樣，不一定都要那麽周到。但是，思考與把握，文學家與歷史學家，可能還有某些共通之處。

一

某年新正，開工大吉。A君與B君於電話煲粥（廣東話，指以電話聊天），涉及文學並文風問題，頗有興致，因輯録於下。

（一）讀書閱人，學無止境

A：年前聽説，你突然間感到空虚，以爲跟人家相比，有著很大距離。現在不覺得了吧？

B：不一定。不過，我感到：想縮小距離，就得讀書。將人家所寫的書都看了，就甚麼都知道。

A：這確實是一個聰明的辦法。

B：十數年前在京師，與友人論學。曾以礦石與火花來比喻錢鍾書的《管錐編》與時下著述。以爲：前者儘管多屬半成品，只是偶尔迸發出幾朵火花來，但一車卡(車皮)一車卡(車皮)礦石，却有永久存在的價值；後者玲瓏滿目，光芒四射，雖博得連番喝彩，却猶如天安門前放烟火，很快就消失了。友人不言語，似略有所思。

十數年後，在一次研討會上。友人登場，演説學術十字架。人間、天上，關懷、叩問，將古與今以及東與西之氣脉打通；「落霞與孤鶩齊飛，秋水共長天一色」。令人眼界大開，贊嘆不已。

A：或曰，「士別三日，即更刮目相待」，何况已經十年。只是有個問題必須弄清楚，那就是心結問題。

何謂心結以及心結之如何形成，似乎不太要緊，暫且不必深究。主要看看自己有無心結。例如：人家出了一部著作，以爲沒甚麼了不起，不讀；以爲有甚麼不良動機，不讀。或者甚麼都不以爲，就是不讀。這一些，應當就是一種心結。

B：那是比十數年前更前的一些日子，大約改革開放之初。日本某文學訪華團到北京，在中國社會科學院研究生院作了一場報告。當時研究生院寄居北京師範大學，報告廳就在某一大課室裏。先到先得，濟濟一堂。言歸正傳之前，先來個「外傳」。比較中國人與日本人的不同之處。講者指出：中國人對外國人，態度是——你好，我比你優越。而日本人則不同，態度是——你好，我比你更好。講者並以相關事例，加以説明。

「正傳」所説，連題目都想不起來；「外傳」非文學，至今仍記憶猶新。這可能與自己的感受有關。記得尼克松訪華，在中南海獲會見。説及美國多小汽車與中國多自行車的問題。當時以爲：自行車比小汽車好。既無需汽油，不至於出現能源危機，又可以鍛煉身體。這應當就是一種優越感。你好，我比你優越。

（二）有合適主意，無往而不勝

A：解除心結，有容乃大，看來並非易事。文學活動亦如此。二十世紀中國文學，鬧嚷嚷，一百年過去，至今不知道可以留下多少東西來。心結過剩，主義亦過剩，就是没有主意。或者説，並非没有主意，乃没有文學自己的主意。例如：有關近代文學、現代文學、當代文學之界定及劃分，即將一八四〇年以來文學稱爲近代文學，將一九一九年以來文學稱爲現代文學，而將一九四九年以來文學稱爲當代文學，其依據乃歷史上所出現之三大政治事件——鴉片戰爭、「五四」運動、大陸解放，這就是政治的主意，而非文學自己的主意。

三段劃分，四地通行。課堂上不知道如何向學生交代。尤其是當代文學。一九四九年，香港、澳門並未回歸，臺灣也没解放，不知何謂「當代」？

世紀之末，知道出了問題，統統來個「二十世紀」，帽子一戴，萬事大吉。豈知這頂帽子仍然並非文學所專有。没有其他辦法，只好也來一頂。

B：不過，並非個個都没有主意。胡適當時，藉助文字形式（表現工具）——白話或文言，將漢以後中國文學，一刀劈成二段：一爲生動的活文學，一爲僵化的死文學。這就並非政治上的考慮，而乃著眼於文學自身。只可措，胡適之後，並未讓文學作主。

胡適說：「一部中國文學史只是一部文學形式新陳代謝的歷史，只是『活文學』隨時起來替代了『死文學』的歷史。」三段判斷，乾浄利落。經過「五四」新文化運動，政治先行。活文學變爲新文學，死文學變爲舊文學。用以判斷之依據，亦由表現工具變爲意識形態。這麽一來，事情就變得越來越複雜。一部新文學史，不知如何落筆。若干筆墨官司，不知如何了結。前陣子，王朔對金庸，熱鬧了一番。實際上，亦難分辨清楚。

一九九八年五月，在美國科羅拉多大學舉辦的「金庸小説與二十世紀中國文學」國際研討會上，劉再復曾指出，二十世紀初中國文學逐步分裂爲兩種不同流向：「一種是占據舞臺中心位置由『五四』文學革命催生的『新文學』;一種是保留中國文學傳統形式但富有新質的本土文學。」以爲:兩種文學,「一起構成了二十世紀中國文學的兩大實在」。這是又一種二分法。與胡適二段論,似有異曲同工之妙。這種二分法,以價值觀念及文體創造爲依據,雖然尚未真正消除意識形態統制,却已努力增加文學上的考慮。值得注視。

A:這就需要有個idea,或者觀念。否則,往往白費勁。許多事情須要重新來過。尤其是,有關文學史的思考,很可能走回頭路,再次由胡適開始。

當然,所謂idea,或者觀念,亦有新與舊之分。例如,新橋段與舊橋段。但是,不一定可以新與舊,斷定好與壞。趨時、趨新,也可能弄巧成拙。時髦觀念,未必産生好主意,出現好結果。「一九八五」,所謂「方法年」,新觀念、新方法、新學科,新到不能再新,到頭來,自己也會被取代。返回古典,就是這種「新」的一種反動。

B:小説觀念,亦有二種。或以爲:以獨特叙事方式,具體地描寫人物在一定環境中的相互關係、行動和事件,以及相應的心理狀態和意識流動,從不同角度反映社會生活。或以爲:「小説家者流,蓋出於稗官。街談巷語,道聽塗説者之所造也。」以爲凡是叢雜的著作,都稱爲小説,不一定要有故事情節。現行《辭海》與舊版《辭海》以及《辭源》各有不同表述。

二

（一）思考與把握

A：二十世紀，許多事情似乎都亂了套。究其原因，可能是不會思想。尤其在中國，四十年前不必思想，四十年後，經過那場革命，有了思想，亦仍然是不願自己思想。大家說好就都好，大家說不好就都不好。甚麽事情都喜歡極端化，一窩蜂。世紀末，講究反思，應是一種進步，而原有思維模式却不見得有何變化。花間、尊前，如有人敢於反潮流，仍然受到圍攻。

你說，自己是一名書獃子，而讀書，難道就不用思想了嗎？

B：並非不用思想，而是將思想集中於自己的位置之上。這是一種著眼點，或者立足點。

無論做甚麽事情，都不可離開這一點。

A：其實，這只是個時間與空間問題。

B：不錯，時間與空間。人類宇宙觀念正由此所構成。所謂上下四方曰宇，古往今來曰宙，一切思維及表現形式，都跳不出這兩個範疇。把握好位置，才知道自己該做些甚麽。

A：季羡林說：「我從前只知道，有一些哲學家喜歡探討人在宇宙中的地位問題，與此有牽連的是人在社會中的地位問題。我可從來没有關心過我自己在社會中的地位如何。解放以後，情況變了。政治運動一個接一個。在每一次政治運動中，每一個人都有一個在運動中的地位問題。」文化大革命結束，等候了十六年，方才寫作《牛棚雜憶》。書稿寫成，再等候了六年，方才將書稿從抽屜裏面找出印行。兩次等候，期待有人包括折磨人的人以及被折磨的人，其中有人肯秉筆直書，將事實記録下來。考慮的就是位置問題。以爲：折磨人的人，如果也寫點東西，拿來與被折磨的人所寫東西對照一讀，對人民以及後世子孫的教育意義，會是極大極大的。這位老先生倒考慮得十分周到。

B：當然，文學不可能完全等同於歷史。文學家和歷史學家不一樣，不一定都要那麽周到。只是爲著當下感覺，只是爲著表達。理由非常充足。但是，思考與把握，文學家和歷史學家，可能還是有某些共通之處的。

（二）形而下與形而上

A：社會生活，各式人等，各種不同情況，思考與把握，各有不同，看起來繁複多樣，對於各種各樣的思考把握以及行爲表現，能不能進一步加以抽象或升華。

B：就我所理解，這種思考與把握，應當有個層次問題。例如：形而下與形而上，表層意義與深層意義，或者慾與靈等等。各有各的觀感與表達方式，各有各的樂趣，理由都非常充足。

曹操的「對酒當歌，人生幾何」(《短歌行》)，讀作對著酒應當歌，以爲人生苦短，須及時行樂。與讀作對著酒當著歌，以爲人生苦短，須及時努力，其層次顯然不同。前者只是著眼於歌酒層面，後面則不限於歌酒，乃包括好歌好酒在内的一切人生享受以及所有美好事物。一個是有限對有限，一個是無限對有限。二者之時空容量有著明顯差别。

王國維贊賞李煜，以爲有釋迦牟尼、基督擔荷人類罪惡之意。其對於「往事」之理解，相信並非僅僅著眼於「雕欄玉砌」，或者只是考慮個人地位變化，而乃追惜無法追回之春花與秋月，這是人世間最值得愛惜之美好事物。不像宋徽宗(趙佶)，只是思量著一去不復返之宫廷生活。所謂「自道個人身世之戚」者也，應當就是個層次問題。

至於當時的想法，主要是對於現實社會發展變化的評估相關思考與把握，仍然處在形下層面。

A：形之上與形之下，兩個不同層面，只是一綫之隔。現實生活，不易引起注意。如以古證今，應當能够得到啓示。

B：這是個層次問題，也是個位置問題。唐開元中，宫中牡丹，花方繁開。「上乘照夜白，妃以步輦從」。賞名花，對妃子，須要助興。即宣翰林學士李白，立進新詞——《清平調》

三章。其時，李白幾乎仍在醉夢當中。開篇第一句，「雲想衣裳花想容」，究竟以花喻人，還是以人喻花，誰也弄不明白。可是，就那麼浮想聯翩，卻將名花、傾國以及君王之各方關係擺平。作爲一位等候供奉的新進之士，其擦鞋（拍馬屁）功夫，亦甚爲了得。不過，李白畢竟是李白，與其他讀書人相比，仍然有其過人之處。那就是於沈香亭北倚闌干時，由「兩相歡」到「無限恨」的思考與把握。即由眼前之個別事物，聯繫到廣泛之社會人生，聯繫到花無長開、月無長圓、人無長好這一最普通的道理。這應是一種抽象或升華。所謂位置者，當在於此。

三

（一）提示與判斷

A：你所列舉曹操《短歌行》、李白《清平調》以及李煜《虞美人》，三個例子像是已經將問題説出，但又不怎麼明確。是否有所顧忌？

B：可能也是一種顧忌。世間萬事萬物，都有自己的位置。各有所在，各自各精彩。不宜絕對化，將問題説死。否則，很容易給人留下話柄。

A：比如文學，是不是一種「螺絲釘」，或者一個組成部分，這倒説得非常明確。

B：作爲一家之言，並不是没有道理。但是，我以爲，還是留點餘地爲好。而且，留得越多越好。

十幾年前在京師，拜訪周谷城，與説傳統詩教。周曾稱：「話未説清曰哲學，話已説清曰科學。」周提倡無差別境界，其中可能包含著這一意思。

因此，我所列舉三例，只是一種提示而已。有關問題，仍需各自進行判斷。

A：看起來，這種判斷應有一定難度。不知有無踪迹可循？比如方法與途徑。

B：簡單地説，那就是抽象或升華。上文已提及這一話題。這是由一個層面（層次）到另一個層面（層次）的提高。幾乎每個人都具有這一本事。例如：二人路上相遇。一個問：吃過飯了嗎？一個答：吃過了。只是這麼籠統，並未説吃過甚麼東西，比如玉米、番薯，乾飯、稀飯；或者將整個菜單端出來。這就是抽象或升華。

A：幾年前的復活節，武夷山舉辦「中國首屆柳永學術研討會」。一百多名代表當中，有兩名特殊人物。一爲毛澤東當年秘書、中共中央組織部原副部長——李鋭，一爲國民黨陸軍一級上將、反獨促統將軍大陸參觀訪問團團長——連行健。一個號稱知識分子保護神，於開幕式演講，以「平生文字未成獄，自我批評總過頭」説自己，以「精神獨立，思想自由」説柳永。另一個黄埔出身，亦不遑多讓，講題是：《以黄埔精神，統一中國》。這應當也是一種抽象。

B：這是十分必要的。不抽象就没有共同語言，就行之不遠；「放之四海而皆準」，需要抽象。

A：就哲學意義上講，這是從個別到一般的抽象。對於藝術創造，包括文學活動不知有無別的要求。

B：我看，不一定有甚麽太大的差別。王國維説：「自然中之物，互相關係，互相限制。然其寫之於文學及美術中也，必遺其關係、限制之處。」（《人間詞話・本編》）這也是一種抽象。二者相比，表達方式不同，實質並無不同。

上述三例，就是這麽一種抽象。在通常情況下，所謂判斷，似當由此入手。

（二）過程與中介

A：説了老半天，看樣子你還是不願意將問題説明確。不過，依據所提示，文學究竟在哪裏，即其位置問題，應當能够作出判斷。那就是：在花間、尊前，在沉香亭北，在小樓一角。你以爲如何？

B：就個別事例而言，大致如此。這就是我在前文所説的一種著眼點，或者立足點，也可以當位置看待。

前文説《虞美人》，以爲其中有層次問題，個人層次與全人類層次。試圖以之作爲判斷之提示。在武夷山，曾與學術研討會諸君進一步加以研討。

「春花秋月何時了，往事知多少」。我問諸君，其中「往事」，究竟指的是甚麼呢？「雕欄玉砌」。不錯。而「雕欄玉砌今猶在，只是朱顏改」，是「往事」還是「今事」呢？「今事」（未改之前爲往事，既改之後爲今事）。好了，那「往事」呢？是「故國」，也不錯。但「小樓昨夜又東風，故國不堪回首月明中」，這也是「往事」嗎？還是「今事」。那麼，「往事」到哪裏去了呢？

經此一問一答，有點不知所措。茫茫然，一大陣子。然而，臺上臺下，一百多名代表，却無一不加以注視。

緊接著，我說：「往事」就是「春花秋月」。既有點出乎意料，又以爲確實如此。春天的花，秋天的月，當然值得留戀。可是，詩人所留戀，是不是僅僅局限於花與月呢？非也！我再一次將答案推翻。指出：並非只是留戀花與月，乃留戀有如春花秋月一般美好的事物。這就是「往事」。王國維贊賞李煜，相信乃著眼於此。這是因小樓一角之風（東風）與月（明月）所產生之聯想，應當已是一種超越。

A：所以，能不能說，文學就在於此，或者說，這就是文學。

B：籠統一點，這麼說其實也未嘗不可。而嚴格地說，此所謂著眼點，或者立足點，乃一種中介，觀照事物之中介，並非事物自身。

這是具象與抽象間之中介，也是「多」融合於「一」的中介。有此中介，方才產生聯想。而文學，則出現於這一過程當中。

李煜説「往事」，因小樓昨夜風與月之觸動，聯想到故國之雕欄玉砌，並由雕欄玉砌，聯想到春花秋月，聯想到有如春花秋月一般美好的事物，從而創造出一個爲自己以及所有人造成無窮無盡有如日夜向東奔流之一江春水般憂愁的境界來。其所有聯想與創造就是這麽一個過程。

A：李煜所創造，應是打通人間、天上界限的一種境界。這靠的究竟是甚麽？

B：詩人之眼。王國維説：「政治家之眼，域於一人一事。詩人之眼，則通古今而觀之。詞人觀物，須用詩人之眼，不可用政治家之眼。」（《人間詞話・删稿》）這是合才、學、識三長所達致的一種眼力。不僅是古與今，而且東與西，上與下，都應當通而觀之。

我很喜歡李白《獨坐敬亭山》：

> 衆鳥高飛盡，孤雲獨去閑。相看兩不厭，只有敬亭山。

讀這首詩，不同的角度，體現不同的觀點。如注重於「看」，謂李白看山，「胸中無事，眼中無人」(鍾惺《唐詩歸》),即我爲主體,山爲客體; 如著眼於「兩」,謂「山亦有情」(劉永濟《唐人絶句精華》),即李白看山、山亦看李白,我與山皆爲主體。 這就是主體性與(古典)主體間性的區別。不同的觀點,乃不同才學、識見、胸襟的體現。

四

(一) 世運與世界

A: 説位置問題,你注重中介,注重詩人之眼,注重天、地、人通而觀之,以爲文學就在這一過程當中。 那麽,這文學究竟應當如何界定呢?

B: 文學之有關界定,多種多樣。 諸如模仿與表現(或再現),巫術與勞動(或遊戲),等等,在探尋文學來源之時,這一些都是經常提及的話題,乃老話題。 但是進入新世紀,希望更新話題,仍有一定困難。

我説位置,只是一種狀態,一種對於狀態的描述,與一般意義上的邏輯推斷,應有所不同。

有朋友稱,這是避重就輕。 但我只是想,不要讓人覺得太悶。

A: 不過,想把握這種狀態,似乎也並不太容易。 二十世紀三十年代,某雜誌社以「我與文學」爲題，向作家及評論家徵文。朱光潛就曾説過：「早知道『文學研究』原來要這樣東奔西竄，悔不如學得一件手藝，備將來自食其力。」並説：「我現在還時時存著學做小兒玩具或編籐器的念頭。」以爲：「研究文學」這個玩藝兒並不像原來所想像的那麽簡單（鄭振鐸、傅東華編《我與文學》）。

B：在碩士班上，我曾與諸生探討過這一問題。

孟子稱：「頌其詩，讀其書，不知其人可乎？是以論其世也。是尚友也。」（《孟子·萬章下》）並稱：「故説詩者，不以文害辭，不以辭害志，以意逆志，是爲得之。」（《孟子·萬章上》）知人論世與以意逆志，兩個辦法，通行兩千多年，至今仍然通行；而與此相類似之有關公式，諸如「文學是人學」（高爾基語）、「文學藝術是社會生活的鏡子」（普列漢諾夫語）以及「歷史真實與藝術真實之統一」（茅盾語）等，是不是可以作爲區分文學與其他學科的惟一標準而永遠不會過時呢？那就難以料想。

A：二十世紀末，香港舉辦「香港傳記文學學術研討會」。作爲資深記者——陸鏗，曾以自身經歷，論説文學與傳記的區分或界定問題。他説：「我是一個從來不看小説的人。我認爲，小説都是人們編出來的故事，看小説是浪費時間。除了幼年還不懂事的時候，看過《三國》《水滸》及《紅樓夢》片段，其他中外小説從未涉獵。可以説，把主要注意力都集中在報刊上。當然報紙副刊也看，但連載小說從不看。」並說：「對於傳記，我是看的。對於梁啓超、胡適之先生倡導傳記文學，我覺得很有道理。對於適之先生提出『二千五百年來中國文學最缺乏最不發達的是傳記文學』這一高見，我是佩服的。像司馬遷《史記》裏《項羽本紀》讀起來真是令人魂飛天外。後來，像這一類的作品，就很難見到了。」（陸鏗：《香港開新局，文學與傳記》）

這是以真與假爲標準所進行的區分或界定。主要取決於題材以及對於題材的處理，看看是不是編出來的。似乎很不喜歡一個「編」字。然而，又怎能擔保，太史公爲項羽立傳，其中就無有「編」的成分。例如，烏江自刎那一段，死無對證，不知如何查考。

B：相比之下，可能還是清朝的一位文學家——吳淇，看得通透一些。如以爲：「世字見於文有二義：從（縱）言之，曰世運，積是而成古；橫言之，曰世界，積人而成天下。」（《六朝選詩定論緣起》）

經過這一闡發，孟夫子「論」與「逆」之視野，也就寬廣得多了。

（二）內容與形式

A：看起來，你並非不贊成對於文學與其他學科的區分以及對於文學自身的界定，你的疑問，主要是這種區分或界定所采用的標準問題。

在「香港傳記文學學術研討會」上，有學者提出：「傳記的目的是求真，文學的目的是求美，兩者互相配合，才正式是成功的傳記文學。」（李崇威《傳記文學的重要性》）你不太認同這一説法，而另外拈出二字——「近」與「遠」，對其重新進行區分或界定，以爲：「史學與文學或者傳記與傳記文學，二者不同之處乃在於，史學或傳記，主要爲著把時空拉近，而文學或傳記文學，即爲著將時空推遠。」你還列舉二例，加以印證，指出：「謂蘇軾生於丙子年（一〇三六）十二月十九日（農曆）卯時，以磨蠍爲命，這就是史學或傳記；而陳子昂所謂——『前不見古人，後不見來者。念天地之悠悠，獨愴然而涕下』（《登幽州臺歌》），這就是文學或傳記文學。」這是不是意味著凡事未可太執著？

B：不僅僅是執著不執著問題，更重要的，乃看其：是域於一人一事，還是通古今而觀之。

A：那麽，這種「近」與「遠」的觀點，是否更加偏重於文本，甚至形式，而且，如果進一步推論，是否説明，孟夫子的辨法，已經並不十分重要。

B：在許多情形下，似當如此看待。例如，魯迅有云：「我以爲一切好詩，到唐已被做完。」（《魯迅書信集·致楊霽雲》）這句話，如果著眼於「好」，一般總有兩種詮釋。一種以爲：唐代是我國古代詩歌創作一個極其輝煌燦爛的時代，二千多詩人，其中有被譽爲雙子星座的李白和杜甫，唐詩作爲「一代之勝」的偉大成就，確實是難以超越的，甚至是難以企及的（鄧紹基《名家解讀古典文學名著叢書序》）。一種以爲：時代不同，長江後浪推前浪。今日詩壇，必定能够出現超越李、杜之篇章（中華詩詞學會成立大會某君豪言壯語）。這大概都是用孟夫子辨法所推導出的結論。但是，如果著眼於「詩」，説法就不一樣。因其所指乃形式，以爲一部中國詩歌史，實際上是一部詩歌形式創造史；詩至於唐，衆體具備，蔚爲大觀，自然已被做完。這是由詩之本體所作的詮釋。探尋文學殿堂，相信亦當由此導入。

辛巳小滿前五日於濠上之赤豹書屋

原載香港《鏡報》月刊二〇〇一年四至七月號

文學的承載

傳統國學研究，或者包括《詩經》在内的中國古典文學研究，面臨挑戰。他山之石，確實未可抗拒。但有關闡釋和借鑒，仍應立足於文學，以文學爲主體。辛巳之歲，自春至夏。A君與B君，煲粥（打很久的電話）論文學。有《文學的位置》一組文章，已於本刊（香港《鏡報》）連載。今次説文學的承載問題。

一　山下孤烟遠樹，天邊獨鳥高原

（一）文化闡釋與闡釋文化

A：二〇〇一年十二月，澳門中華詩詞學會舉辦「返回古典與走向世界」國際學術研討會，於主題演講後，特立一專題——古典詩歌研究與人文精神思考，以供研討。作爲主事者之一，不知你對於這一論題有何設想？

B：應當有一定針對性。例如，美學闡釋與文化闡釋近年頗流行，而所謂闡釋，許多却顛倒了位置，變成闡釋美學與闡釋文化。不管有意、無意，就被闡釋的物件而言，似乎都有一種受騙的感覺。因而，希望通過研討，以引起注視。

A：這是不是指，帶著美學或文化問題，到古典中走一圈，見到若干事例，順手將其美學一番、文化一番這一現象？

B：有一位學者，對《詩經》進行人類學之現代闡釋與破譯，頗多新創之見；其所提倡三重證據法，相對於王國維之二重證據法，亦頗見膽略及氣概。甚是令人欽佩。

傳統國學研究，或者包括《詩經》在内的中國古典文學研究，面臨著挑戰，對於各種闡釋，或者他山之石，確實未可抗拒。步入新世紀，其視野及格局，將進一步拓展。這是毫無疑問的。但是，有關闡釋和借鑒，如果不是立足於文學，以文學爲主禮，我看也成問題。

《三百篇》被推尊爲經典，至今不過二千餘年。作爲中國樂歌總集之第一部，儘管並不那麽盡善盡美，但六藝俱全，已到達相當成熟的階段。自從其發生、發展，由不成熟到成熟，相信已經經歷了一個長過程。這是詩國的驕傲。

《詩經》中的《卷耳》，説我之懷人，技法高超。全篇四章，第一章説我方情事，四句話即將懷人之義表明。接著三章，從對面設想，以對方思念我方情景，烘托我方相思之情。比、興以外，在賦的手法上，頗見創造天才。這是詩藝成熟的標誌。但是，闡釋者爲追求原始，却將其當作愛情咒語看待。以爲女主人公借助於卷耳而致幻，希望意中人前來團聚。並以爲這是原始部落社會兩性化話題，而忽略詩藝。這必將導致主體的失落。這就是顛倒位置所出現的問題。

（二）《山海經》與《讀山海經》

A：爲著以文化著書，於文化立説，將美玉變回石頭。這一做法，與成年人之過家家，似有某些共通之處。不知如何對待這一問題？

B：除了體和用，應當還有個取向問題。比如，形而上或者形而下。故此，我特别贊賞陶淵明對於《山海經》的闡釋：

孟夏草木長，繞屋樹扶疏。衆鳥欣有托，吾亦愛吾廬。既耕亦已種，時還讀我書。窮巷隔深轍，頗回故人車。歡言酌春酒，摘我園中蔬。微雨從東來，好風與之俱。泛覽周王傳，流觀山海圖。俯仰終宇宙，不樂復何如。

這是《讀山海經》十三章之開篇。由吾廬到園中，以至宇宙，與萬物共俯仰。其思緒，已將天、地、人界限打通。因而，以下各章之所歌咏，也就有所歸依。

由人生到宇宙，由多到一，綜合或者升華，這就是一種取向。

當然，對於多與一所構成之二元世界，觀感不同，取向則不同。取向不一樣，這是十分平常的事，未可强求一律。但其不一樣以及不一樣所造成的結果，却不當忽視。

A：近期所見某些闡釋文章，將文化當作口頭禪。諸如文化場、文化背景，文化因素、文化形態、文化意義、文化價值以及文化史角度、文化學方法等，幾乎無處不文化。實際上，不知文化到了哪一程度？

B：有一部聲稱從文化史的角度研究唐宋詞的著作，將唐宋詞放在一個以歌妓爲中介的文化場中進行考察。以爲詞與音樂畢竟分屬兩個不同的藝術範疇，兩者的結合必須有一個中介，這個中介，正是歌妓。並以柳永爲例，進行個案分析。謂其與歌妓交往，滿足了情感方面的需要，彌補了缺憾，激發了創作動力，因而極力肯定歌妓制度所體現的文化價值。論者指出，這是文化研究與詞學研究結合的嘗試。

看起來十分有文化，但是否與實際相合，却須斟酌。例如：詞與音樂結合之實現，是否只能依賴歌妓？作爲創作主體，歌詞作者的主體地位，不知如何體現？論者於此，似乎有所疏忽。

（三）文學創作與人文價值

A：二十世紀説柳永，包括温庭筠和周邦彦，大多取否定態度，如以爲無行文人或浪子詞人，對其進行道德、倫理批判。論者以爲不可。因翻轉過來，對其與歌妓的交往，包括交往的方式、内容、性質和作用，進行全面考察，以爲可揭示其文化意義和文學價值。兩種態度，兩種做法，不知有何區别？

B：一個説是，一個説不是。看起來截然不同，實際並無不同。因爲二者都没擺脱宋代衛道者所設立的圈套，同在一個屋簷下思考問題。

A：經過内查、外調，全面考察，當時柳永「日與儇子從遊倡館酒樓間，無復檢率」一案，今已水落石出。諸如柳永詞中對於秀香、佳娘、蟲娘、酥娘一般歌妓藝貌雙全的贊美，黑字白紙，事證俱在。而且，還通過物理場與心理場，對其冶遊與創作，細加分析體驗，以相印證。博士辦案，不知爲了什麽。爲了替浪子正名，或者抬高歌妓的身價與聲價？真有點費解。

B：這裏應當牽涉到承載問題。例如柳永，除了爲歌妓創作，代妓女立言之外，是不是别的什麽都不要？不爲自己，也不爲妓女之外之任何人和事？真如論者所言，「歌妓是柳永詞表現的主體」。

照其所論，歌妓是文化起來了，而浪子呢？這就不好辦。

有關種種，似當進一步加以推究。

二　俯仰終宇宙，不樂復何如

對於時下所説人文精神思考，其所提倡，乃形而上的思考。用太史公的話講，就是：究天人之際，通古今之變，成一家之言。

(一) 精神獨立與思想自由

A：上文對於時下所通行美學闡釋與文化闡釋，既已表明觀感，那麽，你所説人文精神思考，又是怎麽一回事呢？

B：當然，和美學闡釋、文化闡釋一樣，這也是一種闡釋。但是，取向不同。其所提倡，乃形而上之思，即形而上的思考。用太史公的話講，就是：究天人之際，通古今之變，成一家之言。

看起來，似乎有點莫測高深，其實不然。

二十世紀初，王國維探索宇宙人生，曾以八個字「入乎其内，出乎其外」概括其心得。謂：「入乎其内，故能寫之。出乎其外，故能觀之。入乎其内，故有生氣。出乎其外，故有高

致。」(《人間詞話釋注》卷一)

三十年代，吴宓論文學，有關宇宙人生，曾以下列一多關係圖加以展示。

The Real (many)
現實的(多)

The Ideal (One)
理想的(一)

兩條直綫，標誌著兩種不同取向。

吴宓指出：「幼稚愚昧之人，未開化而野蠻之民族，只知有多，不知有一；只可與言實物，不能與言虛理。」並指出：「迨其逐漸進化、成長、開化之後，始知有一，而悟一多並在之旨。」(《文學與人生》)

我所説就是一多並在的一種綜合或生化。

A：二〇〇二年四月，武夷山舉辦「中國首屆柳永學術研討會」，有人以「精神獨立，思想自由」説柳永，應當也是一種綜合或者升華。

B：宋詞中被推爲「指出向上一路」的作者是蘇軾，而非柳永，但柳永並非只是「奉旨」爲歌妓填詞那麼簡單。例如《鶴沖天》：

黄金榜上，偶失龍頭望。明代暫遺賢，如何向。未遂風雲便，争不恣遊狂蕩。何須論得喪。才子詞人，自是白衣卿相。　烟花巷陌，依約丹青屏障。幸有意中人，堪尋訪。且恁偎紅倚翠，風流事，平生暢。青春都一餉。忍把浮名，换了淺斟低唱。

説落榜時的思想及計畫。論者以爲：「既忠實地記録其已往的活動，又影響其隨後的冶游經歷。」只是著眼於行爲，於多的層面進行感發聯想；未能由多到一，探尋其思想。我看，應不知柳永。

二十年前，我曾撰寫《詞與音樂關係研究》，以爲「這是柳永與上層統治階級决裂的公開宣言」。仍然停留於多的層面，同樣不知柳永。

（二）城外的人與城裏的人

A：劉再復稱：中國現代文學缺乏形而上之思。並説明：從總體上看，缺乏一個形而上的大精神層面，這就是哲學領悟的層面（《書園思緒》）。

現代作家中，魯迅最爲劉氏所推崇。以爲《阿Q正傳》和《野草》，到達了這一層面；而茅盾、老舍、巴金這些大家，則未也。

不知道這種形而上之思應如何體悟？

B：我講授詩學原理，曾提出這麽一個話題：從時空角度看，文學與科學，二者有何不同？經初步分析、比較，我的結論是：一個將時空推遠，一個將時空拉近。因此，我以爲，把握遠與近，對於這種體悟，可能有一定幫助。

A：有人爲錢鍾書立傳，曾揭示過這麽一種現象：熱鬧的錢學與冷静的錢鍾書。説明不願被打殺，亦不願被捧殺。早在其所著《圍城》，褒貶抑揚，反差極大，其命運據説亦甚坎坷。此公好幽默，諷刺、挖苦，刻薄、尖酸，頗極能事。大小人物，包括不足兩歲的孩子，一個都未放過。書中用以幽默的比喻，多達七百餘例。

所謂坎坷者，或者説大起大落，於此不知有無牽連？

B：注重比興，「以彼物比此物也」，或者「先言他物以引起所咏之詞也」。就創作者而言，只是一種手段；而作爲讀者，却往往將其當作目的看待。

這當中，我看有一個遠與近的問題。

A：《圍城》中有一位虛構人物——鮑小姐，作者除了讓其姓鮑，以表示「鮑魚之肆是臭的」以外，還以「熟食鋪子」、以「真理」，比喻其暴露。謂：「只有熟食店會把那許多顏色暖熱的肉公開陳列」。謂：叫她真理，因爲據説「真理是赤裸裸的」。並謂，鮑小姐並未一絲不掛，所以他們修正爲「局部的真理」。書中寫道：「那些男學生看得心頭起火。口角流水，背著鮑小姐説笑個不了。」

傳記作者曾披露《圍城》受攻擊的經歷，曰：

甚至有人説「《圍城》是一幅有美皆臻、無美不備的春宫圖，是一劑外包糖衣、内含毒素的滋陰補腎丸」云云。

批評者可能只著眼於鮑小姐的「熟食鋪子」。

B：這就是用作比喻或起興的彼物或他物。其所寓之意以及所咏之詞，似不當忽視。

A：爲將小説改編爲電視連續劇，楊絳遞給改編者黃蜀芹一張紙條，寫道：

《圍城》的主要内涵是：圍在城裏的想逃出來，城外的人想衝進去。對婚姻也罷，職業也罷，人生的願望大都如此。

這一闡釋，應能够體現作者的意願。

B：我十分欽佩錢鍾書的創造天才，亦欽佩楊絳的大徹大悟，幾句話概括了一條真理。

A：一九九〇年十二月，電視劇《圍城》於中央電視臺播出。滿城争説，轟動一時。傳記作者稱「不足還是有的」，但仍然是一部使人回味無窮的電視劇。並指出：看過電視，有人説，「准會有不少青年對婚姻失去興趣」。以爲：「果真如此的話，那真是人生的不幸，然却是作品的大幸。」不幸與大幸，當未必盡合原作應有之義。

B：太史公説上下古今，强調「究」與「通」，陶淵明觀察宇宙，突出個「終」字；追尋形而上之思，必須具有這遠大目標。

三　欲與天公試比高

欲與天公試比高，包含著人與天的關係。所謂仰觀俯察者，既已成爲仰觀俯察之對象，其存在，與天地萬物之存在，也就處於平等位置。這是盈乎天地間的至理，亦「配」與「比」之基礎。

（一）獨白與對話

A：《老殘遊記》作者劉鶚之孫劉蕙孫，生前爲福建師範大學歷史系教授。一門狂狷盡吟才，自曾祖劉成忠以下，四代皆能詩。

文化大革命中受衝擊，千餘詩稿被抄。歷盡艱辛，而未受太大皮肉之痛。其原因，據説有兩樣。一是編造所識叛徒、特務之門牌號碼，供造反派内查外調；二是編造故事，讓紅衛兵聽得入神，忘却自己所看管者乃一名牛鬼蛇神也。前者憑藉記憶，將所有友人電話號碼變爲門牌號碼，加上真名實姓，每次招供，都是一大串。樂壞了造反派，也苦壞了友人（這是後話）。而後者則憑藉想像，如聲稱現在可聽到二千多年前孔夫子所講的話，則令紅衛兵不知所以。

劉蕙孫妙悟天機，古今上下，無所不通，所講故事，應當不能只作牛棚中語看待。

B：這是人天之間的一種共通話語。登入其話語系統，什麽都能知；否則，將不能知。例如，《論語・公冶長第五》：子貢曰：「夫子之文章，可得而聞也；夫子之言性與天道，不可得而聞也。」子貢不可得而聞，可能尚未登入系統。但劉蕙孫則不同，因父祖皆爲太谷學派弟子，自小有所見聞，故能知，説明同一系統。

A：不知道怎樣才能登入其系統？其所講故事，應依據於此。

B：劉蕙孫論太谷學派，曾以太谷再傳弟子黄歸群一副對聯，揭示其奧秘。其曰：

立言立功立德，
希賢希聖希天。

劉蕙孫以爲：通過上聯所説方法與手段，達致下聯所説目的與進程，做到希天而配天，就能登入系統。

劉蕙孫稱：這是由於人的心弦震動與天機的運動相適應而發生感應的作用。

A：具體地説，這種感言，不知如何發生？就文學活動而言，其間有無迹象出現？

B：劉蕙孫説：人與天感應，希天而配天。這並不是玄學，而是物理學上振動數相同的物質互相感應的道理。例如：孝順父母，此心一動，就會一代一代感應上去，以與天通。因爲人受生於父母，父母又受生於父母之父母，以至元始父母，按照生物發展規律受命於天。無論多少代，其血脉皆一綫相通。正如上樓一樣，由一層一層的臺階走上去，無論你是二層樓還是摩天大樓，總會走到樓頂。所以，劉蕙孫指出：「孝是希天、配天的捷徑」（以上參見《劉蕙孫論學文集》，福建教育出版社，二〇〇〇年二月版）。道理就這麽簡單。而迹象，有如關懷、叩問，往往以獨白或對話形式出之。文學史上，屈原、李白以及蘇軾，都有相關作品傳世。至於毛潤之，其《沁園春·雪》亦可作如是觀。

（二）排列與組合

A：希天與配天。所謂「配」，應與「比」的意義相當。欲與天公試比高，這過程，在人與天之間，不知有無決定、被決定或者第一性、第二性的關係？

B：《周易・繫詞》有云：

> 古者包犧氏之王天下也，仰則觀象於天，俯則觀法於地，觀鳥獸之文與地之宜，近取諸身，遠取諸物，於是始作八卦，以通神明之德，以類萬物之情。

這段話，包含著人與天的關係。一般以爲意在闡釋八卦製作的全過程。仰觀俯察，似乎將天地萬物擺在決定的位置，擺在第一性的位置。而就所造之象看，却不一定就是這麽一回事。作爲一陰(⚋)一陽(⚊)兩種符號，郭沫若以爲是男女生殖器的象徵。所謂仰觀俯察者，既已成爲仰觀俯察對象，其存在，與天地萬物之存在，也就處於平等位置。這是盈乎天地間之至理，亦「配」與「比」的基礎。所有一切，都從這裏開始。

A：由一陰(⚋)一陽(⚊)兩種符號所體現的人天之間這一平等關係，不知如何構成？

B：就製卦過程看，陰(⚋)與陽(⚊)各一畫，對等、對立，這是兩種原始符號。在這一基礎上，先以三畫叠成一卦，爲八卦；再以八卦兩兩相重，成六十四卦：這是一種排列與組合。人天之間這一平等關係，就體現在由此所構成的卦象當中。而文學活動，有關排列與組合，同樣可見其關係。

陶淵明形影神贈答釋詩之排列與組合

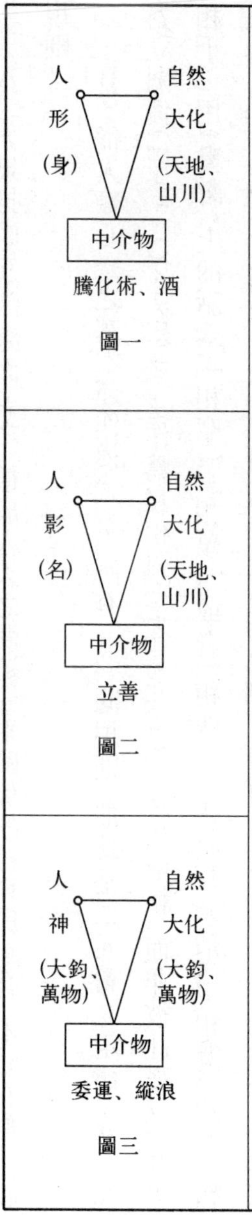

陶淵明形影神贈答釋詩三首，論者以爲：「此三首詩實代表自曹魏末至東晉時士大夫政治思想人生觀演變之歷程及淵明己身創獲之結論，即依據此結論以安身立命者也。」（陳寅恪《陶淵明之思想與清談之關係》）主要説人天關係，而其歷程及結論，則可以上列圖式加以展示。

圖一，表示人生不如大自然之長久（陳寅恪語）。解脱方法有二：學神仙求長生及陶醉

於酒。

圖二，表示長生既不可得，則惟有立名即立善可以不朽。陳寅恪以爲「托爲是名教者非舊自然説之言也」。

圖三，表示形所代表之舊自然説與影所代表之名教説之兩非，且互相衝突，不能合一。只有與大自然融爲一體，委運任化之神，才是真正歸宿（參陳寅恪説）。

A：如果打破界限，總而言之，構成人天之間這一平關係的排列與組合，不知有無共同規則。

B：從人類心靈之基本運作模式看，應有一共同規則，那就是二元對立定律，或二元對立關係（Binary Opposition）。作爲互相對立之二元，必須互相依賴，而非彼此孤立，互不相干。用《繫辭》上的話講，「相摩」、「相蕩」，或者「相雜」。我將其概括爲「相關、相對、相反」。至中介物，乃折衷元素，亦可當作一種催化劑。分解、化合，在互相對立之二元之間，作用重大。這是我對於共同規則的認識。爲先師吴世昌教授結撰詞體結構論，即著眼於此。

A：從「相摩」、「相蕩」，或者「相雜」，到「相關、相對、相反」，將《易》之理與現代詩學之理並舉。就《易》之理看，其排列、組合，有何可供借鑒之處？

B：八卦，六十四卦之排列、組合，與神明之德「通」，與萬物之情「類」。其「通」與「類」，牽涉到分期分類問題。所謂製器尚象，遵循這一原則；兩個互相對立而又互相依賴的單元，其排列與組合，同樣必須遵循這一原則。

原載香港《鏡報》月刊二〇〇二年六月號至八月號

新聲與絶響

——中國當代詩詞創作狀況及前景

中國當代詩詞創作，於上個世紀八十年代掀起熱潮。投入人數之衆，製造産品之夥，有史以來之所未見。本文依詩詞自身特質及其發展、演變的歷史經驗，就當前作者隊伍、作品文本所出現之問題進行剖析，並對詩官與官詩、詩商與商詩相結合之兩種系列景觀以及詩詞自身之「異化」現象加以披露。以古證今，由此及彼，告諸往而知來者；批評的多，表揚的少，目的在於警示：天外有天，須勇於承擔，大力扭轉「詩多好少」的局面，一代新聲才不至於淪爲絶響。

一　新聲與絶響

澳門三家——梁披雲、馬萬祺、佟立章，跨越多個時代，走過不同道路，其詩詞創作，各有特色，各具成績。就言志角度看，其所作，或著重内在心靈之體驗，於夢魂心影，反映其對時、對事，乃至對人生之種種審視與觀感；或著重外部世界之投入，於大小政事，反映其爲時、爲事，乃至爲人生之諸多理想與抱負，各有自己的内涵與境界。至於言情，有關作品，或欲死欲生，於夢中心上，努力捕捉當時的影像及觀感；或以血以泪，於諸般往迹，加緊回味當時的甜蜜與艱辛，同樣各有自己的煩惱與寄托。這一切，拙文《詩城與詩國》已分别加以描述。——澳門詩城之可稱道者，當然不止於此。以上選擇，一方面固然可能帶有個人偏好，另一方面，也是更加重要的，乃取決於三家本身所具有的代表性。即不僅在詩城，而且在詩國，三家及其作品，都曾産生過一定效應。因此，本文擬就此三家，推而廣之，進一步探討詩城以及詩國當前狀況及前景，希望能够引起注意。

本世紀以來，中國詩壇經歷過地覆天翻的變化。拙文《當代中國詩壇雙向流動現象》（載香港《鏡報》一九九五年九月、十月號）曾指出：胡適登場，新詩出世。原來寫作舊詩的作家，多改途易轍，紛紛做起新詩來。但是，幾十年過去了，所謂用白話寫詩，迄無成功（毛澤東語），某些原來寫作新詩的作家，則轉而專寫舊詩或者寫舊詩而兼寫新詩。這就是我所説的雙向流動現象。經此一變再變，中國舊體詩詞「死而翻生」——胡適當時稱之爲「半死之詩詞」（《嘗試集·自序》），其掄起板斧，必欲將其打殺；到了八十年代，各地詩詞學會（協會）成立，舊體詩詞不僅不再是一條蟲，而且簡直變成了一條龍。十幾年來，隨著改革開放浪潮之興起，中國舊體詩詞這條龍，更是從田間飛上了天。所謂形勢大好，或大好形勢，詩城與詩國，經常都能感受到這一氣氛。不過，如若冷静進行一番思考、反省，做到既説優點，又説缺點；既聽好話，又聽壞話，那麽，我看中國當代詩詞創作之當前狀況及前景，仍有可堪憂慮之處。

這裏，著重説兩個方面問題。作者問題及詩詞自身問題。作者問題，即創作隊伍問題。因爲是一支雜牌軍，人員複雜，素質較差，「詩多好少」的情況，越來越嚴重。這是可憂慮之一大問題。而詩詞自身，主要指其「死而翻生」後之生存能力及競争能力，其生存威脅及競争對象，已非新詩，乃爲愈演愈烈之時代流行曲。競争得過則存，競争不過則亡。這是可堪憂慮之另一大問題。兩個問題，下文將具體探討。

二　腐儒與村叟

這裏所説是關於作者問題。以爲一支雜牌軍。一般説來，所謂雜，不一定就不好，不雜也不一定就好。例如：有一位被稱作「半路出家」的詞學家，便是從副部級崗位上退下來之後，才開始研治詩詞的。而其進行得十分投入，十幾年來出版多種著作，業績並不比專門人才差。這是不可忽視的事實。但是，詩詞畢竟是一種不同於其他玩意兒的玩意兒，除了天分，尚須學識，並非個個都玩得（玩得了或玩得起）。這就是説，由於雜，大家都來玩詩詞，不少人既缺乏先天稟賦，後天訓練又很不足够，於是就玩出許多問題來。這是由作者問題所派生出來的問題。舉其要者，大致有下列數端。

腐儒村叟之見，填詞填字數

以爲湊上四句或八句，便可算是一首絶句或律詩，掛上一塊招牌——「沁園春」、「滿江紅」，便可算是一首詞；大量「笑掉人牙」之所謂作品，到處泛濫成災。「笑掉人牙」，這是湖南一位農民詩人對於文化革命中出現的「填詞填字數」現象的揭露與批評。即謂某些掛著招牌的所謂作品，「仄平聲韻竟全差」，「濫竽充數誤童娃」，「笑掉人牙」。這一現象，在幾百年前也曾出現過。例如：仇遠爲張炎《山中白雲詞》所作序文即稱：

陋邦腐儒，窮鄉村叟，每以詞爲易事。酒邊興豪，即引紙揮筆，動以東坡、稼軒、龍洲自況。極其至四字《沁園春》、五字《水調》、七字《鷓鴣天》、《步蟾宫》，拊几擊缶，同聲附和。如梵唄、如步虛，不知宫調爲何物，令老伶俊娼面稱好而背竊笑，是豈足與言詞哉。

可見，並非人心不古；某些事情，雖未必需要特别提倡，却自然流傳不絶。就當前狀況看，出現這一現象，除了作者主觀原因——或無知或爲著附庸風雅，此外，客觀上或無意或有意之助長及推進，也是個重要原因。

所謂客觀上的助長及推進，主要指：

第一，某些無知或附庸風雅者，並非陋邦腐儒，或者窮鄉村叟，而乃有頭有臉之大人物。因而，其所引紙揮筆，儘管不合格律，却仍被奉爲極品，頒布天下。有關事例，相信已引起注意。不過，爲尊者諱，今暫無須説明。

第二，某些不合格品，往往戴著高帽子，穿著闊衣裳，派頭十足。因而，有關報刊雜誌，大多照登不誤。

例如，在倒數日子，某報所刊《念奴嬌》：

香江奔騰，浪洗去，百年民族恥辱。九七回歸，功勞是，一國兩制構思。港人治港，高度自治，宜國情民意。香港繁榮，港人雙手創造。追憶祖輩昔日，受殖民統治，苦不堪言；歷代朝政軟無能，望收復眼欲穿。喜看今朝，祖國强有力，收復失地。展望未來，明珠奪目生輝。

全篇除字數一項符合規定以外，平仄、韻部，皆十分混亂。純爲政治術語之堆砌或胡湊。

既不順口，又不順眼，不堪卒讀。但因以「偉大構思」立題，也就不許説一個不「字」。

此類事例，屢見不鮮。尤其是各種大獎賽，鼓勵群衆，更令得詩壇、詞壇，到處充塞著偉大的空話。

這是客觀上的助長及推動，但與主觀上的無知及附庸風雅，密切相關，都是作者自身原因所造成的。

三　蛇王與蛇手

添足誤以添手，點金而成鐵

前段授課，説學風、文風，曾揭示這麽一種現象：有人語句不通，寫不起整段整段文章，但作起詩來，尤其是存心讓人看不懂的詩，顛倒、錯落，却甚了得。與新詩界友人説及，頗有同感。但是，依我看來，舊體詩詞寫作，情況也差不多。只不過是，新詩問題，有些也許將會留待後現代解決，而舊詩問題，却需提請留意。其具體體現，主要是組詞與造句。這是一種基本功夫，容易受到忽略。詩國處處都有此現象。

先説組詞。主要是詞語搭配問題。就一般常識看，有關配搭或組合原則，最少應有二項：一、符合語法規定；二、遵循世俗習慣。例如「王」與「手」，棋王、蛇王、賭王以及劊子手、神槍手等，已經廣泛使用，不成問題，但是，如更增添以「神釣王」或「神釣手」，我看就得費些斟酌。又如「眼」或「睛」，通常都説獨具隻眼與畫龍點睛，如掉轉過來，謂獨具隻睛或畫龍點眼，看起來就很別扭。此外，既説「開顔」，又加上個「笑」，應當也有問題。等等。這些問題，如出現於日常口語，總覺得奇怪，而見諸詩詞，成爲作品，却「習以爲常」。

請看某氏所作《念奴嬌・慶祝建黨七十周年》：

天翻地覆，數不盡、一代風流豪傑。艱苦鬥争七十載，推倒大山三疊。烽火南天，騁馳敵後，王氣金陵滅。江山一統，五星紅旗獵獵。極目萬里新程，送窮別白，邁步從頭越。改革十年收碩果，内外交流棋活。温飽先臻，小康在望，更入高科列。衛星遥控，九天飛去邀月。

這首詞與前文所謂「填詞填字數」者相比，似略有進步。因爲作者已注意到平仄及韻部問題。即大致能够按照詞調格式規定填寫。但其對於政治術語之堆砌，同樣欠缺功夫。諸如「送窮別白」，文理欠通，又與毛氏「一窮二白」之原有論述相抵觸，甚不足取。又，「一代風流豪傑」，重疊拼湊，亦甚牽强。這是中華詩詞學會「會員作品選」所録作品（見《中華詩詞》第三輯)。可見具有一定「水準」。

再説造句。主要是成語即現成詞語及語句之入詩入詞問題。例如:「回眸一笑百媚生」,以之入詞,成三字句,作「回眸笑」,通與不通?「發揚光大」,以之入詩入詞,成五字句,能否改作「發揚又光大」?諸如此類,在具體運用中,或生吞活剥,或點金成鐵,經常出現差錯。

請看某氏所作《采茶樂》:

雨霽山頭蔚翠蒼,姑娘結隊采茶忙。三三五五摇摇擺,緑緑花花艷艷妝。樹樹株株挑剔遍,疏疏落落塞盈筐。金烏西墜呼歸去,説説談談笑靨張。

將「摇摇擺擺」改爲「摇摇擺」,將「説説笑笑」,换作「説説談談」,如口語中這般表述,恐怕要有相當勇氣,起碼應不怕「笑掉人牙」。而作爲一首七律,類似「成語」,結隊登場,却如此無所顧忌,其讓人奈何不得。

又,某氏《江城子·贊安源煤礦總工李敬存》:

天涯何處訴衷腸。晉江旁。意綿長。不迷海外，祇愛我山鄉。化作安源煤一塊，燃自己，獻熱光。

卅年風雨費思量。不思量。志難忘。魂繫華夏，豈畏履冰霜。報國常嫌時日短，明月夜，走山岡。

不僅點化成語「不思量，自難忘」，而且簡直要將蘇軾之整首詞剥開來，吞下去。只可惜，將其糟蹋得不成樣子。

二例同見諸「會員作品選」，說明並非絶無僅有。

四　打油與打水

缺少一個「觀」字，依舊未入門

以上所說，乃因觀念錯誤及訓練不足所造成的問題。一般說來，有關作者充其量都只能算是門外漢，其所謂作品，無論如何，都難以達到及格綫。這就是說，有關問題比較淺顯，易於發現，也易於解決。但是，某些作者，既具有一定文字基礎及語言表達能力，又熟悉詩詞格律，却寫不出好的作品來，這就比較難辨。

所謂好的作品，是有一定標準的。如從詩言志的要求看，好的作品，應當是有個性、有自我的作品，亦即有靈性或有靈魂的作品。相反，没有個性、没有自我，亦即没有靈性或靈魂的作品，就不是好作品。例如梁披雲《北行雜詩》之《大明湖》曰：

老殘遊記尚依稀，千里初逢合有詩。幾曲芙蕖萬楊柳，大明湖上立多時。

詩篇寫大明湖，有《老殘遊記》的依稀記憶，有眼前鮮明物景，但更爲重要的乃有「我」——「大明湖上立多時」之詩人自我。這就是靈性的體現，就是好作品。當然，詩人之自我，並不一定非得讓自己站出來直接説話不可。亦即「以我觀物」，使得「物皆著我之色彩」。有時候，「以物觀物」，同樣有詩人自我存在。問題的關鍵，就在於一個「觀」字（參見王國維《人間詞話》）。這是衡量作品高下優劣的一個重要標準。而某些作者之所以寫不出好的作品來，其根本原因，我看就在於缺少一個「觀」字。這是凭借一定的天分與學識所達致的藝術境界。

某些作者缺少「觀」字，主要表現在兩個方面，即主要表現在對於兩種題材的描寫及反映上。

第一，對於自然物象的描寫及反映。

由於缺少一個「觀」字，某些作者的描寫及反映，往往只側重於物，而忽視自我。因此，雖頗爲極其所能，却仍然感動不了人。類似某某八景或十景之咏以及大量模山範水之什，即屬此例。

第二，對於社會事相的描寫及反映。同樣，由於缺少一個「觀」字，有關描寫及反映，大多只是名詞、術語的堆砌。因此，雖頗極富麗堂皇，却仍然吸引不了人。各地所謂大獎賽，成千上萬，便是例證。這一些，大概就是所謂没有個性、没有自我，亦即没有靈性或靈魂的作品。這類作品，與某些擺明車馬，就是要打油的「市井彈唱」相比，當有所不如。因「市井彈唱」，時有佳篇，或可讓人嘗一嘗真正牛油的滋味（打油詩另稱「牛山體」），而這類作品，打的是水，又帶有油味，甚是難以讓人接受。

五　風騷與雅頌

以上所説是關於作者問題，以下説關於詩詞自身問題。主要是詩詞質性以及詩詞職能的變化。有關變化，既與作者問題密切相關，又是社會政治、經濟以及思想、文化諸因素變化所造成的。大致説來，主要表現在以下兩個方面。

雅頌多於風騷，舊經義變新經義

講授「古代韻文」，我曾引導學生論證這麽一個題目：《詩經》是詩不是經。我以爲，中國詩歌，就其本源看，是有一定獨立性的。即使從「詩」到「詩三百」，經過孔子之正與删，也未曾將其變成爲政治的附庸。現傳三百零五篇，十五國風一百六十篇，占居大多數。所謂「男女有所怨恨，相從而歌。饑者歌其食，勞者歌其事」（何休《公羊傳》宣公十五年注），食、事以及男女間怨恨，一直是詩歌的主要咏歌對象。這是中國詩歌不斷發展、不斷獲得成功的一個活的源頭。

但是，當前創作却有掉轉過來的現象，即雅頌多於風騷。而且，所謂雅頌，大多成爲某種政治觀念的圖解。政治，已與千百年前的經義一樣，成爲當今社會的新經義。因而，當前創作，使得詩詞質性發生變化。

例如，郭沫若的《水調歌頭》。從一九七六年五月十二日所作《慶祝無産階級文化大革命十周年》之所謂「走資派，奮螳臂，鄧小平。妄圖倒退，奈『翻案不得人心』」，到一九七六年十月二十一日所作「粉粹『四人幫』」之所謂「野心大，陰謀毒，詭計狂。真是罪該萬死，迫害紅太陽」，以至此後所作《工業學大慶》之所謂「抓革命，促生産，憑『兩論』。使精神變物質，物質變精神」，等等，便是那個時代不斷更換著的政治觀念的圖解。

文化大革命以後，經過再批判，或反思、探索，原先那一套，似乎已被揚棄。例如，有一位革命家、詞人，當説及自己的創作時曾指出：幾首小令「反愁」，屬於一種詭辯，不足爲訓；若干長調「批修」，現在看來，自己却修得比人家更厲害。以爲平生所作，只「國慶夜紀事」之《水調歌頭》一首，較爲滿意。因而，極不贊成出版自己的集子。這是對於政治圖解的一種自我否定。態度十分嚴肅認真。不過，要將被掉轉的現實翻轉過來，重新確立風騷的主體地位，却並不容易。因爲文化大革命之後，圖解的事實仍然存在。儘管其内容與形式已經發生變化，即舊經義亦即舊的政治觀念，或許已經被拋棄，但新經義亦即新的政治觀念層出不窮，仍然成爲没完没了的圖解對象。這就是促使詩詞質性及其職能不斷變化的一個外在因素。有關事例，下文另敍。

六　學詩與立言

立言重於學詩，舊羔雁换新羔雁

以上所説，側重於質性。以下著重説職能。

孔子曰：「不學《詩》，無以言。」(《論語·季氏篇》)實際上，在此之前，所謂詩已爲各諸侯國之公卿、大夫所廣泛引用。不僅於祭祀、宴會、典禮，用作儀式中之一項重要程序，而且於社交場合，用作交際工具。據統計，顧棟高《春秋大事表》所載有關借賦詩以達致社交目的之事件，即有二十八例（參見袁梅《詩經譯注》引言）。這説明，所謂學詩與立言，在詩國早已形成風氣。

當今世界，文明、開放，學詩立言傳統，自然可得以進一步發揚光大。不僅僅詩國賢俊，大多雅好諷咏，即使洋人，對此也未遑多讓。比如香港回歸，中英争拗，一方引用唐人李白詩句——「兩岸猿聲啼不住，輕舟已過萬重山」，比喻談判前景；另一方以美國傑克·倫敦詩句——「寧化飛灰，不作浮塵」，表達最後觀感，這便是典型例證。

在一般情況下，詩之用以立言，對於增添其社會職能，當頗有助益。但是，就其自身之發展、變化看，詩之被廣泛引用，却未必是一件好事。這就是説，對於立言有用，起碼可加强其陳志或言志之效果，而對於學詩，尤其是發揮詩之所以爲詩之特有功能，則不一定有用。例如，「文革」結束後，爲被打倒的老幹部平反昭雪。被平反者盛行發表詩詞作品以抒懷，被昭雪者由其親屬發表詩詞以明志。一九七八年五月二十八日北京某大報，於某氏病逝不久，曾發表其遺作《金縷曲》，並附説明：據某氏的親屬記憶，此詞寫於一九六五年初。原詞無標題，詞牌名爲編者所加。其實，此遺作並非某氏所作，而乃發表於一九六六年一月五日該大報之《賀新郎》，題稱「新年獻詞」，作者是趙樸初。這就是「獻詩陳志」或「賦詩言志」之另一種表現方式。而此風一開，所謂學詩立言，便促使詩詞職能之進一步政治化，並且使得詩詞質性也隨著變化。即由某種政治觀念之圖解，進而蜕變爲一般公卿、大夫用以禮聘應酬包括平反昭雪之羔與雁。這一變化，除了有利於某一政治目標之實現以外，相信對於詩詞自身，不一定能有甚麽好處。

一九八七年間，在岳陽召開的全國第一次當代詩詞研討會上，有人批評詩詞創作，謂其題材狹窄，存在四多四少現象：歌頌多，暴露少；自然題材多，社會題材少；應景贈答題材多，觸及社會生活題材少；吟咏古蹟、憑弔古人題材多，對歷史作科學反思的作品少。認爲，這就是平庸的表現。並指出：「平庸是舊體詩作者致命弱點，也是舊體詩振興和繁榮的大敵。」所説甚中肯。而此四多四少，我看正是詩詞之蜕變爲羔雁之具的必然結果。

所以，王國維將中國文學史上詩與詞這兩種詩歌樣式升（興盛）與降（衰微）之關鍵，歸結爲這兩種詩歌樣式之是否被用作羔雁之具，其論斷未必完全正確，而其所揭示現象——詩至唐中葉以後，爲羔雁之具，故五代北宋之詩，佳者絶少；南宋以後，詞亦爲羔雁之具，而詞亦替矣（《人間詞話》）——這却是今之所謂學詩立言者，所當引起注意的現象。

七　詩官與官詩

有關當前詩詞創作中的問題——作者問題及詩詞自身問題，已如上述。這是在横斷面上所進行的分析與探討。以下即從縱深點上，進一步加以發掘與追尋。不過，不準備説得太遠，而只説八十年代中期以後所出現的兩種景觀：詩官與官詩相結合之系列景觀及詩商與商詩相結合之系列景觀。

先説詩官與官詩問題。在詩的國度裏，詩與官或官與詩，本來就已結合在一起。諸如太師陳詩（《禮記·王制篇》）及使者采詩（劉歆《與揚雄書》）等，當是最早的一種結合形式。而且，自古以來，凡是有名有姓的詩人、詞人，又幾乎都當過官。這一切均説明，無論寫詩當官，或者當官寫詩，本來都是很平常的事。亦即，既謂之爲詩，著眼點就應放在詩上，而對於詩人之當不當官或是否當大官，則似乎不必看得太重。但是，當詩之由民間走向臺閣，事情就並不那麼簡單。例如：一九八七年間，某詩詞學會醞釀成立，有人即於北京某大報發表「雜吟」，對其結合形式提出異議，以爲「一文一武兩皮包」。當今世界，詩與官結合或者詩官與官詩結合，究竟好與不好？有關争議，甚少見諸報刊文字。依我看，似有重新提出討論的必要。

首先，説好的一面。我以爲，八十年代，一批退居二綫的老幹部，在詩詞創作雜牌軍中所起領導作用，對於詩詞事業之復興及進一步發展，甚爲有益，其功不可没。其主要體現，乃在於老幹部之充分發揮「餘熱」——自身所蘊藏之剩餘熱量及人剛走茶未全涼，自身於官場所遺留之剩餘熱量。例如：籌組詩詞學會（協會），要車有車，要房有房，這都不是一般舞文弄墨者之所能辦得到的。當然，當舞文弄墨者一旦做上了詩官，其能量也是不可估量的。所以，短短幾年時間，詩詞組織遍布全國各地，包括澳門。詩詞的事，已被提上政協八届二次會議，頗受重視。這當都是大好事。而且，有些老幹部以詩詞説政事，也時有佳作出現。例如安徽徐味所作《長征六十周年有感》二首：

一舉驚天喚國魂，雪山草地忒艱辛。今宵舞困樓心月，曾照長征路上人。

魚水情深絶對真，不真何以得生存。輕車重訪長征路，怕見鄉親未脱貧。

詩篇借紀念長征以抒寫觀感。謂長征乃驚天動地之舉，歷盡艱辛，喚醒國魂：六十年前，軍民魚水情，也正因爲此情之真與深，軍隊才得以生存，長征才取得勝利；而長征勝利，奪得政權，長征路上鄉親，至今仍未脱貧。我手寫我心，既寫出老幹部心聲，又寫出老百姓心聲，已完全廢棄「歌德派」那一套，甚爲難得。

其次，説不好的一面。這裏所指乃合以後的分以及大量官詩，主要是政治順口溜的出現。由於詩官與官詩，二者都帶著一個官字，所以分也就無法避免。尤其是某些具有較大影響力的詩詞組織，更是一開始即蘊藏著分的危機。例如座次安排、職權分配等，時常因此而打上官司。這都不是詩詞之福。至於大量合格律或不合格律的政治順口溜，也因作者的關係，占據重要位置，則更加造成災難。有關事實，拙文《中國當代詞壇「胡適之體」的修正與蛻變》（載香港《鏡報》一九九六年二至五月號）已揭示，此不贅述。

八　詩商與商詩

以下説詩商與詩的問題。就詩國固有傳統看，詩與商或商與詩之結緣，機會似乎並不太多。但是，自從九十年代，文人「下海」，神州大地，包括港澳，却呈現另一景觀，即詩商與商詩結合之景觀。這是詩與商或商與詩互相需求的結果。由於步入九十年代，老幹部官場餘熱已發揮不了太大作用，社會上所謂「學而優則仕」，已逐漸變化成爲「商而優則仕」。因此，某些缺少金錢的詩人需要商來雪中送炭，某些占有金錢的商人則需要詩來錦上添花，這便促使二者結合。而結合之後，可能兩相滿足，皆大歡喜。一方面，只要有錢（不一定來自贊助），就可以出書，詩集、詞集大量印行；另一方面，只要有詩（不論合格與否），就有人寫序、寫跋，捧上殿堂。而且，各種各樣的杯，各種各樣的獎，大比大賽，則更加將詩壇搞得熱氣騰騰。這便是詩商與商詩結合之事實。

那麽，究竟應當如何評价這種結合？ 我看，應就具體事例進行具體分析，不可一概而論。

先説詩人之集子大量出版問題。詩集、詞集大量出版，如從數量上看，似乎並無壞處。但是，如從質量上看，却未必是一件好事。因爲所謂詩國，時常發現一些詩詞集，其中所收作品，或者徒有詩與詞之外表（形式格律）而無其實，讀起來一點味道也没有，或者根本連外表也不要，純粹胡謅，令人不堪入目。這是一個方面，認錢不認詩。而另一個方面，如果没有錢，詩寫得再好，也難以出版。例如：滬上詩人富壽蓀，寫了一輩子詩詞，及至老去，只能以若干油印本以示同好。比起市場上許多中看不中讀的集子來，真可悲哀。前陣子，詩界前輩六樓居士（劉逸生）曾在澳門某報，就此事抒發感慨。

再説商詩問題。近代以來，以商人、實業家身份而寫出好詩詞的例子，並非絶無僅有。但是，要由殷商一躍而爲儒商，也並不是一件容易的事。有位朋友，雄心勃勃，既要建造一個想賺多少錢能賺多少錢的商業王國，又要當一名能够創造歷史的大詩人。我曾向其提出這麽個問題：究竟賺五十六個億容易，還是寫五十六字（七律）容易？ 這位朋友不曾即時回答，而過後仍表示，二者都應努力做到。在此，衷心祝願其成功。

最後，説大獎賽問題。這當也是兩結合的産物，關鍵仍在於錢。在一般情況下，於得聞

（空餘）之時，湊湊熱鬧，也未嘗不可。只是應當明白：於主事者而言，這可能是一筆一以當萬的大生意，而對於詩詞創作而言，相信並非正途。

九　唱衰與唱好

從縱横兩個不同角度看，中國當代詩詞之當前狀況，乃頗爲複雜。尤其經歷八九十年代兩個結合之後就更是雜上加雜。當前，不僅一班公卿、大夫，借助詩詞這塊招牌，光宗耀祖，而且某些販夫走卒，也扛著這塊招牌，通街行走。所謂「全民皆商」，似頗有轉變成爲「全民皆詩」之態勢。這大概就是所謂呈現出前所未有之繁榮局面的一種蹟象。

例如：一九九二年，中華詩詞學會、新華社、中央電視臺、《光明日報》、《中國青年報》報社在北京聯合舉辦詩詞大賽，參賽者二萬有餘，參賽作品近十萬，幾乎有全唐詩的兩倍之多。真乃空前盛舉。

大家都來玩詩詞、唱詩詞，與上文所説兩個結合一樣，都具有好的一面及不好的一面，亦即有唱好與唱衰之别，同樣應當具體分析，區别對待。例如：一九九二年之北京大賽，獲獎作品輯爲《金榜集》出版，其中就有些許佳作。而香港回歸前之另一次香港大賽，參賽作品，厚厚兩大册，估計也有上千之數，但是，希望從中找出十首稍微像樣的篇章來，却比沙裏淘金更爲艱難。

就當前狀況看，所謂唱衰，大致表現在：一，社會上有些人，包括作者或非作者，利用詩詞作爲謀取利益的工具，導致詩詞產生「異化」，亦即上文所說質性及職能之蜕變，令得詩不像詩，詞不像詞。因而，嚴重削弱其生存能力及競争能力。二，魚龍混雜，泥沙俱下。朱熹所謂「一日作百首也得」（《清邃閣論詩》）之篇章，充塞詩壇。亦即「詩多好少」的情況日趨嚴重，甚是令人缺乏信心。有關「異化」或蜕變問題，上文已述。至於信心問題，我看只要留意一下眼下之大量出版物，也就清楚了。兩個問題，對於詩詞現狀及未來發展，都有極大影響。這就是説，自從文化大革命以後，「見龍在田」，至八十年代中期，「飛龍在天」，詩詞之社會地位已迅速提高。目前，其所面臨的危機，已不再是將要被人打死的問題。傳統詩詞這一條永遠打不死的神蛇（某詩人語，見《中華詩詞》發刊詞），可能將自己「異化」爲螟蛉（蠅蟻）。而且，其所面臨的挑戰，也不再是新體白話詩，而是時代流行曲。因爲，經過幾十年的争拗和實踐，新詩與舊詩打了個平手，至今已出現雙贏局面。這一點，可以兩位老詩人——臧克家及艾青的觀感作證。在爲自己舊體詩稿所作序文《自道甘苦學舊詩》中，臧克家曾宣稱：「我愛新詩，更愛古典詩歌。我寫新詩，也寫舊體詩。『我是一個兩面派』。」而在爲《馬萬祺詩詞選（二集）》所作序文中，艾青則表示：「中國詩歌發展到當代，出現了雙水分流的局面：多數人從事新體自由詩寫作；一部分人喜歡舊體格律詩詞。我主張不薄彼此，大路朝天，各走半邊。」這説明，隨著時代發展，舊詩已與新詩平起平坐，平分秋色。但是，其所遭逢的新對手，却比舊對手更爲强大。這對於「死而翻生」的詩詞來説，無疑是一次更加嚴峻的考驗。

十　坐井與見天

這裏所説，主要是詩詞的出路及前景問題。亦即詩詞之當前狀況既然如此複雜，那麽詩詞之創造者，究竟應當如何面對危機、迎接挑戰？這是可堪憂慮的問題，也是十分值得探討的問題。因水平有限，見聞有限，只能就個人觀察之所得，説些意見，以爲進一步探討提供參考。

第一，應當反對井蛙之見，看看井外的天。

這裏所指是一種簡單説「不」的觀念，諸如「傳統詩詞永遠是一條打不死的神蛇」等。這對詩詞自身發展，即如何保持其生存能力及競争能力，我看並無益處。例如：唐聲詩及宋歌詞，二者均曾由當時流行曲發展成爲時代新聲，即成爲有唐一代及有宋一代之代表文學。但是，「各領風騷數百年」，時至今日，在新的流行曲已經廣泛占據歌壇的情況下，唐詩、宋詞這一往昔流行曲，究竟能否永遠立於不敗之地，那就並非靠説一個「不」字，便可「大吉利是」（萬事大吉）。尤其是臺、港、澳歌壇，新的流行曲與最先進的科學技術相結合，已融入現代的生活。在這情況下，如簡單説「不」，以爲新的流行曲只追求刺激，歌詞並不好，那就很危險。這是井蛙之見的一種表現。而另一種表現是，自我感覺良好。即不説No，而説Yes。例如詩城，二十平方公里，四十一萬人口，出了多少詩人、詞人，印行多少詩集、詞集，便以爲世界之最。但是，就未曾檢查一下，許多詩集、詞集，哪一些可搬上臺面，哪一些屬於不合格品。時時、處處，喜歡「大陣仗」（大場面），實在不大好理解。

第二，應當提倡「無意做詩人」，防止詩詞的「異化」或蜕變。

就作者與詩的關係看，「無意做詩人」，乃將詩擺在第二位，將人（作者）擺在第一位。用詩作爲陶寫性靈的工具。其所爲詩，亦詩亦人，乃爲真詩。而非「無意做詩人」者，將詩擺在第一位，將人（作者）擺在第二位。用詩圖解政治觀念，用詩充當羔雁之具。其所爲詩，無詩無人，乃非詩也。我想，如果明白這一道理，有關「異化」或蜕變現象，就當較少出現。

第三，愛惜資源，支持環保，扭轉「詩多好少」局面。

這是編者與作者自律問題，似乎屬於個人私事。因爲出版自由，誰也不能干涉。但是，這又是一件關乎詩詞生死存亡的大事，不能不提請注意。因爲如果任憑某些不三不四的詩詞作品充斥市場，必將敗壞讀者的胃口。十分明顯，這對於詩詞之面對危機、迎接挑戰，乃非常不利。所以，我曾向某大型詩詞叢書之主事者建議：用控制數量的方法來保證質量。並曾在詩城所舉辦的一次詩詞寫作國際研討會上呼籲：愛惜資源、支持環保；少出或遲出個人詩詞集。我以爲：沒有質量，就沒有出路，沒有前景；沒有質量，所謂新聲，就將成爲絶響。

附記：

本文共十則，於「敏求居説詩」專欄發表。見一九九七年八月二十一日、二十二日、二十三日、二十四日、二十五日、二十六日、二十七日、二十八日、二十九日、三十日、三十一日澳門《澳門日報》「新園地」副刊。並曾提交一九九七年十月在昆明召開的「全國第十屆中華詩詞研討會」。網上刊布後，曾載湘潭《中國韻文學刊》二〇一一年第三期，又載北京《中華詩詞年鑒》（二〇一三年版）。

附録一　諸家評議

程千帆（南京大學中文系教授）：

奉書又新舊文數篇，並拜悉。其論亡室詞文——原載《中國詩學》者，已收入《程沈學記》，在貴州出版，非久即將逕寄尊處，統祈鑒核。詞論二集想非久可脱稿，甚望早讀。敏求居説詩，能言人所不能言，道人所不敢道，欽仰之至。

陳祥耀（福建師範大學中文系教授）：

《敏求居説詩》説詩詞現狀，出語諧雋而情寓憂患，深心人語，又時有獨具隻眼處。發揮静安莫爲「羔雁」一説，尤切中時病。至於「四多四少」之現象，非盡作者主觀之不競，亦不無客觀條件之制約，鄙人「諷世憂民慚夙願，模山範水負瑰詞」之句，亦有慨而言也。匆此奉覆，乞恕草率。

霍松林（陝西師範大學中文系教授）：

《澳門日報》連載《敏求居説詩》，對詩壇現狀諸弊燭照無遺，多與鄙見不謀而合，惟我不敢形諸文字，如兄之勇往無不敢也。

陳蓀經（安徽省文史館館員、副編審）：

大著並鴻論一一拜領。讀後良佩，倍增士别三日之感。心得兩則，草稿多不達處，行距太窄，欲改而無隙可以下筆，請老弟電腦處理後，務希代爲訂正，冗詞可以删去。名人字典，大比大賽，經從不應徵。詩詞刊物，非約稿者，概不自投，印了兩個小本本，是作爲知己交流之用。結集成書，未敢妄爲。

梁耀明（香港詩人）：

久缺良晤，懷想至殷。如有回港，望予示知，以謀一叙。詞作並大文，拜讀再三。風雲揮灑，法教淋灕，至有裨詩道。近國内詩風甚盛，本爲一件好事，奈歌德者多，不無遺憾，然有亦勝於無也。詞長砥柱中流，願發揮良好影響，使流濁轉清，誠爲詩詞道中歷史貢獻。弟年甫十三即投身市井，至今七十餘年，未嘗學問，從生活感受中，偶寫幾句，以彼此相知，不辭奉瀆，望不吝批評，更勝於客氣相待也。

王澍（北京《中華詩詞》副主編）：

近往昆明參加全國第十屆中華詩詞研討會，見到你的論文，具見關懷詩國命運，不勝欽敬，惟恨慳於一面耳。文中談到《會員作品選》，指出雖具格律，實非真詩，澍亦有同感。至於一處説大賽主事者一本萬利云云，似宜商榷。我想，無論首屆詩詞大賽，或「回歸頌」詩詞大賽，均未收分文參賽費，雖有募捐資助，收支僅是相抵，此係學會實情。至於其他賽事，如李杜杯、鹿鳴杯，亦大抵如此。辦事艱難，殊非局外人可知。我們舉辦的兩次大賽，若非廣東詩詞學會慨然負擔終評、發獎費用，恐怕還難於進行，哪裏談得到一本萬利呢？

另外提到學會草創其間，有人爲詩諷刺曰，「一武一文兩草包」。據我記憶，此爲荒蕪先生手筆，原句似爲「一文一武兩皮包」，此謂籌委會領導爲皮包公司。我在《追憶籌建學會二三事》中，已有較詳記實（見《中華詩詞》今年第三期），不知老棣寓目否，如原句爲「草包」，顯係罵人，而非諷刺，不像荒蕪先生風格。上述兩點，雖時過境遷，無關宏旨，但尊文將要入書出版，竊恐以訛傳訛，諒非棣台本色。叨在知交，所以不嫌覼縷，馳書商請修改，或刪此兩處，以利出書，如何？臨風依依，不盡欲言。

徐培均（上海社會科學院文學研究所研究員）：

這組論文，類似詩話，形式活潑，妙趣横生，讀之深受啓發。

我國自《三百篇》以來，在詩歌的園地上，名家輩出，佳作如林，號稱詩國。「文革」以後，詩詞創作又形成一個高潮，詩社、詩刊如雨後春筍，紛紛湧現。對此現象，令人一則以喜，一則以憂。喜的是數千年的優秀傳統得以綿延，憂的是泥沙俱下，魚龍混雜，敗壞了詩詞的名譽。然而敢於提出批評的文章却極爲少見，此則使人長嘆息者也。如今吾兄以巨大的熱情與理論勇氣，聯繫現實，針砭時弊，不管你是甚麼名人、權威、高官、巨商，只要作品中存在這樣或那樣的問題，便坦誠地予以批評，這是熱愛和保護傳統詩詞的表現，難能可貴，令人敬佩，不禁爲之浮一大白！

衆所周知，繁榮詩詞創作，需要開展正確的理論批評。二者相輔相成，相互促進，這是被文學史所證明的真理。可是目前詩詞界有些人不明此理，捧場叫好者多，敢於批評者少。像吾兄這樣深切中肯的文章幾乎没有。我相信，儘管詩苑中良莠不齊，稗草叢生，若給以認真的殳刈，去蕪存菁，好詩佳詞一定會成長發育起來。

林東海（人民文學出版社編審）：

詩之爲體，類皆基於語詞聲調。六朝唐初釀就之近體，自是以中古四聲二元爲格律。古今音變，入派三聲，故今人多限於聲律而難工，或昧於平仄而貽笑大方，或不辨入聲而思就今讀；殊不知悖乎平、上、去、入之四聲二元規律，則近體自亡。是以韻部可寬而平仄直嚴。敏求居説詩，歷數詩城與詩國之利弊，譏彈附庸風雅者之如古昔腐儒村叟不辨平仄聲韻而「笑掉人牙」，良有以也。然詩壇之厄，不惟濫竽充數糟蹋格律一端，其爲濫調陳詞冒充作手，亦一厄也。前厄失其形，後厄失其神。情志所之，詩亦至焉。無真情實感而徒托空言，自非爲詩之道。即敏求居説詩所謂重言甚於重詩，以詩爲「羔雁之具」者也。當今之世，儒者權不及官，錢不及商，而欲使舊體詩詞回黄轉緑，以期古樹新花，其詩事活動與詩集出版，自不能不依憑官之權與商之錢。於名利交相爭鬥之際，詩界終不免夾帶官氣與商味，所謂「詩官與官詩」、「詩商與商詩」，亦應運而生矣。求其言志緣情風騷之旨，則微乎其微。無怪敏求居主人之患新聲將爲絶響也。

江嬰（天津詩人）：

先生所作之《序》及大作複印件兩份，均已收到。以「詩與生命」評拙作，可見先生仔細讀了拙作，發掘出這一特點。對此，我非常感謝。

一口氣讀了先生《敏求居説詩》十篇文章。我對之自言，曰：「所言極是。」

我雖自少即喜愛詩歌，負笈清華並曾參與聞一多先生所創建之新詩社，然無意附庸風雅，做一個詩人。年青時寫新詩，擬以詩助我自由，却失去自由，自然也失去寫詩自由。於無可奈何中，以低吟舊詩求取精神解脱，遂寫起舊詩來。二十多年之不自由，精神上苦不堪言，曾有二十個字爲記：

誰采他山石，裁爲兩磨盤。靈魂非菽黍，碾成泪汍瀾。

心裏有太多悲憤與苦悶。我寫舊詩，無非是藉以宣泄罷了。

當今許多人寫詩填詞，多以之作爲政治的或個人的包裝。我無意包裝自己。人之最可貴者，莫過於裸露自己的靈魂。把詩詞作爲工具，終將埋葬詩詞。

當今詩詞太濫。粗劣者，自難存在。某些追求高雅，離今遠而離古近者，也將一步步走向墳墓。詩詞若要生存下去，必須面對現實，必須貼近人生；必須通俗、大衆化。文字上平白易懂，其非意境上之卑俗。太白之「我寄愁心與明月，隨君直到夜郎西」，情真意切，且明白暢曉，稍有文字修養者即可讀懂，不識字者亦可聽懂。通俗，再能唱，庶幾如先生所言，可與流行歌曲競争矣。

當今詩詞書刊之濫，既浪費資源，又將「污染」環境，且將成爲真詩真詞之荒冢也。

先生對當今詩詞之狀況，有灼見。但願能够成爲一帖清涼劑。

曹旭（上海師範大學教授）：

《從澳門看詩詞創作狀況及前景》十篇，以澳門爲「視窗」，窺探詩詞，角度特佳。所謂以小見大，由此及彼，如香象渡海，由「淺藍色」走向「深藍色」也。

推想施君作意，不在澳門諸賢而在中華詩詞創作界。實有於詩詞創作界掃除陰霾，滌蕩塵埃，澄清天下之志，可謂「項莊舞劍，意在沛公」。然澳門諸賢，若梁披雲、馬萬祺、佟立章三家，其人、其詩、其論，亦包蘊其中矣。

觀十篇自成系列，行止自由，有分有合，各司其職。《新聲與絶響》，開宗明義，不啻全文小序；《腐儒與村叟》論作者；《蛇王與蛇手》、《打水與打油》論詩詞作法；《風騷與雅頌》涉詩詞自身。以下分論，或論官詩、商詩，或論詩官、詩商。末以《坐井與見天》收束，預測詩詞出路前景。可謂句無虚語，語無虚字，無不切中時弊，乃作者憤世嫉俗，發憤有爲而作也。

舒蕪（北京《中國社會科學》編審）：

援朝轉來惠示及尊著《宋詞正體》一本、《博士之家》一本，無任感荷。又報載詞話，直言罔忌，尤所佩服。邇患暈眩，不能多寫字。僅録周作人小文如下，乞諒簡率。

牛山詩

志明和尚作打油詩一卷，題曰《牛山四十屁》，這是我早就知道的，但是書卻總未有見到，只在《履園叢話》卷二十一中看見所録的一首。近來翻檢石成金的《傳家寶》，在第四集中見了一卷《放屁詩》，原來就是志明的原本，不過經了刪訂，只剩了四分之三，那《履園叢話》裏的一首也被刪去，找不著了。我細看這一卷詩，也並不怎麼古怪，只是所謂寒山詩之流，説些樂天的話罷了。裏邊也有幾首作得還有意思，但據我看來總都不及《履園叢話》的一首——其詞曰：

春叫貓兒貓叫春，聽他越叫越精神。老僧也有貓兒意，不敢人前叫一聲。

我因此想到，石成金的選擇實在不大可靠。恐怕他選了一番倒反把較好的十首都刪削去了。

十六年三月

（收入《談虎集》）

宋亦英（安徽詞人）：

惠書及尊作均收到。尊作所論，我有同感。尊作文筆流利、深刻，而又幽默，想來在講堂上一定是受歡迎的。誠如所述，目前詩社、詩刊實在多如雨後春筍而佳作甚少，常感這是在禍棗災梨也。但不如此，則詩官、詩商不能過癮，將奈之何！反正用的是國家、企業之錢（贊助），不要自己掏腰包，何樂不爲？

附録二　讀《敏求居説詩》寄語

陳葆經

乙亥迎春，偶成四律。其三曰：「詩人詞客浩茫茫，級數幾何邁宋唐。饋歲頻呼財與喜，賀婚總是鳳求凰。在臺不解平和仄，下位渾忙犬對羊。官古超閑人四種，圖形繪影有文章。」官、古、超、閑四種人，本不能詩，不懂詩，更不是詩人，丁芒、湯明珠有文述之。

丁丑秋，吾友施議對博士以《敏求居説詩》諸則見示，其中所云，有與鄙見略似者，如《腐儒與村叟》、《蛇王與蛇手》、《打水與打油》、《詩官與官詩》是也。

又，丙子春，余作《浣溪沙》曰：「字號分明信可徵。自刪自改自添增。推銷比似化緣僧。　災棗災梨渾不管，蒔花蒔草更無憑。丐名貿利樂蠅營。」及讀施氏《詩商與商詩》，何不約而同乃爾。

施氏以「大比大賽」列此範疇，猗歟！詩是性情中之産物，那是可以賽出來的嗎？施氏論《坐井與見天》，極其微觀。

古代，特别是明清，士子應考，皆有詩課，所以士子皆能詩，而詩集之刊行則寥寥。當時無油印，只有抄示友朋或抄傳後世。富壽蓀油印示人，比之無書號之詩集也。也可以沿印，也可以激光照排。但無書號者，未必差於有書號者，《敏求居説詩》已概言矣。

香港回歸，萬民歡慶，産生了大量詩詞作品，類似施氏所舉《念奴嬌》之堆砌詞彙，不合格律者，爲數甚夥。推其原因，乃作詩填詞者，不懂詩詞，也不肯在詩詞上下功夫。余鑒於此，乃就史實，化成語爲詞語，有《浣溪沙》二闋曰：

國弱何曾有外交。石頭城下屈盟要。虎門士氣未全消。　不是一聲鷄唱曉，安能重引鳳還巢。端憑人定豈天教。

一自縋城豎白旗。望中破碎到支離。戍臣兩兩會心期。　今日關河重屬我，百年風月意憑伊。折衝尊俎鳳鳴岐。

讀施氏之《唱好與唱衰》，吾覺在「詞的生存能力及競争能力」中，尚大有餘地焉。

施氏以《坐井與見天》談到「詩詞的出路與前景問題」，三點意見，特别是愛惜資源，支持環保，扭轉「詩多好少局面」，是當前急切的問題。清代學人吴鼒提出，「文不可入木，字不可入石」，謬種流傳，又何益世？

三讀議對文，書以報之。時一九九七年（丁丑）十一月。

載一九九八年二月十六日澳門《澳門日報》

黄河自古源頭遠，浪迹天涯也有聲

——黄河浪城市生活的人文書寫

「黄河自古源頭遠，浪迹天涯也有聲」。這是長樂才子黄世鼎《寄語黄河浪》一詩中的最後二句。世鼎爲世連堂兄。二人古典詩詞造詣，皆甚專精。見此二句，無比欽羡，因借爲本篇小文命題。本人對於被稱作中國現代文學及當代文學的作品及書寫，包括世界華文文學的作品及書寫，向來缺乏了解及思考，未敢輕易爲文。但作爲世連、逢雲的老同學，大學本科，同窗四載，對於長安山上這對才子、佳人以及黄河浪其人、其詩，並不生疏。謹撰爲此文，以表達自己的思憶及懷念。

一　長安山上的才子與佳人

長安山，福建師範學院所在地。自福州台江過閩江大橋出城，到達倉前山，經過對湖路，即已進入其範圍。山脚下有物理、化學二系，還有藝術系，中文系在山頂上。從山脚下走上來，經過清華樓，登上五九山坡，就到中文系的學生宿舍。宿舍計二棟，各三層。一棟住男生，另一棟一、二兩層住男生，三層住女生。我和世連、逢雲於一九六〇年考上這個學院的中文系。一年級三百多學生，劃分爲八個班級。世連、逢雲在七班，我在八班。二年級將七班、八班拆散，分配至前面六個班級。我和世連、逢雲都到了二班。有一段時間，我與世連在同一寢室居住。

一個年級，這麼多同學，對於入讀師範學院，是不是個個都心滿意足呢？這麼多同學，又怎麼能夠認識得過來呢？剛剛入學，自己感到受委屈。明明知道考試成績並不錯，爲什麼被録取於第九個志願。不少同學亦有同感。後來聽説，省裏有意留下一批學生，自己培養。果然，没隔多久，某些同學的名字，已在年級傳開。陳章武、蕭國森，一個三班，一個八班，名字已出現在《福建日報》和《熱風》上。這是新體白話文的書寫。至於舊體文言文的書寫、近體詩的創作，我在八班時，還不知道有個黄世連。到了二班，方才獲知世連能古詩，教授古典文學的老師都很贊賞他。同年級的同學衆多，但陳章武、蕭國森、黄世連，很快成爲了同學心目中的偶像。

那個年代，男生多，女生少。男生出名靠才華，能够突圍而出，並不容易。而女生少，個個引人注目。在很短時間內，年級的男生，很快就給年級的女生送上花名，起了綽號。有的花名、綽號，特别富於創造性，竟取代其正名，久久不忘。不過，大多攻其一點，不計其餘。本人並不知情。當然，也有很正面的，比如小麻雀、洋娃娃，本人似乎並不拒絶。尤其是洋娃娃，圓圓滿滿的，天真、活潑、可愛，這就是謝逢雲。五十年前如此，五十年後似乎也没太大變化。

當時我知道，洋娃娃，幹部家庭出身。在年級裏，許多同學都知道她。而黄世連則默默無聞，一心一意只在書本上。兩人相愛，也許因爲還在地下階段，班上同學有點估計（料想）不到。黄世連學有專長，但他並不願當學生幹部，並不太熱心集團活動，也不争取加入中國共産黨。按照當時的説法，有點接近於只專不紅，但並不在批判之列。那是二十世紀六十年代初期，雖已經歷過教學改革，下鄉勞動，但讀書的風氣仍較濃厚。相信就在那個時候，世連和年級中的一群優秀學生，都有成名成家的夢想。我本人也不例外。洋娃娃和黄世連，情有獨鍾，二人的因緣，就締結於這麽一種環境當中。

大學畢業，各奔前程。二十世紀七十年代，長安山上的這對才子佳人，經歷過文化大革命，輾轉來到香港。黄世連以黄河浪和《故鄉的榕樹》，名揚天下。而今，黄河浪的書寫，已得到全球華人社會廣泛的認同和推舉。作爲這對才子、佳人的老同學，也感到與有榮焉。

二　人本書寫與人文書寫

西方文藝批評家，將世界、作者、作品及讀者，概括成爲文學活動的四大要素。東方的相闡釋文章，什麽範式、中心，往往將它説得玄之又玄，讓人摸不著頭腦。其實，四大要素，只是説明一個問題，作者如何依據自己對於世界的觀察和理解書寫世界。過程與結果，都包括在内。從哲學、文化學的角度看，我將這種書寫，概括爲人本書寫和人文書寫兩大類别。這是兩個不同層面的區分。形下層面和形上層面。而作者自身，其對於世界的觀察和理解，用王國維的話講，則有政治家之眼和詩人之眼的區分。

我看過莫言的《生死疲勞》。這是一部獲獎小説。這部小説對於中國農村半個世紀所經歷的變革作了歷史重述。其文學的幻想，怪異、變形、荒誕，無所不用其極。劉再復以爲，這是一種「顛覆性叙事」。但是，如從書寫的層面看，我以爲，莫言小説中，主人公爲驢、爲牛、爲猪、爲狗、爲猴，生死輪迴，始終在高密地面，仍然是形下層面的叙述。這是相對於某些能作形上之思的作品而説的。不過，這類作品，目前仍甚少見。當然，我這裏所説層面區分，並無褒貶意思，只是一種個人的體驗。兩大類别，人本書寫和人文書寫，一個著眼於人與人的關係，講的是人本；一個著眼於人與天的關係，講的是人文。不同層面的書寫，不同層面的思考，體現不同的審美標準和價值。

爲了更好地説明問題，以下再以作家余華和閻連科作爲事證，看其在書寫層面上的區别。余華和閻連科，創作實力皆甚雄厚，兩部小説，《兄弟》及《炸裂志》，都是對於新中國建立後第二個三十年的反思。余華將自己的創作劃分爲上、下兩部，上部説文化大革命，下部説改革開放。而閻連科則明確宣稱，作家應該審視自己的國家和民族，並説他的炸裂村，就是中國的縮影。借用劉再復的話講，兩名作者，兩部小説，所謂「講故事」，都講出大氣象、大格局、大悲憫，是一種大叙述。我佩服作者的勇氣，也佩服作者的才能。而就書寫的層面看，我覺得，余華和閻連科還是有一定區别的。這一區别，主要體現在對主人公結局的處理上。閻連科的《炸裂志》，既在小説中安排主人公死去，又在小説外讓他還活著。無論其死與活，都没給讀者留下太多想像空間。余華於小説末尾，讓主人公説俄語，準備上太空，情況就有些不一樣。余華讓自己的主人公造夢，閻連科不肯，他的主人公只能按照開拓者的夢，去實現自己的夢。余華想到人以外的事，涉及人文層面的思考，閻連科則未也。因爲他只是執著於審判。應當説，這就是書寫層面上所出現的區别。當然，余華的這一安排，猶如憑空增添的玄學尾巴，既有些牽强，亦難以破解。直到最近，莫言獲獎，我才發現，這可能就是中國夢。莫言獲獎歸來，在范曾主持下，與楊振寧有個對談。亦文學，亦科學，滿場精彩。臨近結束，范曾提出，能不能以最簡短的話，説一説什麽是中國夢？楊振寧没正面回答，而説中國大學生和美國大學生，如何如何不一樣。莫言説，美國有個太空計劃，安排上太空，報名的人，據説多數是中國人。同一問題，科學家没答出來，文學家可能一語破的。莫言没讓自己的主人公造夢，而他的話，却可以用來破解余華小説中的夢。甚可欽佩。

説完諾獎，現在就該説説黄河浪，看看他的書寫，究竟在哪個層面？

一九六四年，黄河浪大學畢業後，在内地於中學執教。一九七五年，移居香港。在以畫謀生之餘，寫作散文、詩歌。一九七九年，以散文《故鄉的榕樹》獲香港首屆中文文學獎冠軍。一九九五年，移居美國。一九九七年，創辦美國夏威夷華文作家協會，並出任會長，兼《珍珠港》文學報主編。黄河浪於上世紀六十年代開始發表作品。已結集出版的個人著作有詩集《海外浪花》、《大地詩情》、《天涯回聲》、《香江潮汐》、《風的脚步》、《海的呼吸》以及中英對照詩集《黄河浪短詩選》、《披黑紗的地球》，散文集有《遥遠的愛》、《生命的足音》二種。

以下，《香江潮汐》中的幾首小詩，都市生活的一角，將爲展現黄河浪詩世界中的思緒與情懷。

其一，《上班族》：

從兩頭湧過來
從海面卷上來
從山頂瀉下來

從地底冒出來
人的潮水
車的洪流
在這裏轟然澎湃
撞擊
升騰
裂碎成
繽紛的七彩
然後 沉重地
落向寫字臺
在冷冷的氣壓下
凝成冰塊
像同一模子印出的
公仔

一個龐大的族群，都市上班族。朝九晚六，每日所出現的景觀。兩頭、海面，山頂、地底，八面四方，猶如潮水般湧現。轟然澎湃，撞擊、升騰，交匯成繽紛的七彩。詩篇的前半，展現上班族出現的畫面。然後，在寫字臺，集中描繪上班的畫面。這是詩篇的後半。兩個片段，兩個畫面。一爲流動的水，一爲堅硬的冰；一爲活動的人，一爲同一模子印出的公仔。從族群的畫面，到上班的畫面。兩個畫面，兩相對照，表現出都市生活中現代化的必然。現代化，把流動的水變成冰塊，把活動的人變成公仔。這就是人的異化。人，變成爲現代化機器中的一個部件。詩篇的書寫，爲詩人的第一體驗，亦爲詩人的思考，是對於現代都市文明的一種全面觀照。不僅僅是每一個個體，而且是通過各自的位置，將個體匯合成爲整體。既是每個打工仔的寫照，也是整個都市的寫照。篇中二物，水和冰，通過韻腳的貫穿，聯繫在一起，展示都市文明所造成的結果。

其二，《空中走廊》：

黄金的地面
已經没有通途
盡屬於

黄河自古源頭遠，浪迹天涯也有聲

千眼的怪獸
四輪的動物
人呢 被自己的聰明
偷偷放逐
氣喘吁吁爬上
無水的橋
無基的路
匆匆的都市人
來不及回頭
踏著文明的步伐
橫跨過
人造的山谷

文明創造，既造成人的異化，亦導致人與物的錯位。黃金地面，寸土寸金，已没有人走的路。地面已被物所占有。四輪的動物，有明顯所指；千眼的怪獸，應指較長的列車：都是人用以代步的交通工具。人憑藉自己的聰明才智，創造文明，却被文明放逐。詩篇通過橋和路，將人與物的矛盾激化，天與人的整體被撕裂；天地之間，一切都被顛倒。物，占據所有；人，爬上無水的橋、無基的路。這是都市人的現在和將來。已經來不及回頭，眼前所面對，就是一座人造的山谷。既走不出困境，又不得不困守其中。這就是社會進步所付出的代價。所謂空中走廊，既不靠天，也不著地，正是現代都市人的生活寫照。

其三，《城門水塘》：

平湖如鏡臺
映四面青山如黛
深澗幽泉潺潺
可曾將桃花漂來
密密叢林蔽天
露幾圈清涼日光

黄河自古源頭遠，浪迹天涯也有聲

斜照水邊青苔
有人靜靜垂釣
在碧玉湖中
釣天上的雲彩

人與物，亦即人與自然、人與天，原本爲一和諧的整體。我們的老祖宗説天人合一，就是這一意思。天地之間，人與物，各居其位，各司其職，相安無事。現代都市，人與物的協調，人與天的融合，仍然是一種美麗的追求，美好的夢想。詩篇中的城門水塘，一彎平靜如鏡臺的人工湖泊，映照四面青山，猶如美人的眉黛。詩人對之，展開無數遐想，謂深澗幽谷，泉水潺潺，可曾將桃花漂來；叢林蔽天，透露幾圈清涼日光，照見水邊青苔。令人仿佛進入王維所繪製的畫境。這時候，詩人突然發現，有人正靜靜垂釣，在碧玉湖中，釣天上的雲彩。一個特寫鏡頭，將人和自然完全融合在一起。和前面的詩篇相比，詩人將賦體白描，改作比和興。賦體用於揭示矛盾，語語如在目前；比興重在興發聯想，意象真切動人。回歸自然，頗能體現其對於都市未來的關懷和思考。

三　當代價值與永久價值

書寫的層面之分以及價值的久暫之別，儘管没有一個絶對的標準，當代價值與永久價值，也只是相對而言，説明這個世界頗難以一個什麽意見，或者主張，就能够産生一定的社會效應，但作爲一名讀書人，文章千古，得失寸心，對於書寫層面以及價值久暫的分别，仍不能不知。

當今世界，以人爲本。人大於天，大於自然，人就是世界的主宰。在許多情況下，人本、人文，既已混淆不清，也就乾脆以人本取代人文。只講人本，不講人文。依我的理解，人本、人文，或者以人爲本，或者以天爲本，二者還是有一定分别的。人本，以人爲本。中國在孔子、孟子的時代，已有清晰的説明。而人文之作爲一種信念，一種精神力量，則未也。在中國，人文與天文相對應，天理與人欲，向來就互相節制。天人合一，人與自然的互惠，這是中國人最原初、最樸實的世界觀。我講人文，不講人本，目的就在於，以天理節制人欲。尤其是人欲大閙被打開的時代。人本、人文，不同層面的兩個概念，對於書寫與書寫的批評，應當留意其分别。

如上文所引述，黄河浪的三首小詩，從人與天的角度，揭示都市文明所出現的問題，體現出一種人文關懷。真正的大悲憫。生活在香港這一文明都市，以香港作爲歌咏對象，所需要的就是黄河浪的這種關懷和悲憫。黄河浪的作品，必將爲新世紀的人文書寫樹立典型。祝願「夏威夷華文寫作的當代價值與文化影響暨黄河浪文學研究國際學術研討會」圓滿成功。

甲午穀雨前三日於濠上之赤豹書屋

原載葉芳主編《再訪故鄉的榕樹》（《夏威夷華文寫作的當代價值與文化影響暨黄河浪文學研究國際學術研討會論文集》），香港：香港大世界出版公司，二〇一四年七月第一版。

星星・月亮・太陽

不知道是不是一種緣分？當我大學即將畢業時，與好友談論去向問題，我就知道，在福建省的中部，有一座新興工業城市——三明。不過，我實在未曾想到，自己將到這座城市工作，在這座城市成家立業，與這座城市結下不解之緣。

那是將近二十年前的事情。那時，除了地球還照常運轉之外，許多事情已經亂了套。我因爲讀了二十年書，被分配到三明鋼鐵廠，到「五六七八九農場」①接受勞動改造，就在這座城市扎下了根。我們的農場有兩個排：工業排與農業排。我在農業排，每天挖山不止。大約兩三個月之後，依據勞動表現，我被調往第一煉鋼車間。到車間當工人，作爲領導一切的階級成員之一，那自然是無上光榮的。可是，我的工種是清渣，和我在一個班組

① 三鋼某幹部稱當時的農場爲「五六七八九農場」，即五類分子、叛徒、特務、走資派及臭老九的勞改場。爲此，這位幹部被批鬥多次。

的，也都是有「問題」的人。不對勁，這仍然是勞動改造。然而，在爐底清渣却也不無樂趣。有一位青年工人，還是從部隊轉業來的，大伙説他「神經病」，也在爐底清渣。而我看，他很聰明。他曾出過一個謎語讓大伙猜，曰：星星、太陽、月亮，打一個城市名稱。嘿！太漂亮了。這不就是三明！於是，我發現他眼睛裏閃爍著智慧的亮光；我也發現這座群山重重環抱著的山城，雖然只有一條清淺的沙溪河，似没有可供蛟龍騰飛的場所，但她畢竟是三明——星星、太陽、月亮。於是，大概正因爲得到這啓示，當時，我曾經寫下這麽一首詩：

却向疏籬覓小詩，相看冷眼且隨伊。今生落拓我能信，直上扶搖會有時。

在爐底清渣，工友們説：「你不是這種料，很快就可以到『山頭』(三鋼總廠所在地)坐辦公室。」連長、指導員説：「在我這裏就是改造一輩子，不要想入非非。」那時候，將鋼鐵(鋼棒)打入鋼渣，要用十六磅重的大錘，我竟然一口氣可以掄動五十下。一九七一年春節，三明大雪，據説已多年未見，但我在爐底，濕透的工作服可以擰出許多汗水來。乘著車間「老黄牛」(某勞動模範的雅稱)吃夜宵，我和我的工友曾偷偷到雪地上，尋找星星與月亮，深深地吸一口涼氣。

「四人幫」倒了，我調往物構所二部（列東催化電化研究所），在那裏當了一名政工幹部。因爲是從鋼渣裏打出來的，硬碰硬，實對實，却和那裏的「臭老九」很是合得來。一九七七年初，我上臺宣講調資文件，講完條條杠杠之後，提出一個問題：「你們要社會主義，還是要錢？」在座的科研人員，包括黨委領導，頓時睁大了眼睛，没有人敢回答。好，没人回答我回答：「我要社會主義，也要錢。」全場熱烈鼓掌。接著，提出第二個問題：「這次調資，你們要不要？」仍然没有人回答。我説：「你們不敢要，我要。」又是熱烈鼓掌。可惜，我講了真話，結果偏偏没調上。當時有一種説法：政工幹部應該讓給科研骨幹。我有點不服氣，心想：如果换個位置，我不也是科研骨幹！這裏不給（調資），我到北京去要。因此，我發憤再當一次研究生。

一九七八年十月，我終於來到了北京。但是，我仍然離不開三明。因爲我已經在三明工作了八年半（包括勞動改造）。在三明，我有一個家，我的兩個小孩都是「三明牌」的；而且，還有許多朋友。於是，又是一個八年半，就像牛郎織女一樣，我每年都回到三明度假，有時因朋友之請，還辦個詩詞講座甚麽的。可以説，我仍然是三明人。

大概因爲我們永遠離不開星星、太陽、月亮，無論到甚麽地方，我都不忘三明的一切。

我愛讀書，大學畢業後又當了三次研究生。有人説，我創造了最長學歷——讀書二十六年。在爐底清渣時，没有書讀，每天一張《福建日報》，翻過來，倒過去，實在没有看頭。當時，我曾在心裏將《禮記》上的一句話當作座右銘：

儒有席上之珍以待聘。

我不相信「讀書無用論」，而相信：總有那麽一天，「臭老九」將變成「香老九」。來到北京，先碩士，後博士，果真「扶摇直上」。一九八六年底，我的家也由三明遷到北京。三明的朋友很是爲我們高興。

但是，儘管不相信「讀書無用論」，而讀書無用的現實却往往喜歡捉弄人。在北京，十年寒窗，結果收入乃遠遠不及門前的燒餅攤。老詩人臧克家對此頗有感觸，曾撰《博士之家》一文，在《光明日報》上發表。此後，又有《「博士之家」詩話》及《讀〈博士之家〉有感》等詩文披露於報端，輿論界一時頗爲轟動。

最近，三明老友劉廣義兄見《散文》月刊轉載臧克家文章，特來信慰問，謂：見此文時，思念之情油然而生，想目下境遇當有所改善矣。並邀爲「我與三明」徵文活動寫稿。正巧，我於年前晉升高級職稱並分得住房，且已遷入新居。此時此刻，獲得三明信息，不能不再次想起爐底清渣的情景以及那美妙的謎語，因借此機會，撰寫此文獻給我的清渣工友。

一九八九年三月三十日於北京

原載一九八九年五月三十日三明《三明日報》

旅美小札

一　別有人間

乘萬里風，破千層浪。由北京搭坐中國民航班機到日本東京，然後轉美國西北航空公司班機往波士頓。由東京飛美國，跨越太平洋，這是旅行中一段重要的經歷。我帶著十分好奇的心理登上美國班機。其時正是東京時間下午四時整。

班機換了，空姐不同了，乘客中也多是金髮碧眼。但是，入鄉隨俗，我很快便適應了這一新的環境。我和周圍乘客一起，不斷享用空姐送來的各種食品和飲料。不多時，正餐，也就是晚餐到了。之後，即進入夜間飛行。和乘坐火車一樣，客艙裏的電視停止播映，廣播也不響了，乘客們按照東方人的習慣，將坐椅靠背放低，開始睡覺。我儘管仍很興奮，但也和大家一起作瞌睡科，並且不知不覺地睡著了。但是，不知何故，睡不多時，空姐又忙碌起來了。我正想著，爲什麽美國班機的服務這麽周到，睡夢中還要給送夜點？而當我往窗口一看，纔縷銀光射入機艙。其時，我才發覺，雲海吐白，天已經亮了。

這是我有生以來第一次度過的最短的一個夜晚。這段經歷正與辛棄疾的送月詞《木蘭花慢》所寫情景相合：「可憐今夕月，向何處、去悠悠。是別有人間，那邊才見，光影東頭。」今天晚上的月亮多麽可愛啊！她依依不捨地告別歸去，究竟歸向何方？那是另外一個世界，當月兒歸去之時，那裏才發現，月兒升起在東方。——這是詞人的想像。王國維稱之爲「神悟」。然而，我却在這次旅行中，真實地領略了這一奇觀。

因爲顧著揣摩天體變幻，也不知飛了幾個小時。當飛機在芝加哥著陸時，我看了看表：五時三十五分。北京時間，這已是第二天的早晨，但芝加哥時間還是頭一天的下午三時三十分。由芝加哥換飛機，到達波士頓時是頭一天的晚上七時二十分。如此算來，經過一天飛行，抵達另一個世界之時，我却賺回半天時間來。

二　麻州一日

我所住飯店也叫「哈佛」，就在哈佛大學附近，但與哈佛大學無關。這是麻州州府的劍橋市，是一座大學城，哈佛大學、麻省理工學院等著名學府都在這裏。隔著查理士河，就是麻州州府所在地波士頓。哈佛燕京學社兩位研究生林小姐和袁小姐將陪我參觀遊覽。

可能是因爲時差的緣故，今日很早醒來，櫛沐完畢即出門看街景：一概是別墅式的小洋樓，由紅磚砌成，大多僅四五層高；街道兩旁，嘉木成陰，緑茵蓋地。街道上少有行人，各種各樣汽車在四通八達的馬路上急速奔馳。一切都很肅静，很有條理。迎著凉爽的晨風在街上行走，一點也没有身居鬧市的感覺。這就是劍橋。我等著林小姐到來，讓她幫我拍幾張街景相片。

林小姐陪我參觀哈佛大學。我們一起看了圖書館、博物館、音樂廳、演講廳、教堂以及露天廣場等許多處所，興趣極濃。這座大學的歷史比美國的歷史長，一定要找個有代表性的處所照個相以爲紀念。但是，找了半天，仍未見有如北京大學、清華大學那種明顯的標誌。最後，只好在大學創始人的塑像前留影。誰知，留影完畢，林小姐却説，這並非真正的創始人，而且時間也錯了，而人們還是把他當作「創始人」。實在有意思。當然，尤其使我感興趣的還是哈佛的圖書管理制度。據圖書館善本書庫載先生介紹，這裏所藏中文圖書，有宋及宋以後各種版本，除了宋版書，因怕時間長了「灰飛烟滅」，須裝進保險箱以外，其餘均可供開架閲讀。而宋版書，經事先聯繫，也可供觀覽。所有師生均享有這一權利。於是，我也利用這一機會，查看了幾部本國圖書館所不易借到的圖書。

午後，袁小姐陪我遊覽波士頓。這是一座歷史名城。街市建築與劍橋差不多，只有州府附近幾座高入雲天的大厦，其餘都是四五層高的磚樓。但這裏有三百年前的建築物，這是十七世紀初期先民們留下來的豐功偉績。美國人頗以爲驕傲。比如有一幢木屋，這在中國隨處可見，在這裏却是奇迹。它歪歪斜斜地倚偎在新式洋樓旁，外觀未曾變動，裏面則原封不動地陳列著主人當年所使用過的各種器物及擺設，包括水壺、火棍及壁爐等。開放參觀，猶如一座博物館。美國人珍惜自己的歷史，也熱愛自己的國家。波士頓的許多普通住宅，門前均懸掛著國旗。據説，其他城市也如此。這大概是一種傳統。

三　河畔之屋

詞學會議在緬因州的一個小鎮上舉行。由波士頓驅車前往，只需一個多小時。主人告訴我們：一進緬因境也就到了。但是，在高速公路的兩旁，盡是綠樹和草地，似乎很難看見村落。一個小時過去了，依舊茫無人烟。我朝窗外細心地尋找著。突然，汽車離開了高速公路，駛進一片樹林，將我們帶到一幢小屋前。這就是詞學會議的地點——一幢小別墅。屋前場地不大，只可停留三四部小車。場地兩旁的綠色屏障由長青樹所構成，有一層樓高。屋的兩旁及屋後是綠茵茵的草地。屋墻爬滿綠藤。小松鼠在周圍自由自在地跳動。小别墅坐落於河畔，故稱「河畔之屋」。除了樹林和草地外，臨近河邊還有網球場、游泳池及水上餐廳。

這一切，組成了一個獨立的小天地。

別墅建造於一九〇五年，就在它女主人出生的那一年。別墅計三層，旁邊另有一座工人房。別墅的各個房間，無論是客廳、餐廳、講演廳，或者是起居室，都十分寬敞。其中陳設雍容華貴：沙發、寫字臺，款式講究；架上圖書，琳琅滿目；壁間掛圖，古色古香。一切都保留了當年的排場。據説，由於管理太費事，這座別墅已交給有關大學使用，但女主人每年都要由城裏來一趟，重温舊夢。

出席詞學會議的各國學者十七人，另有三名研究生，住進了這幢小別墅。管理人員仿照當年的習慣接待客人。二十個人，一起就餐，一起開會，一起過著「貴族式」的生活，一起研討一千多年前，在古老的中國所興起的新詩體——詞。五天時間，上午、下午、晚上，演講、評議、自由發言，安排得十分緊湊。周圍世界，除了快活的小松鼠以外，再也没有其他動静了。二十個人，五天時間，仿佛置身於世外桃源。

據主人介紹，美國的學者很喜歡這個地方，經常在此召開學術會議。參加這次詞學會的學者，都是各著名大學的精英分子，其中有的已是第二次、第三次來此赴會。他們似乎十分珍惜這一方學術淨土。來此之前，對於爲什麽要將會議放在這麽個名不見經傳的小鎮上召開頗爲不解，來此之後，身受濃厚的學術氣氛所感染，才體會到主人精心安排的用心之所在。

但願神聖的藝術殿堂，永遠不受商品社會的塵灰所侵染。

四　詞體美典

詞學會議的第一個議題是有關詞學與美學的總體研究問題。這個問題討論了一整天，論及有關詩詞界限，詞體結構以及治詞門徑等問題。美國普林斯頓大學東亞語言文學系教授高友工所作題爲《詞體之美典》的講演，引起了與會學者的極大興趣。

高友工論詞體之構成及其美學價值，不肯套用一般美學術語，是有其良苦之用心的。所謂美典，即美的典式或典型。這是對於詞體發展演變過程中其外結構與內結構如何互相勾通所進行的一種專門研究。高氏論文特別闡述了領字對於結構詞體過程中有關「間架」及「鋪敘」所起的作用。高氏將領字的運用看作由外結構通向內結構的一個重要手段，這是很有見地的。

原來，我總以爲域外學者研究詞這一古老詩體，多少當有所隔閡。想不到與會學者當中，無論是華裔或是純粹洋人，對於中國這一古老詩體的理解都甚爲貼切，會上議論多爲當行家語。當然，域內學者的研究也有域外學者所不及之處，這是毫無疑問的。但是，域內某些學者似乎不太願意改變自己所習慣的思維模式和研究方法。例如：千百年來，我們的老祖宗每以豪放、婉約論詞，時至今日，這種特殊的興趣愛好仍然未見稍減。一部中國詞論史，有關豪放、婉約之争，不知要糾纏到什麽時候。這裏，我並非否定詞中存在豪放、婉約兩種風格或兩種體式這一客觀事實，而是覺得：僅僅從豪放、婉約入手，對於詞的風格特徵進行審美判斷，實在頗多局限。因爲這種判斷，只能幫助人們描繪某種藝術體式所具有的美的外部體現，而不能幫助人們認識到這種美的藝術體式究竟是怎樣創造出來的。即歷來豪放、婉約論者，似乎比較偏重於詞體美學價值的外部評賞，而忽略了對其創造美的典式或典型過程的結構研究。但域外學者則不然，其所論詞體之美典，似乎偏重於「典」字，即偏重於研究這種美的典式及典型構造成體的模式與方法，與域内某些學者相比較，其思路顯然是不同的。

數年前，吴世昌先生曾力破詞學研究中以豪放、婉約論詞的所謂「二分法」，而他的有關言論，一方面在域内受到某些學者的攻擊，一方面却在域外爲詞體美典論者所一再稱引，這當也是域内、域外兩種不同思維模式、兩種不同研究方法的一種具體體現。

五　宋詞與女性主義

女性主義，這是當前美國社會所流行的一個熱門話題。但它與我們所熟悉的「婦女解放」乃有所不同。當前的美國女性，並不滿足於「解放」二字，即不滿足於經濟、政治的解放和社會地位的提高。除此以外，當前的美國女性似乎更加注重自己在意識形態中的地位。即她們希望在內心世界真正得到「解放」。這大概就是所謂女性主義一個方面的內容。

與會學者將當前社會的新觀念與宋詞聯繫在一起進行分析批判，令人耳目一新。他們提出：宋詞中許多言情作品雖爲女性而作，且往往出之以婦人聲口，似乎可稱爲女性文學，但其所表現的却是男性的意願，男性的需要與欲念。即使是女性寫女性，也未曾擺脱男性，即女性對於男性的依賴地位。因此，他們認爲：在宋代，婦女實際上並没有自己的文學。

我不了解女性主義，對於有關學者的「聯繫」也未敢苟同。在研究會上，我曾說了自己的看法：唐宋歌詞就像是一位在歌兒舞女手中撫育成長的女孩子，出身較爲低賤。由唐入宋，人們對她采取不同態度，但用之言情却是共通的。我主張對於歌詞言情的藝術功能進行分析研究，不贊成以某種道德觀念評判詞史上的這一現象。我的同伴對此頗有同感，説：應當給潑一潑冷水，不讓胡説八道。但是有關學者仍堅持自己的觀點，説：你們要是認真看看某女士十分精彩的論文，就會贊成他們所鼓吹的學説。

不過，無論贊成與不贊成，所謂女性主義確確實實已成爲一種思潮。女士中不用説，就是男士，其中也不乏堂堂正正的女性主義者。不僅文學創作追求女性主義，而且整個社會似乎也正跟著女性主義跑。據主人介紹，在美國開展學術活動，資金也是很困難的。爲了召開這次會議，早在兩年前就向美國高等研究基金會申請專款，但同時申請的有一百多家，百裏挑一，競争相當激烈。因爲會議的組織者看準潮流，在申請報告中大書特書女性主義，最後才中了標。由此可見，在商品社會中，藝術研究企圖不食人間烟火，當是很難設想的。

六　人腦與電腦

在科技發達、文明昌盛的西方世界，利用電腦，甚至以電腦替代人腦，解決自然科學研究中的許多問題乃至處理社會日常生活管理中的許多事情，這是不足爲奇的，但是，利用電腦，或以電腦替代人腦，解決詞學考訂中的種種問題，和我們國内一樣，似乎仍不太盛行。在這次詞學研究會上所提交的十五篇論文中，只有一篇是關於這一問題的。這是加拿大不列顛哥倫比亞大學教授丹尼爾（Daniel Brgant）所提交的。丹尼爾曾利用電腦解決李白《菩薩蠻》詞的真僞問題，該文已經發表。這次所提交論文是關於南唐二主詞校勘問題的學術報告。報告稱，他將二主詞較早五種版本的有關信息輸入電腦，得出了一系列數據，説明利用電腦進行詞學考訂工作是可行的。

丹尼爾的講演引起了與會學者的興趣，同時也産生了争議。有關學者提出質疑：電腦的功能，除了量的分析之外，是否還能進行質的判斷？而這種判斷，是否尚需求助於人腦？例如「春花秋月何時了」。「月」字或作「葉」，究竟何去何從？如套用「少數服從多數」的原則，電腦是能够抉擇的，但要比較「月」與「葉」究竟何者較爲貼切，電腦可就爲難了。而且，僅僅是三五十首詞，數種版本，竟動用電腦，似乎太屈才了。所以，有的學者提出「殺雞焉用牛刀」。認爲：在詞學考訂中，似乎還没有電腦的用武之地。當然，電腦在量的分析方面是有著人腦所難以匹敵的優勢的，運用得法，必將大大有功於詞苑。這是大家所期待的。

丹尼爾曾師事李祁、葉嘉瑩氏，通華語，研治詞學頗爲用功。他説：學生時代人們常以爲，只有努力學習科學技術，才能有所作爲，而他却酷愛中國文學，願意獻身於此，實在很有意思。目前，北美的詞學研究大致有三種傾向：一，注重文類與文體研究，主張以結構方法把握詞體；二，注重感發聯想，對詞的境界進行審美判斷；三，注重考訂、校勘與翻譯。丹尼爾偏重於後者，多年潛心詞籍考訂工作，甚是引人注目。

七　吃烤龍蝦

在緊張的研討過程中，主人特意爲大家安排了一個精彩的節目：吃烤龍蝦。而且，不僅僅是分享結果，還要讓大家知道，大龍蝦是怎樣捕捉的。

六月八日下午，驅車至大西洋海岸，然後乘船下海。這是一艘電動小遊艇。「突、突、突……」很快開離海岸。迎著海風，縱目大西洋，海鷗低飛，海浪翻滾，精神爲之一爽。大約幾十分鐘過後，遊艇放慢了速度，開始捕捉大龍蝦。只見水手將飄浮在海面上的竹簡鈎起，吊在船頭轆轤上，啓動轆轤，收回掛繩，即將沉入海底的木籠提上。大龍蝦就在木籠裏。有時一兩隻，有時四五隻，有時一隻也没有。捉出龍蝦，還得認真計量，凡是不够尺寸的，均需放生，不得有誤。這裏的大龍蝦，果真不同一般。前面兩只脚，兩副大夾子，就像大螃蟹，但其身子却還是蝦。水手邊講解邊將剛剛捕捉到的「戰利品」呈送目前，讓大家觀賞。

傍晚時分，我們返回河畔之屋，準備到水上餐廳吃大龍蝦。我們來得很及時，大龍蝦已經烤熟。名曰烤，其實是在一口大鍋裏蒸熟的。於是，大家端起盤子，盛上大龍蝦，圍坐在餐廳的桌子邊。盤子裏除了大龍蝦之外，還有花蛤、玉蜀黍以及各種佐料。入座完畢，掛上帶有龍蝦圖案的圍脖，等候開宴。此時，一位男侍應由四周圍攏在一起的餐桌底下鑽進去，立在衆食客面前，做分解剥食的示範動作：第一步，先將兩個巨脚拗斷，用鉗子打開，即可剥出肉來，然後蘸上佐料，送進嘴去。第二步，再將腹背的硬殼剥開，抽去一條黑綫似的筋，用力將蝦尾一捏，整段雪白鮮嫩的蝦肉就擠了出來。女侍應在周圍走動，配合示範，隨時給予幫助、指導。整個過程進行得十分順利，侍應們也很滿意，説大家動作正確，表現良好。

我生長在大海邊上，熟悉海鮮的各種吃法，對於侍應的示範和指導頗有點不在乎，但因爲第一次見到這種大龍蝦，也就只好老老實實地遵照示範，逐步分解。看來，無論做甚麼事，包括做學問，美國人總是十分注重實踐經驗。吃烤龍蝦一事，給我留下了深刻的印象。

八　二虎書屋

六月十日，詞學會議結束，由波士頓飛底特律，然後到安娜堡。歐・邁愷博士由薛挺美女士陪同，前來接候。邁愷告訴我：十二年前今日，他與李祁住進了這幢房子。這就是「二虎書屋」。

這是一幢三層樓，並有地下室。坐落在安娜堡的大學東街，離密西根大學只有幾分鐘路程。路口水泥地上刻著四個大字「二虎書屋」。這是李祁的手筆。進門一副對聯：階下草新，尊前人舊。上款題曰：爲小虎邁愷書。下款題曰：老虎李祁，一九八〇年。横批四個大字，還是「二虎書屋」，這是李祁於一九七八年書寫的。

李祁於去年七月二十五日逝世，享年八十七歲。李祁逝世後，屋裏陳設基本上保持原樣。一樓是客廳、餐廳以及李祁卧室。二樓是邁愷卧室、工作室以及李祁書房。三樓大概是空著，現租給一位大學生。屋裏到處擺放著各種小熊貓。邁愷帶著我，邊看邊談李祁生前軼事，仿佛李祁仍在這屋裏生活與工作一般。邁愷説：李先生喜歡熊貓，愛喝中國茶。她眼睛不好，不喜歡强烈光綫，她將所有門窗都裝上布簾。李祁的寫字臺靠窗户，柔和的自然光從左邊射入。李祁很滿意屋裏的一切。她常説：外國人就不懂這個道理，都是正對窗户看書。邁愷説：在美國這麽多年，她還將美國人當作外國人。

在二虎書屋十餘年，李祁的生活及工作均由邁愷照顧。邁愷是李祁的學生，密西根大學文學博士。自一九七三至一九七七年，曾與李祁合作翻譯《近代中國詞選》。在二虎書屋，邁愷還協助李祁完成了大部頭著作《朱熹研究》。美國是年輕人的國家，老年人得不到敬重。但李祁有邁愷照顧，不必進養老院，而在二虎書屋繼續交遊寫作，晚年生活十分愉快。一九八二年，畫家吴作人訪安城，曾大書一「虎」字，贈送李祁與邁愷，對其配合默契的詩書生涯表示贊賞。現在，這幅大字仍掛在書屋的過道上。

李祁與邁愷極重友情。李祁生前曾多次來信説：赴美時可至其家中下榻，或講學，或遊覽，均十分方便。李祁逝世後，邁愷也一再來信相邀。而今，人去樓空，雖已到達目的地，但我心裏却無限悔恨，我怨自己不當來遲一步。

附記：以上若干段落曾載一九九〇年九月五日及九月六日北京《北京晚報》，又載一九九〇年九月二十五日及十月一日三明《三明日報》，又載香港《香港文學》月刊第九十九期（一九九三年三月五日）。此爲全稿。

相候此時，海上同看事勿遲

——五十一周年國慶觀光小札

五十一周年國慶，非大慶，亦非中慶。但是，作爲新世紀紀元之第一次，新的開始，自然不同以往；而且，有幸參與，機會亦甚爲難得。因此，覺得特别有意義。

我所在的觀光團，乃全國臺聯所組織的。團員來自世界各地，又似乎有許多直接來自於島内。團友幾多，未曾查詢，而行進車隊，則常常是一大串。活動分爲兩段：一段北京，一段河南。北京四日，除參加人民大會堂國慶招待會以外，曾赴天津觀看軍事表演，登居庸關遊覽萬里長城，並曾聽取有關西部大開發的報告。河南三日，既考察名勝古迹，尋找根本，又到小冀鎮，參觀現代人所創造奇迹。此外，應中華炎黄文化研究會之邀，我還到湖南，拜祭炎帝陵。數日行程，十分緊湊，十分充實，頗多獲益。

一　脱貧致富與人均八百

九月二十八日下午，國務院某局首長在西部大開發報告會上宣布：全國人均總收入八百美元，小平先生所提出的小康目標已經達到。這是十分振奮人心的消息。與北京友人論證此事，或以爲，標準很高，似乎不大可能。在小冀鎮，經過訪問、調查，對於這種可能性方才有了較爲真切的體驗。那是鎮上的一個村民小組。七十二户人家，三百六十人口。作爲一個生産隊，在七十年代初，其家當除了三間破草房、四頭瘦牛、一輛破馬車外，就是説不清來由的兩千元内債及六千元外債。窮得叮噹響。而現在，作爲一個經濟實體——京華實業公司，資産二億。不僅擁有十個廠（場），包括精細日化廠、紙箱廠、罐頭廠、豆漿晶廠、腐竹廠以及農場，而且擁有一座遊樂場以及度假村。據一九九四年統計，人均總收入實際已超過萬元（人民幣），人均産值達到二十三萬三千元（折合一萬九千五百萬美元），超過加拿大，僅次於法國。實在了不起。

這是從解決温飽開始，經過脱貧致富，所建造的一個鄉村都市。我極爲贊賞其創業精神，尤其佩服董事長劉志華之領導才能，但對於毁田造園，却有點不同看法。例如京華園，將全國各地包括臺灣八十多處著名景點，彙聚一園，讓人「一日内走遍全國」，固然可吸引遊客，而原有田壟、水坑，則已蕩然無存。就短期效益看，這是成功典型；但是長期效益，又將如何？初時，我頗感憂慮。因抓緊時機，請教在場之縣委書記。以爲：此經濟實體，從商而未棄農。所有耕地，二百多畝，由十名「耕地工人」承包耕作，已辦成一個小型機械化農場。遊樂園所占地，十分有限。生態環境並未受到破壞。而且，該實體非常重視教育。除聘請優秀教師擔任幼稚園園長、到中學任教外，正準備開辦京華大學，以提高素質。作爲中國十大女傑之一，實業帶頭人劉志華，自有其長遠規劃。隨著西部大開發，將來到其他地方，例如新疆、西藏，樹立典型，相信可創造更多奇迹。

二　文化瑰寶與生財之道

京華之成功，除了自身努力，還在於得風氣之先。第一産業、第二産業、第三産業，交替得十分迅速。尤其是第三産業，一脱貧即全面鋪開；而重點則在於旅遊。京華以外，少林寺亦正財源滚滚，一張門票幾十元，每日數萬遊客，收入可觀。據説，其正準備爲李連傑在寺内樹立銅像，李未肯；而武術學校則遍布各個山口。

作爲華夏文化之發祥地，河洛一帶確實留有無窮寶藏。九都洛陽，七都開封；地上地下，處處都是文物。如何開發利用，似當從長計議。

河南三日，行色匆匆。幸好妥善安排，並有最佳導遊，幾處景點——少林寺、關林、龍門石窟、大相國寺以及清明上河圖，都曾一一觀覽。相比之下，同爲千古名刹，大相國寺就不如少林寺那麼好彩。大相國寺中興後之第三任住持心廣法師告我：寺中供養釋迦牟尼佛緬甸白玉像以及四面千手千眼密宗觀世音菩薩整體白果木雕像，均爲稀世之寶；而且與《水滸》、《西廂》相關的故事，亦已廣爲流傳。可惜，失去了機會。短期内，準備修復魯智深倒拔垂楊柳景觀，並準備利用大相國寺佛教音樂之研究成果，使之繼續流傳。希望以内部建設，吸引信衆，進一步弘揚佛法。我很崇仰法師這種進取精神。但是，依照張擇端《清明上河圖》所建「上河園」，就並非那麽一回事。亂哄哄，就像逛集市一樣。因此當接受開封電視臺訪問之時，曾以香港宋城相比，建議增加文化色彩，並對園内商家，嚴加管理。

三　在漢在曹與忠心赤膽

「海上生明月，天涯共此時」。人之悲歡離合，月之陰晴圓缺，千古以來，儘管難於求「全」，每讓人造成遺憾，而願望却永遠存在。三國關羽，忠於其主。爲著統一大業，無論在漢，或者在曹，始終不渝。步入新世紀，天涯與共之時，相信不會過於遥遠。

觀光途中，有小詞三首，謹抄録於後，以與團友共吟賞。

《減字木蘭花》三首

五十一周年國慶，人民大會堂夜宴紀勝

相候此時，海上同看事勿遲

史册民均八百。美酒葡萄望月圓。今夕幾番。今夕幾番。人浪花潮無敵國。海上同看事勿遲。相候此時。小康稱偉績。

重陽前五日，偕國慶觀光團諸君洛陽瞻仰關林，拜謁關羽之首所葬地

洛水我來吊古。碧草墳堆浩氣存。乃聖乃神。在漢在曹都在主。允文允武。何處爲招關帝魂。天下久分。冥冥河水雨。

重陽前一日，隨中華炎黃文化研究會副會長莊炎林主祭拜謁炎帝陵

玉帛今來拜祭。天下文明耒耜新。播穀導民。我祖先農遊息地。烈山羌水。一統神州萬世功。田野有龍。犧牲倉庫備。

原載香港《鏡報》月刊二〇〇〇年十一月號

第三輯

没有觀念，就等於没有靈魂

——二十世紀文學研究中的一個嚴重失誤

大陸學界將中國一八四〇年以來的文學界定爲三個階段，屬完全意識形態化的劃分，並無文學上之依據，是二十世紀文學研究中的一個嚴重失誤。

承《鏡報》同仁厚愛，讓我在此評藝説文。不知不覺中，已經過去四五年了。由於固守陣地——詞學，秉承一條古訓——述而不作，令得推出文章，可能給人一種隔世之感，而且漸行漸遠，頗有脱離讀者之趨勢。因此，從本期開始，將有所變化，敬請讀者諸君留意並多加指教。

一　端正觀念，改進方法

一九九三年秋，應聘前赴澳門大學執教，這是我生活道路上的一個重要轉折。我早就盼望有一個講臺，可對自己平生所學加以檢驗及推進。入職之時須面試，但負責人葉蜚聲教授第一句話却是：我們給你安排了五門課。真是喜出望外。當時所説五門課，即：古代韻文、古典文學專題、古代小説、古代戲曲，以及《詩經》，或者唐詩與宋詞。每學期四門，每周十二課時。五六年來，我所教科目，除上述五門外，尚有：大學國文、中文應用文寫作、《論語》、唐詩、古代戲曲以及碩士班之古典文學研究。諸多科目，自以爲《詩經》教得比較好，亦即比較吸引學生，易於激發興趣；古典文學專題或古典文學研究乃所偏愛，亦頗有些成效。但無論如何，我所教課程，目的都在於幫助學生端正文學觀念，改進學習方法，以獲取更加豐富、更加新鮮因而也更加有用的文學知識。

幫助學生獲取知識，教書即教會學生如何讀書，乃一重要途徑。而書之能够真正經得起教與讀者，實在並非易得，尤其是二十世紀有關文學研究之各種書籍。儘管涉獵範圍極其有限，但我發現，觀念失落，似乎即爲此類書籍之共同點。觀念，就是一種idea，即通常所説的指導思想，或靈魂。觀念失落，除了説明其盲目性以外，主要指喪失文學自身觀念，即以其他觀念如政治鬥争觀念或意識形態鬥争觀念替代文學觀念。當然，在某種情形下，有所替代可能比無所替代要好，但是我以爲，這種替代必須是合理的，否則就將造成自身觀念的失落。而觀念失落，與之相關的其他問題，諸如模式(model)、方法(method)以及語彙系統(Vocabulary of System)，都將隨之失落。這些都是我講解、推介有關書籍時所遇到的問題，所謂傳道、授業、解惑，皆由此入手。

二　三段劃分，世紀失誤

例如，有關近代文學、現代文學、當代文學之界定與劃分，即將一八四〇年以來的文學稱爲近代文學，將一九一九年以來的文學稱爲現代文學，將一九四九年以來的文學稱爲當代文學，其依據乃歷史上出現之三大政治事件——鴉片戰爭、「五四」運動、大陸解放，這就是政治對於文學之替代。但是，這是一種不合理的替代。因爲其用作依據的標誌，即三大政治事件之主要特徵，諸如由閉關鎖國到門户開放，由封建專制到科學民主以及由國民黨管治到共産黨領導，這完全是政治而非文學。換句話説，此三個階段之界定與劃分，實際上並無文學上的依據。所以，經過這一替代，文學研究就完全從屬於政治，完全意識形態化了。不僅三個階段文學研究陷入困境，而且總體文學研究，尤其是文學史研究，也更加難以找到頭緒。上文所説各種書籍之觀念失落，其根源恐在於此。這是二十世紀文學研究中的一個嚴重失誤。這一失誤，出自大陸學界，却已在臺、港、澳地區迅速流行。大學有關中國文學課程，包括教科書，至今仍然依此模式設置。所謂見怪不怪，三四十年來，這種替代已由不合理變爲合理，由謬誤變爲真理，難以得到糾正。數年前，我撰寫《以批評模式看中國當代詞學——兼説史才三長中的「識」》一文，曾揭示此失誤。之後曾以《文學研究中的觀念、方法與模式問題》爲題，多次在課堂和有關研討會上進一步加以探討，希望學界能够關注這一問題。

三 糾正失誤，重建觀念

不過，我對於糾正這一世紀失誤，仍然充滿信心。新世紀即將來臨，再過十年、二十年，所謂「當代」與「現代」，都將成爲過去，而作爲其分界綫——一九四九年，也將受到質疑，因爲這一年只適用於大陸，並不適用於臺、港、澳地區，這是常識問題；到時候人們將突然發現，二十世紀文學研究實在太搞笑，所有不合理的替代都將被拋棄。這是對於盲從文學之一種懲罰。當然，這種懲罰尚須待以時日，就目前狀況看，問題並不那麼簡單。例如：近年學界大量刊行以二十世紀領頭之各種書籍，諸如《二十世紀中國文學大師文庫》以及《二十世紀中國文學研究》等，儘管已突破近代、現代、當代三段界定、劃分模式，其用作依據之二十世紀，並非文學之所獨有，自然科學與哲學同樣適用，此類書籍實際仍然尚未真正確立文學自身的地位。這説明糾正失誤尚須著力於建設，即將由不合理替代所造成失落之觀念，重新找回並建造完善一整套與之相適應之模式、方法以及語彙系統。這當是世紀之交文學研究所面臨的一個重要課題。

我友劉再復，有志於重寫文學史。去年五月，在科羅拉大學爲「金庸小説與二十世紀中古文學」國際研討會作「會議導言」中曾指出：二十世紀初中國文學已逐步分裂爲兩種不同流向：「一種是占據舞臺中心位置由『五四』文學革命所催生的『新文學』；一種是保留中國文學傳統形式但富有新質的本土文學。」這兩種文學「一起構成了二十世紀中國文學的兩大實在」。這一判斷值得注視。儘管其用作判斷的依據——價值觀念及文體創造，所謂奴婢思想與自由精神，單維現象與多維現象，實際並未真正消除意識形態的統制，或者説只是一種形態取代另一種形態，其藝術心靈尚未完全浄化，而且，所謂白話文學寶庫之締造，也説得比較籠統，但就整體而言，有關判斷不僅爲重寫文學史展示藍圖，亦爲文學本體地位的確立邁出了重要一步，有利於重建文學觀念，故特意轉述於此，以備參考。劉文題爲：《金庸小説在二十世紀中國文學史上的地位》，載香港《明報》月刊一九九八年八月號。

原載香港《鏡報》月刊一九九九年三月號

舊文學之不幸與新文學之可悲哀

——二十世紀對於胡適之錯解及誤導

一九一九年「五四」新文化運動，距今已八十餘年。這場運動原來由巴黎和會外交失敗所引發。五月四日，北京十幾所學校學生三千餘人，聚集於天安門，所提口號是：「外争國權，内除國賊。」金水橋南豎起一面大白旗，上寫一副對聯，曰：

賣國求榮，早知曹瞞遺種碑無字；
傾心媚外，不期章惇餘孽死有頭。

目標乃針對著曹汝霖、章宗祥、陸宗輿等人。後來，這場運動演變爲一次文化革命。毛澤東説：「自有中國歷史以來，還没有這樣偉大而徹底的文化革命。當時以反對舊道德提倡新道德、反對舊文學提倡新文學，爲文化革命的兩大旗幟，立下了偉大的功勞。」（《新民主主義論》）這是中國爲二十世紀所創造的一件偉大作品。

首舉義旗，適之胡適

八十多年來，對於這件偉大作品的解讀，曾給學界不斷造成困擾。尤其是舊文學與新文學，至今尚有許多問題糾纏不清。因而，作爲「首舉義旗之急先鋒」（陳獨秀語）——胡適，自然有些不堪。無論生前，或者身後，似乎都一直遭到圍剿。以爲「物競天擇，適者生存」，實際上至其將死，仍然不知如何與眼下這一鬧嚷嚷的大千世界相適應。而作爲經過革命風雨洗禮的學界，同樣，也不得安樂。

「五四」之前，留學美國七年，胡適已爲文學革命做足準備。一九一六年，有《寄陳獨秀》一函，提出革命口號，並列舉八事，爲其具體主張。此函刊《新青年》第二卷第二號。陳獨秀稱之爲「今日中國文化界之雷音」。依照陳氏意見，胡適將此函「衍爲一文」，成《文學改良芻議》，於《新青年》第二卷第五號刊發。此文雖較爲温和而謙虚，但仍然被當作「一個發難的信號」（鄭振鐸語）。「五四」期間，胡適與陳獨秀齊名，其道德文章所體現的革命精神，不僅受到青年學生崇拜，而且孫中山、毛澤東乃至魯迅，對其皆十分贊賞。要是歷史就此爲其畫上個句號，説不定胡適這個名字即可與「偉大旗手」並列。只可惜，造化弄人。在許多方面，無論新與舊之間、東方與西方之間，或者共産黨與國民黨之間，胡適皆處於極其尷尬的位置。八九十年間，不是其思想、行爲錯位，就是別人之思想、行爲錯位，罵之、捧之，翻來覆去，真有點讓人啼笑皆非。

胡適曾經自我標榜：「吾於家庭之事，則從東方人；於社會國家政治見解，則是從西方人。」（《藏暉室劄記》）但是，無論於哪一方面，始終似皆未曾討好。私人事情且不說，只說出處大節。一九三七年九月，就任中華民國駐美利堅特命全權大使。第二年，有照片贈友，並題詩曰：

偶有幾莖白髮，心情微近中年。做了過河卒子，只能拼命向前。

在政治上，其取向似乎已明白剖示。任滿歸來，效力國民黨，亦頗獲蔣中正器重。之後，一度在紐約當寓公。但他的身份與當時的環境，總是難以協調。一方面，他既以民主鬥士的姿態出現，希望在政治上有所作爲，另一方面，又不肯放棄學者身份，經常到哥倫比亞大學圖書館借書，繼續考證《水經注》。而現實皆不盡如人意。唐德剛說：胡適之的確把哥大看成北大。然而，「哥大並没有把胡適看成胡適」（石原皋《閑話胡適》）。淒清困窘的現實，令其深切體會到金錢的重要。因此曾向其忘年友唐氏說出一句心底話：「年輕時要注意多留點積蓄。」一九五八年四月，由美轉臺，就任「中央」研究院院長。仍然被當作個人自由主義之象徵，但四面受敵，令得其難以高談「民主自由」，不得不提倡「容忍」，以爲「容忍比自由更重要」，「容忍是自由的根本」（《容忍與自由》）；並令其心臟病不斷發作，終於在捧與罵之噪音中未能容忍而倒下。此等遭遇，當並非胡適所能預料。至於在大陸，其所遭遇，同樣亦並非胡適所能預料。在其生前，儘管已在政治上因極右傾向被痛加批評，但是，在思想、文化上，往往有千絲萬縷的聯繫。諸如對於舊文化、舊文學之解讀，處處都曾打上胡氏印記。而在其身後，所謂「胡適熱」，彼岸亦遠遠比不上此岸。此二種非所預料，合而觀之，便是我所説困擾及難以理解之意。

大膽假設，小心求證

「大膽的假設，小心的求證」。這是一九一九年間，胡適在《清代學者的治學方法》一文中所提出的口號，乃有關方法問題之通俗表述。只十個字，簡單扼要，至今似已經家喻户曉。例如，上文所説預料，實際上就是一種假設。胡適一生，執著於這一方法。拼命地做人，拼命地做學問。在許多問題上令人難以理解，所謂德業、事功、言語，三者未必可不朽。但我相信，這十個字也許將繼續流傳而不朽。這也就是説，胡適所留下的半部《中國哲學史大綱》、半部《白話文學史》及其他著作，可能或者已經被後來者所取代，而其所標榜的方法，却難以取代。

就文學革命而言，胡適將中國文學一分爲二：一爲生動之活文學，一爲僵化之死文學。毫無疑問，這當是一種「大膽的假設」。其劃分依據，爲表現工具，即語言。比如白話或文言。這就是胡氏文學觀。據此，既可以打破此前依朝代或文體討論文學演進之慣例，重寫文學史（參見陳平原《胡適的文學史研究》），又可以爲新文學之開創與建設，提供樣板。其雄心可謂大矣。而且，就胡適本身而言，亦並非只是假設而已。在新與舊爭鬥其間，胡適乃以極大勇氣，努力付諸行動。這是胡適「爲大中華，造新文學」之理想與追求。

在建造新文學的實踐中，胡適提倡文章革命（文學革命），爲新文學的詩歌創作提供形式。他將《生查子》減半，作成一首五言四句小詩，提示以填詞的形式與方法寫作新體白話詩。如《希望》三首，收入《嘗試集》，成爲胡適的代表作。誰也不知道，那是一首詞。這是從當時一起留美的一位女生陳衡哲那裏得來的靈感，是他寫作新體白話詩的秘密。對此，胡適頗引爲驕傲。但是，八十多年來，胡適之所提示，似乎有點徒勞。一方面，治新文學者，不把胡適當一回事，以爲幾首白話詩，乃「小脚放大」（嚴家炎《五四文學革命的性質問題》），枉費其苦心；另一方面，治舊文學者，避重就輕，避難就易，借機「解放」，亦誤會其用心。於是，當今詩壇，新體白話詩苦於尋覓不到生路，「白話舊體詩」——大量不講格律之「格律詩」，泛濫成災。亦即，舊文學被當作死文學，白白挨了一刀，新文學之作爲活文學，活得也並不怎麼精彩。這不知乃誰之錯。但願二十一世紀，能够重新來過。

原載香港《鏡報》一九九九年五月號

求同存異與求異存同

——思維方法問題淺説(一)

生活在同一屋簷下，如能將所有背景暫擱一旁，而著重於自我反省及思維方式之調整，求同存異，那麼，這個世界可能也將安寧得多。

從「主義」到「思想」，從「思想」到「理論」，五十年來，幾番經歷，甚是繁複多樣。但是，如果就思維方法看，却似乎只有兩種：Yes與No。乃簡單得不能再簡單了。

一　紅旗下長大，修養中做人

自從大學畢業，走出校門，直至移居港、澳，步入另一世界，我曾先後調换過十個工作單位。從南到北，而後又從北到南，而後又從南到北；大致學、農、兵、工，乃至國家科研單位，一次又一次學習、改造，鬥争、批判，以及再教育，等等，都曾經歷。就個人體驗看，兩種方法，似乎Yes比No來得容易。所謂馴服工具，或者如古時所説「甘國老」，「最要然然可可，萬事稱好」（辛棄疾《千年調》），大概就是此等人文環境之必然產物。當然，作爲一名讀書人，我恪守夫子訓導——「學而不思則罔，思而不學則殆」（《論語·爲政篇》），在通常情況下，都頗爲注重獨立思考，只不過，客觀環境——天、地、人，不一定能够容許如此痛快罷了。

記得文化大革命初期，《解放軍報》曾揭發這麽一件事。一九五八年，教育改革期間，有位教授在學校舉辦成果展覽之留言簿上，題了一首打油詩。打油詩作者夏承燾教授，乃本人受業導師，平日幽默、風趣，喜歡説笑話。題爲打油詩，除了借機發點牢騷之外，恐怕就是想與一班不知天高地厚之年輕學子開個玩笑。作爲所謂反動學術權威，在每次運動中，夏先生之本性，似乎並無改變。

夏先生首當其衝，一踏進校門，即陷入大字報的海洋當中。有幅漫畫，其中有一個有好幾種表情之頭像，大鬍子麻麻楂楂，黑邊眼鏡，脖子上套著繩索，寫道「絞死牛鬼蛇神夏承燾」，甚是動人心魄。夏先生一看，給驚呆了。不過，仍然不忘與當時尚未戴上紅袖章之準紅衛兵開個玩笑。——牛鬼蛇神？不！我是牛鬼，不是蛇神。在漫畫前自言自語，既令得其内心多少得到點平衡，又給革命群衆留下話柄。「夏牛鬼」這一名字，於是迅即傳遍校園。

這是初期情形，至於後來，不用説，大家也都知道了。

二　石頭下摸索，感覺中前進

在那個年代，説 Yes 容易説 No 難，似乎比較好理解，换了一個年代，究竟如何，我看有些困惑。這裏首先轉述一段有關伯樂與千里馬的故事，以供參考。

千餘年前，一代文宗韓愈著《雜説》云：「世有伯樂然後有千里馬。千里馬常有，而伯樂不常有。故雖有名馬，只辱於奴隸人之手，駢死於槽櫪之間，不以千里稱也。」此説流傳久遠，似乎已成定論。但二十年前，却有一位教授公然著文挑戰。謂：社會上有一些人，不怪自己没出息，缺乏千里馬本事，却怪世上没有伯樂。這當歸咎於韓愈之片面論調。文章題爲《重新評價歷史人物——試論韓愈其人》。作者：吴世昌。載北京《文學評論》一九七九年第五期。

吴世昌教授，我的另一位受業導師，耿直，率真，既十分忠厚、誠懇，又頗有點尖刻、辛辣。所謂「正聲滿學院」（劉再復贊吴語），整個西南樓（中國社會科學院研究生院文學系研究生住處）快將沸騰，都以爲這位老伯樂胡説八道。這是我接觸之另一種思維模式。我受到很大震動，獲得無窮教益。此後，逐漸醒悟：不僅應當注重獨立思考，而且應當講究方法，善於思考。因爲在那個年代，有「主義」，有「思想」，頗多依賴，也許可將責任往天地推；而換了一個年代，不要「凡是」，一切須要摸索，問題就並不那麽簡單。不能只是朝著一個方向思考問題。既須考慮我方，亦須考慮對方，才不致鑄成大錯。

三　維園大聲公，論壇添異彩

有一位歷史學教授，來港一段時間，著文叙説觀感。並自説自話，對比此方與彼方的相同與不同之處。記得當年，初到貴境，自己也曾將體驗概括爲簡單的兩句話。當時説明，這是文學語言，而非科學語言，不宜以抽象概念加以驗證，也可能有一定道理。時間過得真快，自己已是香港永久性居民。我看兩個地方，兩種制度，既十分不同，又頗有些共同之處。

不過，我以爲，生活在同一屋簷下，如能將所有背景，政治、經濟、思想、文化，暫時擱置一旁，而乃著重考慮思維方法問題，著重於自我反省及思維方式之調整，那麽，許多事情將不難説清，這個世界可能也將安寧得多。這是我寫作此文之所生遐想。而維園之大聲公，乃香港電臺每個周日於維多利亞公園舉辦「城市論壇」所出現之景觀，亦是不同思維方法之體現。

原載香港《鏡報》月刊一九九九年八月號

政治·經濟·文化

——思維方法問題淺説(二)

千禧新歲，即將到來。電腦、人腦，即須面臨一場考驗。人們亦喜亦驚，積極進行各種準備，希望明天更好。撰寫此文，正值大雪之期。蓮花三島，依舊風光明媚；千里萬里之故土中原，大概已是雪花飄飛。進入新紀元，不知有無必要換個腦袋。

一　電腦千年蟲與人腦千年蟲

小時候在鄉間，每逢新歲，老祖父即説：「大人亂糟糟，小孩愛年兜。」應是少歷練、不諳世故之原因。經過幾多風雨，留下無數記憶。對於過年，已逐漸並不那麼興奮。但是，這一回却特別「大件事」(廣東話)。以爲：時候未到。時候一到，一切都報。許多事情或者都不大可能依照原來設想那麼存在與發展。例如：兩岸四地目前所開設之「現代文學」及「當代文學」兩個科目；一個從一九一九年「五四」新文化運動説起，一個從一九四九年中華人民共和國成立説起，都以政治事件作爲區分之依據或標誌。時候一到，是否繼續這麼稱呼，或者繼續存在，我看都成問題。尤其是後者，過了一個世紀，還算不算當代。到時候，就不知該怎麼辦。

有學者稱：二十一世紀將是文化世紀。因爲二十世紀，實在太不文化了。一次、二次大戰，世界由熱戰走向冷戰，只是二三政治寡頭話事（説了算）。冷戰過後，齊齊發展資本主義，處處引爆貿易戰爭。政治、文化都爲著經濟。WTO（世界貿易組織），全球一體化。接下來，是不是就當比拼文化，打文化仗？

但是，學者並稱：二十一世紀也是和平與發展之世紀。以爲隨著一體化，來往與交流增多。中國儒家之太和觀念，必將爲各種和諧——天道和諧、人天和諧、人與人和諧、人之自我心身内外和諧，提供有益資源。這當是文化世紀之另一表現形式。

到時候，戰爭與和平，電腦與人腦，但願不至於亂了套。

二　文化沙漠與非文化沙漠

香港與澳門，都有許多别名。各有各精彩，不過也有共通者，比如東方之珠與文化沙漠。對於前者，已編成歌曲加以頌揚，無論西方與東方，相信都很受用；而對於後者，似乎仍有不同理解。所謂「横看成嶺側成峰，遠近高低各不同」，只是不識真面目者，除了生在此山中者，恐怕還有山外人士。因而，究竟是不是文化沙漠，至今似乎尚未説清楚。

在香港，曾有這麽個傳説：香港大學學生不會寫校長名字，將「王賡武」寫成「王庚武」。三個字錯了兩個，不知是否真實。只是無獨有偶，澳門大學原校長周禮杲，一個「杲」字也曾生出許多笑話來。「杲」字日在木之上，周禮杲，表示周之禮光芒萬丈，正與大學校訓——「仁義禮智信」相合。作爲澳門大學學生，無論文科、理科，大多認得這個字，而澳門人則未必。有一次看報，謂澳門大學副校長（當時職務）爲某機構之大型活動主持剪綵，於半版篇幅，赫然出現「周禮呆」三個大字，令人大吃一驚。雖是手民之誤，無可挑剔。但一筆之差，謬以千里。好在澳門大學學生未曾當面出醜。不過，如將木上之日，搬到木之下，成爲「杳」，澳門大學學生就有點爲難了。例如：《山鬼》中之「杳冥冥兮羌晝晦」，有學生就將「杳」讀做「查」，使之變成查大俠。我想：此處多出之一筆，可能即爲某報所失落之一筆；只不過是此一筆比彼一筆拉長了一點而已。

以上兩則故事，當不足爲患。以爲文化沙漠論者，相信未能因此而得逞。相反，非文化沙漠者，却有充分依據來證實：香港不僅有文化，而且可以成「學」——香港學。澳門亦如此。香港學之首倡者，當時乃新移民，剛從山外來到山中。在介紹其研究成果時，曾曰：「一九七九年，我從厦門來香港。五月三十一日跨過羅湖橋時，歷史結、家國情、個人事，萬千心緒涌上心頭。來港後，我深深感到香港是一個很特殊的地方。在港每日所見所聞所讀所思，使我在一九八四年提出了『香港學』一詞。」甚是令人欽佩。而「澳門學」，據説由三名學者首先提出，並於一九八九年二月二十五日在東亞大學（澳門大學前身）舉行研討會，與各界代表認真探討其可行性（吴志良《舊話重提「澳門學」》）。二「學」相比，似乎香港一邊要早些。不過，也説不準。前段時間，有一位山外人士，對於沙漠論調，深感不滿，曾在小島舉行的一次國際研討會上，鄭重其事地提出：必須創立一門新學科——「澳門學」。此論一出，即時受到熱烈歡迎，並曾在報上介紹：內地某著名學者提出「澳門學」。

由「澳門學」到澳門熱（前一兩年是香港熱），相信可令非文化沙漠論者得到許多支持。應當是好事情。尤其在倒數日子，蓮花三島，一天幾個「回歸展」，電影、電視，廣告、設計，河南，河北，山東、山西，令得三島更加充滿文化氣息。但是，不知道此等人士可曾讀過珠海出版社於一九九九年間所推出的一部迎接澳門回歸之專門著作，叫做《澳門知多少》。

三　禮失而求之於野

上文所説沙漠、非沙漠，至今尚未説清楚，除了有與無之外，就是對於有之認識。亦即：既然認定其有，那麽，此所謂有者，諸如香港文化、澳門文化，究竟爲何，看來有必要認真加以體認。前段時間，爲争辦迪士尼，特區一位高官曾站出來發表高論，謂：白雪公主好過古惑仔。這位高官主管經濟，所説却是文化問題。不知能否代表對於香港文化之一種解讀。至於澳門文化，目前尚未見高官發表高論。

文化這玩藝兒，實在有些好玩。既與政治、經濟不太一樣，又往往無法分開，十分玄妙。在倒數的日子裏，我曾出席一個有内地代表團參加之座談會，座談關於「一國兩制」以及中西文化交流等問題。一開始，泛泛而論。當接觸到具體事例，例如回歸之後，原有甚麽甚麽東西，還能不能繼續存在與發展等，即出現兩種意見。因此，座上某氏高舉愛國大旗，標榜民族大義，對其中一種意見，加以猛烈抨擊，令得内地代表眼界大開，以爲此間與彼間並無不同。而當漸入佳境之時，則更加令其拍案叫絶。謂：三十年前舊事早已淡忘，而今總算「他鄉遇故知」。你説玄妙不玄妙？

己卯大雪後一日於濠上之赤豹書屋

原載香港《鏡報》月刊二〇〇〇年一月號

電腦千年蟲與人腦千年蟲

——思維方法問題淺説(三)

進入新千年,兩岸四地之電腦病毒未見引爆,而人腦則有點難以估計。但願老祖宗留下的資源,不致遭到侵害。

這是世紀末撰文所用的一個小標題。因時候未到,心裏頗有些恐慌。但倒數日子,越數越少,却反而覺得很平静。世界亦如此,簡直平静得出奇。

所不同者,可能是著眼點與視野。例如: 當第一道曙光出現之時,人們所全神貫注者,乃同一目標,而非此外種種相互關係、限制之處。這當是希望之所在。

但願舊世紀所有造成千年蟲之病菌,都隨著地面上的垃圾,被清掃乾浄。

一　朝菌蟪蛄與過江之鯽

遠一點的情事暫不説,亦非本人所能説,只説眼前聞見。先説見,後説聞。前段時間閲報,見一篇文章,題稱《臺港澳文學學科尚未建立》。以爲有關評論或研究,不具備經典性質,只是對於探索者最早留下足迹之初步描述，未能走向教壇。但對於「一流學者治古典文學，二流學者治現代文學，三流學者治臺港澳文學」之戲言，則不以爲然。認爲這是一種傳統偏見。並指出，臺港澳文學研究發展到今天，已有不少一流學者參與，而古典文學、現代文學研究中也不乏三流學者在濫竽充數。因而似有些不平。這是一位以研究「風景綫」出名之内地學者，經常在臺港澳各種江面上出現。相信乃體會有得之言。爲了增加識見，我曾就此求證於某專門家，其答案乃「非也」。即非尚未建立，亦非三流學者；而且還以若干事例加以證實。這位專門家堪稱開山祖師，臺港澳無人不知，而早在幾年前即已「轉型」——由儒生轉爲儒商。這是聞。一見一聞，一反一正，似已將事情説得很清楚。不過，一接觸到具體問題，却往往被弄得不清不楚。

二十世紀最後一日，香港某報刊載《百年回顧，邁向新世紀》文章。一位大學教授稱：以往香港被視爲「文化沙漠」。時移世易，現在「文化沙漠」之惡謚大概再没有什麽人提起。但以爲：「遊目四顧，那些一年生、一月生、半月生甚至旋生旋滅之枯蓬雜草，『不知晦朔』的『朝菌』，『不知春秋』的『蟪蛄』式的『沙漠文化』，尚斑斑可睹；十年喬木已不易得，敝地擎天的大樹便更爲罕見。」朝菌，或作朝蟜，與蟪蛄，皆爲蟲名。《莊子・逍遥遊》云：「朝菌不知晦朔，蟪蛄不知春秋。」謂其乃朝生暮死之蟲，生命甚短促。亦正亦反，既肯定，又否定，相信局外人不一定能清楚。

此外，在一次有關傳記文學之研討會上，一位學者於所提交論文稱：「有一句時髦的話，談香港必稱『文化沙漠』，非如此不顯出自己博學高深。」這是否定之否定，應當爲「風景綫」論者及開山祖師引爲同調，但其將香港文學劃分爲新文學與舊文學二類，却似乎不同調。如謂：「大陸上研究香港幾個流行文學作家的學者多如過江之鯽，光是爲研究一個意識流作家的作品而以公費來港考察的學者就多達數十人次。『舊文學』則相反，儘管王韜、胡禮桓、潘飛聲、鄭貫公、黄世仲等人對香港文學乃至中國文學作出過傑出的貢獻，但至今極少有學者投入研究。」不知有關論者是否考慮於此？

二　尋根與刨根

千禧新歲，有記者撰文，提出「中華文化返老還童」。但所用乃問號，而非句號。不知何故。文章稱：「西方以上帝填補科學遺留的人類精神空間，但隨著科學的發展，兩者之間的裂縫越來越難以彌合；在中國，儒家的人本思想、道德倫理思想恰恰可以提供豐富的精神資源，與科學相適應協調。」看起來，電腦與人腦都可能出現問題。不過，我也相信，古老中國，人腦可能特別發達，可能已有更優勝於電腦之處。正如記者所引用李約瑟之斷言——中國傳統文化中保存著「内在而未誕生的最充分意義上的科學」。這是正待開發之資源。

又，據載：中國科學院院士、原華中理工大學校長楊叔子教授近日表示，今届機械專業博士生，必先背誦《老子》及至少半部《論語》，否則不能參加博士論文答辯。楊氏認爲：博士生作爲國家高層次人才，不能不了解中華民族優秀傳統文化。並稱，要求背誦，有三個好處：培育民族責任感、鍛煉形象思維能力及學會如何做人。這是中國通訊社於新歲後一日所發布的消息。題稱《想要戴博士帽，先過「老子」關》。頗有些别出心裁，却不能不爲之一振。

中國人如何對待傳統文化？老生常談。至少整整談了一個世紀。萬千情事，今又從頭説起，實在很有意思。但是，亦不知何故，中國人總喜歡如此折騰。記得十二年前，我答某報記者問，曾揭示這麽個現象：一邊廂紛紛前來尋根，一邊廂却大力刨根，乃至掘祖墳。當時在北國，未見楊叔子，頗有些孤獨；今時居南蠻，獲知消息，慶幸有鄰，説句老實話，還是無法不孤獨。

以下説具體事證。亦來自於華中。某教授以學術交流來澳迎千禧，順道見訪。謂所在學校，原爲一間科技學府，爲著適應時勢，已特别創建人文學院。問：「何以達致這種適應？」主要是實用性，包括技能與技巧。不説也能獲知，當是如何揾快錢（廣東話，快速賺錢)，創造高效益。我感到十分驚訝。既然講究快，何必另立名目，於科技中再來個人文呢？因告之：此間以傳習、推揚中國傳統文化爲宗旨。將於經學與詩學兩方面，增進東西文化之交流與融合。謂教書育人，推窮究遠，起碼是一百年。此間有《論語》、孟子、莊子以及《詩經》、楚辭、唐詩、宋詞等科目，文、理科學生都可修讀。内地於五十年前已曾有，此間五十年來尚未曾有。不知以爲如何？答：「目前恐怕尚未能有。」與十二年前之兩邊廂相比，此現象與彼現象不知有無不同。

因此，我擔心：楊叔子之博士帽，不知是否賣得出去？中華文化不知是否重現光輝？而且亦擔心：回歸後各種式樣之掘金者與日俱增，加入過江行列，江面上是否容納得了？因此間堆填工程仍在進行中，江面恐越來越小。雖帶旺旅遊，對於「風景綫」，却未必有利。

步入新世紀，兩岸四地之電腦病毒未見引爆，而人腦則有點難以算計。但願老祖宗所留下的資源，不致遭到侵害。

己卯小寒後一日於濠上之赤豹書屋

原載香港《鏡報》月刊二〇〇〇年二月號

二十世紀文學研究中的A學B學及N學

——關於學風、文風問題的思考(一)

從八十年代到九十年代，著書立「學」形式有所改變，但風氣並無改變。如與「文革」相比，一個爲聖人立學，高舉「最最最最」，一個爲自己立學，標榜「天下第一」，似乎並無區別。

一　二十世紀中國文學令人失望

二十世紀文學研究即將宣告結束。在新世紀到來之前，對於過去一百年所走過的道路，所做過的事情，來個總清算，論者稱之爲反省與重述，我看頗爲恰切。

過去一百年，有關論者將其劃分爲四個階段：

第一個階段：一九〇〇—一九一九年。第二個階段：一九一九—一九四九年。第三個階段：一九四九—一九七九年。第四階段：一九七九—一九九九年。四個階段之劃分，儘管尚未將橫隔在所謂「近代」、「現代」、「當代」文學之間的藩籬拆除，但其所作判斷，甚是值得注意。如謂：「早在八十年代，就有論者明確指出，一九四九年以後三十年間的文學成就，遠不及一九四九年以前的三十年。這招來了不少忿怒的聲討，但大家很快就意識到了，他不過是率先説出了一個基本的事實，一個人所共有的感覺。」又謂：前三十年文學，其實亦不能令人滿意。例如魯迅，在中國現代作家中，無疑是最出色的一位，但以世界文學標準衡量，還不能算是偉大作家。至於最近二十年，則謂：「在八十年代中期，曾有人接二連三地預告過文學的『黄金時代』的來臨。可是，目睹了最近十多年文學艱難掙扎的狀況，我想是誰都不會真以爲自己踩到了『黄金時代』的門檻吧，而二十世紀却已經快要結束了。」因而，得出這麽一個結論：「在今天，一個真心熱愛文學的讀者，似乎確實有理由對整個二十世紀的中國文學會取得怎樣傑出的成就要表示失望了。」以上依據《批評空間的開創：二十世紀中國文學研究》序文所列述。著重於文學創作，而文學研究，我想亦相彼此，即就此四個階段加以判斷，其成就當同樣未必盡如人意。故特别加以稱引，以便反省、重述參照。

二　雨後春筍與雨後蘑菇

二十世紀文學及文學研究，既並非一回事，又有許多共通之處。因此，對於共通問題之探討，有關二者，就不擬再加區分。例如觀念問題以及學風、文風問題，究竟説創作，或者説研究，於具體考察過程中，均不作特别説明。前者已於上期所刊《没有觀念，就等於没有靈魂——二十世紀文學研究中一個嚴重失誤》一文進行闡述，本文説後者。

這是一個相當複雜的問題。涉及面甚爲廣泛，而且，隨著時間推移及空間轉換，其表現形式也隨著發生變化。

著書立「學」，當從著書立説而來。照理無可厚非。但是，戴上一頂大帽子，情況就有所不同。這種風氣，興起於改革開放之初，盛行於整個八十年代。尤其是一九八五年，學界稱之爲「方法年」，則興盛至極頂。不僅有中央一級專門研究機構，組織專門人員，樹立新學，而且個别省份生産隊一級，也有類似組織，跟著大樹特樹。一時間，各種各樣所謂「學」者，遍布神州大地。例如：趙錢孫李學，這是本土創造；ABCD學（社會文藝學）或CDAB學（文藝社會學），這是域外引進。諸多名目，應有盡有。當日情形，也許漸已見忘。請允許我將當日所寫文章中的一段轉録於此，以爲見證。文章寫道：

> 有一部寫改革的小説，曾將社會上出現的五花八門的「公司」，描繪成「雨後蘑菇」，而不説「雨後春筍」。我看有一定道理。偶然間翻閲一本新雜誌，有一篇不太長的文章，開門見「學」，一下子甚麽學、甚麽學，等等等等，就把我搞得眼花繚亂；而定神一看，「ABCD學」，如掉轉過來，變成「CDAB學」，不也是同樣派頭十足嗎？於是，我又彷佛

悟到了甚麽訣竅。但我想：做學問與做生意畢竟有所不同。希望春江上的某些先知者，不要把「春筍」變成「蘑菇」。

文章題稱《傳達·傳染及其他》，載一九八六年十一月二十九日《北京晚報》。所記乃當日著書立「學」之一景觀。以爲做學問不同於做生意，希望保留一方净土。這是「方法年」所見現象。

三　爲金錢立學與爲自己立學

進入九十年代，文人下海，著書立「學」得到進一步拓展。主要是商品化及國際化。在這方面，中國人似從未説「不」，文化人也無例外。你有牛津版《世界名人録》，可以收取人民幣；我即有天津版《國際名人傳》，照樣收取美金。你有《二十世紀文學大師文庫》，可以編排座次；我即有《跨世紀文化藝術研究院》，照樣封官許願。一次上當受騙，再次上當受騙，不再上當受騙。相信不少人有此經驗。但是，也有人花錢買聰明，一次上當受騙，即如法炮製，跟著騙别人，引人上當。此類事例，舉不勝舉。我就收到無數此類信函。只可惜，我這人一毛不拔，不會上當。這是一種集團式經營模式。大多有一定背景，並有較爲完善之「利潤分配細則」。如規定：凡協助其物色樹立對象者，可從費用中提取若干爲獎金。明碼實價，童叟無欺，頗有一套營商之道。此外，有一種模式，猶如「賭大細（小）」，雖單槍匹馬，亦搞得有聲有色，熱鬧非常。主要是比拼戴高帽子。你有「國際華文詩人協會」，我即有「世界華文詩人協會」，甚至「桂冠詩人」等，一個個往名片上擺。而其所謂「國際」及「世界」者，在香港本土據説並無會員。但是，作爲經營者，對於這一些，均在所不計，其目的只在於將自己炒熱。營商之道，同樣頗有一套。兩種模式，略有不同，但都可做成一盤生意。於是，真正文化人，在這種情況下，已是很難找到其立錐之地。這是九十年代著書立「學」之另一景觀，亦即所見現象。

從八十年代到九十年代，著書立「學」形式有所改變，但風氣並無改變。如與文化大革命相比，一個爲聖人立學，高舉「最最最最」，一個爲名人立學，或爲金錢立學、爲自己立學，標榜「天下第一」，似乎並無區别。因而，在這一意義上講，是否可以説，最近二十年，同樣也革了一次文化的命。這就是所謂學風、文風問題。至於這一問題，對於文學創作及研究所造成的影響，則當另行加以探研。

原載香港《鏡報》月刊一九九九年四月號

從「最最最最」到「著名的」

——關於學風、文風問題的思考(二)

本刊四月號，拙文《二十世紀文學研究中的A學B學及N學》對於著書立「學」諸現象，曾予揭示。有關種種，應該説，學界有識之士早已覺察。記得當初，所謂「方法」，文學研究領域引進自然科學方法論原則，如三論——系統論、信息論、控制論，一時掀起熱潮，即已有人説「不」。一位聞名中外的學者，著作被推尊爲「三論」樣板，曾於友人書中説及此事，曰：「劣廚愛下胡椒，庸官多出告示，不重實際的理論家好發空論。甚麼三論、四論、五論，我看還有六論、七論……」我以此告誡文學界一位主事者，未見有動静。數年前撰文，曾加以引述。一九九七年八月，在哈爾濱牡丹江舉辦「二十世紀中國古代文學研究回顧與前瞻」國際研討會上，亦曾予以披露。這位學者即爲錢鍾書，年前於北京病逝。終年八十八。其高明見解，對於端正學風與文風，必有助益，因再次加以推介。

學風、文風問題，除了爲金錢立學與爲自己立學之外，以「著名的」這一頂級頭銜互相標榜，亦隨處可見。在社交場合，經常有機會被介紹認識某些「著名的詩人」或「著名的學者」；

自己也可能被當作「著名的」而等待對方認識。此等事，不必過於認真。但有些現象，似當稍加留意。我看過香港作家聯會出版的一份通訊，所載羅强烈《當代中國有没有文學大師》一文，曾指出：

日常生活中曾經有無數「文學大師」廉價相送，也曾經有無數「文學大師」招摇過市。一部稍有質量的作品發表後，人們也會激動不已地把所有好話給它貼上去，直抵《紅樓夢》水平之類的話也毫不臉紅地從批評家嘴裏冒出過，致使有的詩人按捺不住激動，雄心勃勃地許諾要爲中國摘回諾貝爾桂冠；經濟大潮漫天湧起，各種「快餐研討」、「紅包評論」更是此起彼伏。

這裏所説「大師」，比「著名的」這一頂級頭銜更加頂級。用作互相標榜例證，當有過之而無不及。有關「快餐」云者，無緣恭逢其盛，但顧名思義，其消息大概亦可探知一二；而「紅包評論」，除了港澳地區所説「賣大包」外，當還有其他意思。真乃無奇不有。

據説，尋找大師一事，經由《當代作家評論》、《佛山文藝》與一批青年評論家磋商，已初步有了結果。即，已經推出不到二十位「候選大師」，分别爲：王蒙、余華、王朔、劉震雲、馬原、莫言、張煒、舒婷、史鐵生、張承志、韓少功、李鋭、王安憶、汪曾祺、格非、蘇童、尤鳳偉、陳忠實、賈平凹。

又據説，北京師範大學教授王一川所封贈幾位「文學大師」，已在一片嘩然中寂然無聲；北京大學教授謝冕與錢理群等人所編兩部「百年經典」，也招致山西作家韓石山尖刻譏刺。

兩段據説均采自羅强烈所撰文。就種種迹象看，尋找大師一事，恐未必就此了結。不過，在這裏，應當説明白：我並非反對尋找。但願被尋找者因爲進了「上榜品牌」（羅强烈語）而繼續感到光榮，尋找者也因爲握有審判權（非終審權）而繼續感到偉大。

其實，所謂著書立「學」，與著書立説一樣，作爲社會歷史發展之所必需，並無不妥；標榜「著名的」，推舉大師，尋求名牌效應，亦未嘗不可。現代社會，資源密集；人才與物材，同樣十分密集。一種物品，需要「廣告套餐」一類手段加以推銷；一色人物，需要獵頭公司協助走俏。有時候，黑馬出現，亦非偶然。人造功夫以及過程，必不可少。凡此種種，應當説，都屬於正常現象，或者説，乃進步、文明之體現。相反，如果没有學説，也没有甚麽「著名的」，那麽，這個社會之是否正常，倒值得懷疑。至於有關樹立與標榜，妥與不妥、可與不可，其判斷、裁決自然也有一定標準。一般説來，主要看其是否符合實際。這當就是學風與文風問題。

學風與文風，反映世道人心。所謂樹立與標舉，既可能是自信、自强之標誌，又可能是衰弱、空虛之表現。這裏著重説後者。例如教授，這是一份崇高的教職，所有文明國度皆如此。文化大革命，中斷評審，晉升，教授列歸九等。改革開放，各就各位，教授重新獲得敬重。進入九十年代，不知是不是因爲生産過剩，教授滿街走，即有博導（博士生導師）以示區别；最近，又不知是不是因爲博導缺乏金錢吸引，另有特聘教授以廣招徠。特聘教授，年薪十萬，身價提高十倍。而原有教授，似乎又被打回九等。這是一種樹立與標舉，近乎揠苗助長。再如頭條新聞，乃公衆所關心大事。各大報紙處理手段，包括文字、圖片，多數不會過於離譜。但近來所見，怪、力、亂齊備，色、香、味俱全，而且内容越來越少，標題越來越大，真不知搞甚麽名堂。這是另一種樹立與標舉，相當於三級戲院。此二例，大概都並非自信、自强之體現。而文學批評中，類似不重實際、好發空論，或者毫不臉紅説好話諸現象，應當同屬此例。我曾聽到這麽一個故事：内地有位「著名的」評論家，研究華文文學，對臺灣某詩人，「激動不已地把好話都給它（他）貼上去」，貼得很開心。來到香港對某詩人，照樣「貼」好話，照樣開心。不過，據説某詩人發現某詩人被新貼的好話，與自己撞款，即變得不開心，從此不再買這位評論家的賬。這故事未經查實，但願只是傳聞而已，亦願不致因此而開罪於有關劣廚與庸官。

原載香港《鏡報》月刊一九九九年六月號

馬二先生領導出版新潮流

——關於學風、文風問題的思考(三)

鑒賞而有辭典，是一項偉大發明。但偉大發明被濫用。辭典中雖不乏佳作，只是連抄帶炒，是佳作也變得非佳作了。所謂壞了選事，今時甚於往時。

八十年代初，與業師吴世昌教授説及大學時代爲辛棄疾所寫傳記一事，曾提議再爲辛氏編纂一部詞的讀本。業師説：我不要當馬二先生。一句話，令我留下深刻記憶。

一　馬二先生，壞了選事

馬二先生，名静，字純上，處州人氏。處州，在今浙江麗水、縉雲、青田、遂昌、龍泉、雲和一帶。乃科舉時代專門爲書坊編輯八股文集之選家，亦即所謂操選政者。主要講各式應試文字，包括各科鄉、會試主考、房考官之擬作以及中式士子應試文章，選編成集，或者再加上評點，以供舉子學習、模仿。有關選集，統稱程墨或墨程。程爲試官擬作，墨爲中式試卷。一般於每科鄉試、會試結束後編選。

操選政者，多舉業當行，經驗頗豐富，但有時亦未必。

馬二先生自稱補廩二十四年，考過六七個案首，以爲精通理法，能以不變應萬變。嘉興名士蘧駪夫（公孫）想附驥尾，提出於所選「歷科墨卷持運」封面，即於「處州馬靜純上氏評選」之側，添上一個名字，立刻受到拒絕。謂：「站封面亦非容易之事，就是小弟，全虧幾十年考校的高，有些虛名，所以他們來請。」並謂：「這事不過是名利二者。小弟亦不肯自己壞了名，自認作趨利。假若把你先生寫在第二名，那些世俗人就疑惑刻資出自先生，小弟豈不是個利徒了？若把先生寫在第一名，小弟這數十年虛名，豈不都是假的了？」但另有兩位老選家——所選文章「衣被海內」之衛體善及隨岑庵，却似乎十分鄙視馬二先生。謂：「正是他把選事壞了。他在嘉興蘧坦庵太守家走動，終日講些雜學。聽見他雜覽倒是好的，於文章的理法，他全然不知，一味亂鬧，好墨卷也被他批壞了。所以我看見他的選本，叫子弟把他的批語塗掉了讀。」而且剛出道之選家——樂清匡迥（超人），即使曾因手捧馬二先生新選墨卷而得到資助，亦稱：「這馬純兄理法有餘，才氣不足，所以他的選本也不甚行。」

究竟行與不行，似頗難判斷，但我想，馬二先生心裏一定很清楚。例如某日，於杭州逛城隍廟。有書店貼著報單，上寫：「處州馬純上先生精選《三科程墨持運》於此發賣。」馬二先生見了歡喜，走進書店坐坐，取過一本來看，問過價錢，又問：「這書可還行？」書店人道：「墨卷只行得一時，那裏比得古書。」馬二先生没有二話，即起身出店。這是吴敬梓《儒林外史》所寫情況。

二　今日選事，再現輝煌

實際上，科舉時代，馬二先生這碗飯也不怎麽好吃。有個三人組，一個認不得香腸，又不認得海蜇之鄉里人；一個「没處尋寓所住，每日專拿著八個錢買四個吊桶底（燒餅）作兩頓吃」之落拓文人；一個在大街上偶然出現之大「名士」，窮途相遇，合作選文章，日子就過得並不怎麽精彩。三人租住南門外報恩寺某一僧官家，將二三百兩預付選金花得所剩有限。選事還未完成，賣紙的客人來要錢，聚升樓來討酒賬，終日不得安樂。但是，料想不到，非科舉時代之今儒林，馬二先生却安樂得多。尤其是八十年代以來，鑒賞熱興起，某些操選政者成爲學界、出版界之風雲人物，更爲舊儒林之馬二先生争回許多光彩。

有關種種，似當從鑒賞辭典説起。

不能不承認，鑒賞而有辭典，是一項偉大發明。我無意對其作全面評價，但必須揭穿其奥秘。就當初情形看，一方面固然爲著討個名分，使得自身行爲能够符合出版分工原則，而更加重要的方面當是爲著生財，這是根本利益之所在。記得江蘇出版第一部「鑒賞辭典」，有關人士透露，這部辭典爲出版社掙得一百七十萬元，已經用來建造新房。所謂書中自有黃金屋，果真不假。不多時，這部辭典與滬上刊行之另外兩部鑒賞辭典被携至港臺，或改題「鑒賞集成」，或依照舊題重新翻印，亦頗有銷路。

三部辭典，多出自名家手筆，乃精心結撰而成，名利雙收，並非偶然。這是早期情況。此後效顰者衆，偉大發明被濫用，情況就有所不同。今時所見圖書市場上，不僅有「名著鑒賞辭典」、「名篇鑒賞辭典」，有「名篇分類鑒賞辭典」、「精華分類鑒賞集成」，有「愛情詩歌鑒賞辭典」、「愛情描寫鑒賞辭典」，而且有「鑒賞大辭典」、「鑒賞通典」等。當中應不乏佳作，只是連抄帶炒，是佳作也變成非佳作了。所謂壞了選事，今時當有甚於往時。

但是，因此偉大發明而興起之鑒賞熱，却波及整個學界與出版界。一時間，所謂叢書、文庫、系列，大系、大全、大典，鋪天蓋地而來，各種主編、副主編，或者總主編、分主編，亦應運而生。今儒林處處車水馬龍，熱鬧非常，抄炒事業風起雲湧。我相信，往時馬純上、匡超人之流，若再戰江湖，必定也是好漢一條。

三　不著一字，盡得風流

幾年來，有關當今儒林之種種熱鬧情事，本人亦有些體驗。一九九六年八九月間，由北京轉天水，參加「中國杜甫研究會第二次學術研討會」。一九九七年八月，由温州、杭州、上海，赴哈爾濱參加「二十世紀中國古代文學研究回顧與前瞻」國際研討會。各地友人提供不少意見。主要是封面署名問題，亦即主編、非主編問題，以及與此相關之名與利問題。鬧得十分不愉快，或者已打上官司。據説，南京有位教授，受命主編某文學史，主編權中途被轉換，仍舊校閲稿件，但無人知曉，直至死後，女兒才於其日記中發現一切。而文學史封面，已爲他人所署名。這當是老實人吃虧之一例證。此外，由於跟著馬二先生轉——馬二先生叫寫甚麼就寫甚麼，許多專家、學者已自願或不自願地放棄學術興趣。在上海，拜訪兩位教授，都説正忙著爲出版社編寫東西，無暇顧及其餘。一位已經八十好幾，尚未能寫自己想寫的文章，頗有些緊迫感。因此，在研討會上，對於這種集體農莊式之耕作方式，頗有些議論。但願进入二十一世紀，所有專家、學者，都能保持獨立人格，充分發揮學術專長，寫自己想寫的文章，而不再盲目跟著馬二先生走。

原載香港《鏡報》月刊一九九九年四月號

第四輯

牛皮借地成前史，鯨海還珠記此年

——慶祝澳門回歸中國詩詞專輯《映日荷花》編後

由澳門中華詩詞學會徵稿、組編之慶祝澳門回歸中國詩詞專輯——《映日荷花》，於澳門回歸周年之際出版並舉行首發儀式，令蓮花三島更加充滿節日氣氛。

一　指點江山，激揚文字

澳門回歸，乃香港回歸後，又一世紀盛事。詩詞徵稿，消息傳出，得到澳門及海内外詩友熱情踴躍響應。應徵作品數以千計。經過篩選，連同特約部分，共輯入一百八十餘件。包括祝文、頌詞、古近體詩、長短句以及對聯，體式多樣。圍繞著共同話題，「指點江山，激揚文字」，内容亦頗富姿彩。作爲編撰者之一，先睹爲快，願借此機會，將其所得，與共分享。

香港、澳門，回歸中國，實現一國兩制。不僅於歷史上樹立勳績，而且是一偉大創舉。文章與歌詩，爲時、爲事，對其進行藝術再現，擔負著重要使命。但是，半個世紀以來，對大政事，作「大雅」，仍然缺乏成功經驗。尤其是小詩與小詞，篇幅短窄，似乎更加難以勝任。爲此，特別采録梁披雲所作《澳門回歸祝文》，以爲開篇。這是一種極爲古老之文章體式，《史記》將其與禱並列。前叙後祝，將鏡海珠還、普天同慶這一世紀盛事，祭告我祖。道出億衆炎黄子孫之心聲。並有肇明所作《慶澳門回歸》長聯，以爲壓卷。上聯、下聯，各九百六十五言。起首即將此間之山川形勝以及人物風流，逐一加以標榜。謂：

昔稱蠔鏡，與香山接壤比鄰。有沙堤横亘，若莖跗蕚。蓮峰聳翠，芙蕖花葉天成；今日澳門，由大嶼隔洋相望。見巨浸無邊，如雪噴花。雞頸畫屏，焦尾絲桐斜卧。

並謂：

傳弘治元始，有天妃立羅髻山頭。拯溺導航，杯渡神光普照。舟楫賴之以安，民修閣崇祀。香烟鼎盛，遐邇名揚；

聞天啓年間，來神僧於老榕樹下。築亭禮佛，錫飛至德庇庥。庶黎藉斯而悟，衆建院傳燈。根器時新，十方共仰。

兩個長段，齊頭並進，共同將局面打開。於是，接著之敷衍陳列，蓋地鋪天以往，翻江倒海而來，也就有了位置。

這是祝文與長聯，著重從史的角度，進行再現；歌咏部分，則著重於體裁自身，努力創造，以相應和。或者擴大體積以增加容量，或者運用意象以延伸想像，等等。亦可見較好之藝術效果。前者有馮剛毅七言排律以及張珍懷、張良臯所作古體詩爲例證，後者有鍾敬文、臧克家、懷霜所作短聯以及小詩、小詞爲例證。馮剛毅《澳門回歸行》，計二百五十六句，一千七百九十二言，相當於三十二首七言律詩。由一擴大至三十二，自然有了迴旋餘地。而截取片段，多數亦自成篇章。例如：

先是搭棚爲住室，跟隨結石作居房。漸從入據成盤據，漫把明綱認已綱。踏足馬交猶有石，駛航珠水豈無檣。携來日雜多塵下，載去珍奇盡寶藏。

又例如：

蓮幟冉升來鳳護，神舟遥載作星航。雙橋跨海金虹舉，一厦摩空白玉鑲。遍處舞歌人湧湧，滿城簫鼓樂喤喤。將兵列隊軍威壯，元首光臨國體莊。

兩個片段，展現出兩個不同圖像。就格式上看，皆可成爲一首對仗工整之七言律詩。應是用功之作。而鍾敬文所作短聯：

牛皮借地成前史，
鯨海還珠記此年。

短聯用了一個典故。謂起先以一幅牛皮大小借地，對方應允，即將牛皮裁作細絲，用來圈地。以之揭露殖民者的伎倆，甚是恰到好處。雖只是一首七言律詩的四分之一，其想像空間，却不見得比律詩小。詩家所追求，以少許勝多許，當如此之謂也。

二　盛世之音，和樂且安

以大中華特有之文章樣式、文學體裁，乃至表現手法，對於大政事進行藝術再現，這是詩詞專輯——《映日荷花》特點之一。就時空角度看，所寫似著重於過去，比較廣泛，多數未有親身經歷。而特點之二，則著重於現在，著重於過程。乃以親身經歷，爲澳門回歸提供歷史見證。這是藝術再現之一重要組成部分。

自從一九八七年四月十三日，中葡聯合聲明在北京正式簽署，一九八八年九月五日，第七屆全國人大常委會會議通過澳門特別行政區基本法起草委員會委員名單，十月二十五日，基本法起草委員會第一次全體會議在北京舉行。澳門步入回歸祖國的歷程，作爲澳門特別行政區基本法起草委員會副主任委員的馬萬祺，慶幸回歸有期，一開始即以詩紀之。此後，諸多經歷，無論大政事，或者小政事，都有詩篇傳誦。詩詞專輯，采録其作品十篇，乃回歸前夕，最新製作。所謂盛世之音，和樂且安，堪稱一代雅與頌之典範。

一九九九年十二月二十日，政權交接。進入倒數日期，時間以日計算。最後十日，澳門總督韋奇立，進行告別活動，日程安排得十分緊湊。十二月十九日，時刻將到，即以分秒計算。晚上七時，文藝晚會，似乎一支前奏曲。接著，走出表演場館，酒會、宴會，環環緊扣。進入移交典禮場地，到了一升一降時刻，則更加牽動心魄。這就是二十日淩晨之零時零分零秒。歷史從此翻開了新的一頁，澳氹大橋上九十八根燈柱，正在緊張地更換旗幟。淩晨一時四十五分，國家主席江澤民宣布中華人民共和國澳門特別行政區成立。澳門回到了祖國懷抱。

能够與澳門一起，共同見證歷史，乃千載難逢的機遇。面對著映日荷花、接天金碧，豈能無詩？詩詞專輯，因特備頌辭一欄，刊發梁披雲、馬萬祺、佟立章、宗德路、施議對、陳伯煇六人作品，以表達觀感。

六位作者，得天獨厚。澳門回歸，多曾有幸參與。載頌載德，將一個個重要場面記録下來。

施議對《減字木蘭花・澳門回歸紀事》二首有云：

三巴留别。何處鵾啼今大雪。六百士員。左列右陳以旆先。夕陽無限。誰抱琵琶説幽怨。夜宴初開。裝點柿山舊炮臺。

陽關未徹。趕赴暉臺待交接。旗幟鮮明。一降一升一牽情。春風得意。立馬橋頭看子細。畢竟非同。映日荷花别樣紅。

一爲告别場面，記述澳督與政府部門六百名主管級官員三巴留别以及柿山之巔（炮臺山）夜宴情景；一爲移交場面，記述文藝表演以及表演結束後所進行之隆重移交典禮。告别與移交，見證歷史，語語如在目前。

佟立章《澳門回歸大巡遊即興》（五言古詩），描繪回歸當日大巡遊：「彩車引飄色，龍遊群獅聚。馬隊勇直行，麒麟氣虹吐。」陳伯煇《濠江歡歌》（七言歌行），歌頌大型文藝匯演：「銅管樂曲悠揚奏，土風舞出異國情。南拳虎虎風生臂，翩翩年少聚豪英。高手場邊顯絶技，不覺素霓匝地生。彩球千萬騰空起，威風鑼鼓卓峥嶸。」場面壯觀，情思踴躍，給人一種身臨其境的感受。而宗德路《采桑子》四首，描繪本地風物：「千頃波平。樓影層層。細絲初斷天欲晴」；「百丈潮生。三島華燈。五彩繽紛月色輕」。變换角度，爲澳門寫生，則更加增添了一種承平氣氛。

三　正聲大雅，盛德形容

澳門回歸，見證歷史。不僅對於作者，而且對於文章、歌詩自身，都是一種挑戰。所謂「美盛德以形容」（《毛詩序》），究竟如何以傳統文學樣式歌詠大政事，表現大時代、大氣概，確實值得探討。在中國文學史上，《詩三百》早就有風、雅、頌之分。言王政以及美盛德，與風化、風（諷）刺一樣，都爲歌者所重視。但是，就當前狀況看，詩壇對於雅與頌，似乎有所忽略。一方面將其當作歌德派，簡單地加以否定，一方面見到大題目，不管作得好與不好，即將其推上至尊位置。據我所見，二三十年來，詩壇上詩多好少局面之所以難以扭轉，可能與這種忽略，有著一定聯繫。全國當代詩詞研討會已召開過十三回，不知可曾探討過這一問題。《詩三百》中，十五國風一百六十篇，占居過半，小雅、大雅合一百零五篇，周頌、魯頌、商頌合四十篇。出現這一不均衡比例，不知是何緣故。從創作角度看，所謂「愁苦之言易好，歡愉之言難工」，不知是否緣故之一。十餘年前，與周谷城説及這一問題。他曾稱揭露黑暗容易，歌頌光明困難。其所創作，就要歌頌光明。周谷城不懼怕被劃歸歌德派，未知今之歌者，有無這一勇氣。

二十世紀中國詩壇，曾出現雙向流動現象——「五四」時期，沈尹默、俞平伯等人由舊詩向新詩的流動以及七八十年代臧克家等人由新詩向舊詩的流動。舊體詩詞，起死回生，已與新體白話詩平起平坐，在文學史上占有一席之地。面臨挑戰，自當表現得更加出色。

這是作爲詩國的驕傲。而作爲詩城，亦當引以爲榮。因爲蓮花三島，在世界上之所以占有如此重要的地位，除了一般意義上所説「窗口」與「橋梁」以外，其重要性還體現在大中華文化的根基之上。四百多年殖民統治，根基永在。尤其是中國古典詩歌之紮根與生長，從湯顯祖算起，已經經歷過好幾代。而今，梁披雲、馬萬祺、佟立章三家，在海内外都已有一定影響。這種大文化根基，具有很大吸引力。回歸一周年，百業興旺。爲把特區建設得更加美好，應當珍重這一寶貴文化資源。

詩詞專輯所輯作品，十九爲雅、爲頌，雖未敢以「好」、以「工」相鼓吹，却希望引起注視，爲振興大中華文化，共同創造新一代既好且工的大雅正聲。

詩詞專輯的徵集、出版，得到詩界同仁熱心支持，特區政府文化局以及本會顧問施利亞先生並惠予熱情贊助，謹表示衷心感謝。

謹以此輯作爲澳門回歸中國一周年紀念。

原載《映日荷花：澳門回歸詩詞集萃》，澳門：澳門中華詩詞學會，二〇〇〇年十二月第一版。又載二〇〇〇年十二月二十三日、十二月二十四日、十二月二十五日澳門《澳門日報》「新園地」副刊。又載香港《鏡報》月刊，二〇〇一年一月號。

立足大三巴，遠望大中華

——《中華詞學論叢》後記

中華詞學是中華文化的一個重要分支。與詩學、曲學一起，其產生年代，雖然各有後先，但是，從現在看，詞學、詩學、曲學，都已成爲一門古老的學科。過去一個世紀，自從一九〇八年王國維發表《人間詞話》，提出境界説，中華詞學這一古老學科，便因此換上了新的包裝。此後，經過兩代人的努力，從夏承燾、唐圭璋、龍榆生、詹安泰，一直到饒宗頤、葉嘉瑩，詞學的各個門類，已逐步建設完善。二十世紀七十年代末及八十年代初所湧現的詞學新秀，承襲舊業，繼續開創，成爲第三代。三代人的才華與思智及其所創造的業績，已廣泛傳播於世界各地。

本書輯録「中華詞學國際學術研討會」所提交論文。研討會於二〇〇〇年由澳門大學原中文學院舉辦。研討會規模不大，但意義十分重大。就組織者而言，這是回歸以後，在中國文學方面，澳門所舉辦的第一次專家級國際會議。澳門回歸中國，實現一國兩制。從政治上看，這是一個國家兩種制度，社會主義與資本主義，顯得一清二楚。從文化上看，却似乎不太清楚。比如,主流文化與非主流文化,或者華夏文化與胡夷文化,等等,類似提法,恐怕都不是十分恰當。但是,如果從具體事例看,問題似乎容易理解得多。比如,研討中華詞學,弘揚中華文化,認祖歸宗,並且提倡與國際接軌,雖不能説,這就是一國兩制,但起碼可以説,這是一國兩制在文化上的具體實施。這是我的一種理解。我以爲,澳門大學作爲澳門特區惟一一所綜合性高等學府,在文化、學術上推行一國兩制,肩負重任,並且占據有利位置。這就是一般所説的「窗口」與「橋梁」。在這裏舉辦研討會,增添文化氣氛,必將有利於回歸後的澳門,這一舉世聞名的東方蒙地卡羅(Monte Carlo),從娱樂之都轉變成爲文化之都。這是一種層面上的意義。再就詞學自身而言,這是步入新世紀所舉辦的第一次國際性詞學專門會議。各位應當記得,以「國際」爲標榜的詞學會議,到現在爲止,似乎只舉辦過兩次。一次是一九九〇年六月,在美國緬因所舉辦的「國際詞學研討會」;一次是一九九三年四月,中華臺北所舉辦的「第一届詞學國際研討會」。包括這一次,總共三次。這一次研討會,於二〇〇〇年,在這被稱作「窗口」與「橋梁」的地方舉辦,既可以使得中華詞學這一華夏瑰寶更加引起世界注意,相信也將使得中華詞學這一華夏瑰寶的研究者認真思考一些問題。這是另一種層面上的意義。

過去一個世紀,一百年當中,如果將最初二十年,看作是世紀詞學的開拓期,那麽,世紀詞學的創造期與蜕變期，就有八十年。這是三代人所活動的時期。八十年當中，如果再以一九四九年，中華人民共和國成立這一年爲分界綫劃分，在這之前是創造期，之後即爲蜕變期。以夏承燾爲代表的第一代詞學宗師，從民國走向共和，主要活動於創造期。第二代、第三代，活動於蜕變期。在某種意義上講，自夏、唐、龍、詹，直至於今，三代傳人，可合稱「共和三代」。這一時期，反覆多變，整整變了五十年。究竟變得好與不好，有待評説。在這裏，只説兩位學者，饒宗頤與葉嘉瑩。蜕變期間，有一段時間，兩位學者暫時避開了變化。一位在香港，與趙尊嶽合辦《詞樂叢刊》；一位在臺北，後來到加拿大，於各高等學府，傳習詩詞。三十年不見，最近二十年，常來常往，爲詞界開拓帶來了助力。步入新世紀，相信將有新的開拓。

本集輯録論文三十篇，就所涉及的範圍看，其對於包括詞集、詞譜、詞韻、詞樂、詞評、詞史在内的所謂詞中六藝（趙尊嶽語），儘管尚未能較爲全面地進行檢閲或檢討，但對於研討會所確立的詞學理論、詞史、詞學史三個議題之所提供，某些見解包括各自的發明、創造，在當時却曾激起興趣，展開過熱烈論辯，爲與會者留下一段美好的記憶。自詞學學術研討會的召開，至論文結集出版，將近經過十年時間。有道是「十年人事一番新」，二十世紀的中華詞學，已經歷過好幾個十年，新了又新。本集出版，未敢奢望將爲中華詞學發展歷史增添點甚麼；而只是想，因此結集，進一步發揚「詩可以群」的傳統，以營造切磋語境。願詞界同仁，與共勉之。

二〇〇八年四月十日於澳門大學

原載《中華詞學論叢》，澳門：澳門大學出版中心，二〇〇八年十月第一版

坐井觀天與倚天看井

戊寅年冬，澳門寫作學會假葡京酒店之日麗餐廳舉辦詩詞寫作研討會。首日，於路環廳，由湖南詩人熊東遨點評張卓夫之《松風竹韻》；次日，於文華廳，由香港中文大學黄坤堯博士講評廣東女詞人周燕婷、蘇些雩作品。其中穿插自由發言。時間緊湊，氣氛頗爲熱烈。受會議之托，本人致開幕詞並作總結。

所謂「情懷總是詩」，大概由於港澳無人不識之才子詞人林佐瀚主持大局的緣故，學會以舊體詩詞寫作爲題舉辦研討會，這已經是第三次。相對於現當代文學研究及海外華文文學研究之忽略舊體詩詞寫作，不能不承認，這是一種鼓舞。因而，也當相信：澳門舊體詩詞寫作，必將被古遠清等一類專家納入「風景綫」，成爲海外華文文學之一組成部分。

我很贊成研討會之舉辦，但又略有些不安。致辭時説了兩句，坐井與觀天以及量體裁衣與因地制宜。既對己，又對人，希望有所獲益。研討過程中，就事論事，如實判斷，並且引出若干重要話題，頗能激發興趣。對小城而言，這當是觀天之一好機會。而對於天外來客，所謂小試牛刀，其本領與真功夫，同樣也可得到一番展現。

《松風竹韻》，這是一部詩詞及楹聯作品集。作者張卓夫爲澳門海島市政廳公務員，澳門大學中文學院碩士研究生，深思好學。所作詩與詞，能守規矩，而且想努力出點新意思。這就是煉格與煉意，值得贊賞。一般説來，應當首先煉好格，才談得上煉意。但實際上又未必盡皆如此。在這兩個方面，如將卓夫與佐瀚相比，似乎可以説：「一個西裝筆挺登場，另一却亂頭粗服示人，各自各精彩。而對於卓夫，既已經過十年鍛煉，我看，不妨學點林佐瀚。例如，林氏《浣溪沙》「蠻」字詞，上片云：「何處女郎大口盤。入官誘主豈艱難。克郎無奈動粗蠻。」脱口而出，自成妙語。這點蠻勁，如適當借取，可能使得「松風竹韻」更加顯出風韻。這是我於首日研討之一小小觀感。

次日研討，説周燕婷、蘇些雩。尤其是周燕婷，論者推其爲廣東第一女詞人或廣東第一詞人。周氏首先講話，以爲不必排第一、第二，而是各有所長，各有特點。接著，作了一篇演説，以詩與詞、男人與女人以及他與我爲題，論證歌詞創作之個性問題。蘇氏則就其經歷，講述創作體驗。研討過程中，對於創作歌詞是否即爲女性之專利、詩與詞流傳至今究竟有何出路進行探討。有關論者持有不同看法。即：一方面固然承認歌詞之「以清切婉麗爲宗」（紀昀語），與女性之天生麗質，頗有些相合之處，「男子而作閨音」，往往未能與之相比擬；但是，另一方面又以爲，歌詞之寫得好與不好，除了看天賦，尚須看閱歷，唐宋詞中，男性所留下佳篇，並不甚少。這也就是説，周小姐歌詞之令人贊嘆不已，乃與其身世有關，當年林公子——這般迷戀小麗之野孩子佐瀚，如願繼續付出，當不一定寫不出「一夜咽幽怨」及「和泪又重捲」這類語句來。説明：寫好歌詞需要代價。這是我於次日研討之另一小小觀感。

至於詩詞出路問題，包括詩詞與流行歌曲關係以及時代新聲問題，雖已涉及，但未展開，有待今後進一步研討。

原載一九九九年二月二十一日澳門《澳門日報》「語林」副刊

澳門文化產業發展現狀與對策

文化產業是二十世紀九十年代發達國家提出的一種發展理念，也是全球化消費社會所衍生出來的一種新興產業。既是文化事業的一個組成部分，屬於無形資產，又是一個實體，乃有形資產。經過近十年的發展，不少發達國家，文化產品已占其出口產品的第一位。文化產業，成爲社會經濟發展的一個新的增長點。因而，已被公認爲二十一世紀全球經濟一體化時代的朝陽產業。澳門作爲世界娛樂之都，文化資源相當豐富。其中，娛樂文化和旅遊文化，是澳門文化產業的兩大支柱。目前，澳門文化產業的發展，仍處於自發階段。面對文化產業的勃興，如何利用本地歷史文化資源發展文化產業，使澳門社會經濟增長與文化發展同步前進，具有特別的戰略意義。對於今後的發展，本文以「傳承創新，多元、平衡發展」十個字加以概括。意即：在提高對於文化產業認識的基礎之上，以大中華的背景，全球化的視野，進行傳承與創新，達至商業與文化以及博彩文化與文化產業的平衡發展。

一　澳門文化創意産業的現狀

十六世紀中葉，明朝政府劃出澳門半島西南部之一地段，供以葡萄牙爲主的外國商人居住。自此，澳門逐漸發展成爲中國的一個對外港口，成爲融合歐、亞、非、美四大洲，華洋雜居的國際城市。來自葡萄牙、西班牙、荷蘭、英國、法國、意大利、美國、日本、瑞典、印度、馬來西亞、菲律賓、朝鮮乃至非洲地區各色人等，帶著不同文化思想，不同風俗習慣，在澳門城區生活。

由特殊的地理位置和特殊的社會歷史環境所決定，多種語言、多種價值觀念、多種宗教信仰共存共榮，並且形成以中華文化爲主，融合以葡萄牙文化爲特質的西方文化，具有多元化色彩的獨特的澳門文化。這一獨特的文化，無論有形，或者無形，都爲文化産業的建設與發展，積累了寶貴的資源。

（一）城市品牌——有形與無形的歷史文化遺産

1　《世界遺産名録》中的澳門歷史城區

葡萄牙人將澳門半島西南部用城墻圍起的城市命名爲「天主聖名之城」。在這座城堡裏，蓋房子、建教堂、修馬路、築炮臺，乃至營造墳場。許多建築物，既保留中國傳統特色，又融入西方建築精萃。

澳門歷史城區(The Historic Centre of Macao),以澳門舊城區爲核心的歷史街區,由二十二座建築物和相鄰的八塊前地所組成。二〇〇五年七月十五日,在南非德班召開的聯合國教科文組織第二十九屆世界遺産委員會會議決定,將澳門歷史城區作爲世界文化遺産,列入《世界遺産名録》。

澳門歷史城區是中國境内現存最古老、規模最龐大、保存最完整和最集中的東西方風格共存的建築群。作爲城市品牌,澳門歷史城區將澳門衆多名勝古迹、中外建築及街區小巷,聯繫在一起,物質與非物質,以有形體現無形,成爲澳門特有的文化。

二〇〇五年七月二十二日,澳門特區政府文化局以反映澳門歷史城區歷史建築爲主題,在塔石藝文館舉辦「相容並蓄——澳門歷史城區」藝術展。

二〇〇六年二月十八日,澳門特别行政區政府社會文化司司長崔世安在大三巴牌坊前主持「二〇〇六澳門世界遺産年」啓動儀式,向全世界推廣「澳門歷史城區」,建立旅遊品牌。

二〇〇六年七月六日,澳門特區旅遊局在香港舉行一連四天的「二〇〇六澳門歷史城區及澳門二十四小時圖片展」,推廣歷史文化遺産。

二〇〇七年三月三十日至四月一日,澳門參加廣州舉行的「二〇〇七年廣州國際旅遊展銷會」。展區設世界遺産「澳門歷史城區」及最新旅遊項目展板。

二〇〇八年十月九日起，澳門特區旅遊局在法國巴黎舉行爲期十天的「世界遺産——澳門歷史城區圖片展」，推廣澳門文化遺産，展示澳門獨有城市形象。

二〇〇八年十一月二十六日至二十八日，「世界遺産旅遊博覽會暨亞洲獎勵休閑旅遊展」在澳門威尼斯人會展中心舉行。期間，並舉辦第四届世界遺産論壇。

一連串活動的開展，體現特區政府對澳門歷史文化遺産的高度重視，也顯示特區政府是有計劃地保護和開發歷史城區，發展文化旅遊事業的。

2　歷史傳承及獨特文化

葡萄牙的文化在華洋雜居的社區，産生變異，與中華文化經過長時間的接觸，相互吸取交融，在澳門形成特殊的文化形態。

①　媽祖崇拜

澳門是一座宗教色彩極爲濃厚的現代城市。廟堂神佛遍地，將近四十座廟宇，供祀著各種各樣的神祇。各色人等，共住一島；諸神亦多共處一殿。

以華人爲主體的澳門居民，大部分信仰佛教和道教。其中，尤以媽祖崇拜爲最。媽祖崇拜，於葡人未開埠之前，即已傳入澳門。澳門西文名Macao。據聞，葡人初至，在媽祖閣登陸。見海岸上立有一座阿媽神像，詢問名稱，當地居民誤認爲問寺廟名稱，因曰：媽閣。於是，在西語中便有MACAU（媽港）的名稱，又譯作馬交，或麥高。

媽閣廟，原稱媽祖閣，又名正覺禪林、海覺寺、天后廟。澳門三大禪院之首。澳門第一座媽祖廟，位於澳門半島南端媽閣山西麓，創建當時，名天妃廟。此外，蓮峰山下另有一座天妃廟。加上氹仔關帝天后古廟、天后宫以及望厦康真君廟的天后聖母殿和漁翁街的天后古廟，全城已有六座以上的天后（媽祖）廟。

媽祖是道教中的女神，又稱天妃、天后，沿海一帶尊稱其爲媽娘。本是宋朝時，福建莆田一位林姓女子，死後爲神，成爲海上漁民、商船的保護神。明代被封爲天后。其神迹主要是救濟海上遇難之生民。福建商人於海上貿易，將媽祖信仰傳到澳門。

澳門媽祖崇拜，與中國閩粤沿海居民媽祖信仰一脉相承。每年農曆三月二十三日，媽祖神誕，廟宇搭棚上演神功戲。一八六〇年德國畫家愛德華·希爾德布蘭特繪製版畫《媽閣廟的戲棚》，記録澳門媽祖神誕的場面。

②天主教傳教士的傳教基地

明末清初，天主教傳教士以澳門爲基地，傳播西方文化。澳門出現幾個第一：聖保禄學院（Colegio de S. Paulo），一五九四年創建，一七六二年關閉，是耶穌會在遠東創辦的第一所歐式大學。白馬行醫院（葡文稱拉菲爾醫院），一五六九年由主教卡内羅（D. Belchior Carneiro）創辦，是澳門最早開設的西式醫院。建築物經多次重修，目前所見外貌，於一九三九年改建而成。又，聖保禄學院附屬印刷所，是第一所以西方金屬製版和印刷拉丁文字的印刷廠。而聖保禄大教堂，前後興建三十多年，亦爲亞洲當時最大的天主教教堂。一八三五年毁於火，現只剩下教堂正門的大三巴牌坊。此外，第一份外文報紙《蜜蜂華報》（*A Abelha da China*），一八二二年九月十二日創刊，一八二三年九月底被查封，是由葡萄牙多明我會（Dominicans）教士編輯的葡萄牙文周報。

天主教傳教士，來自不同修會，帶來西方近代的科學技術及人文藝術，並向西方介紹中國文化。十九世紀，第一位傳教士馬禮遜來到中國大陸。馬禮遜學校將近代西式學校教育模式引入中國。中國第一位教徒蔡高由馬禮遜在澳門爲其洗禮。馬禮遜《華英字典》在澳門出版。

澳門現有十八座天主教堂，散布於各處，每逢周日舉辦彌撒，不少教徒參與。

③ 中西交融文化

四百年來，中西文化交融。不同風格的建築在一條街道或一個空間展示。古老街巷，色彩明艷的歐式建築與古樸簡潔的粵式唐樓，毗鄰而居。各種教堂和廟宇，相鄰而設。既保留著歐洲中世紀裝潢風格的天主教堂，又不乏傳統風格的中國廟宇建築。不同宗教爲共同心願祈福。中西文化，深入市民的生活當中。

天后媽祖、觀音菩薩、聖母瑪利亞，澳門民衆心目中的三位女神。代表著中、印、西三大古老文明，也象徵中、印、西文化在這座小城的交融。

臨海觀音蓮花苑，立有一座高二十餘米的銅製觀音像。由葡萄牙設計師李潔蓮(Cristina Rocha Leiria)設計。觀音造型，别出心裁。既是觀音菩薩，又具天主教聖母瑪利亞神韻。這座觀音像於一九九七年由澳葡政府策劃興建，一九九九年三月二十一日揭幕，是中國佛教文化與歐洲雕塑藝術相結合的作品。

澳門華洋共處，美食文化，學貫中西、通古博今。國内菜系雲集，各國美食薈萃。既有地道的粵式小吃，又有正宗的葡式餐廳，已成爲國際商務美食區。

每一年，澳門都依照不同的節日，安排不同類型的節日活動，舉辦各式各樣的節日盛事，藉以增添旅遊樂趣。澳門的節日，諸如春節、端午節、中秋節，北帝誕、娘媽誕、譚公誕、浴佛節、醉龍節，以及復活節、耶誕節和耶穌聖像巡遊、花地瑪聖像巡遊等，相關紀念或慶祝活動，連續不斷，處處洋溢著熱鬧的節日氣氛及文化氣息。有關國際盛事，諸如澳門藝術節、澳門國際音樂節、澳門美食節，國際龍舟競渡、澳門高爾夫球錦標賽、澳門國際烟花比賽匯演、澳門格蘭披治大賽車，以及澳門國際馬拉松賽等，更加體現了中西文化交融的特色。

享譽中外的澳門藝術節，第一届於一九八八年三月，由澳門文化司署（前稱文化學會）和澳門市政廳舉辦。內容包括：音樂、舞蹈、曲藝、戲劇、攝影展、書畫展及手工藝展。除澳門文化團體參加外，還有韓國、印度、日本、新加坡、西班牙、英國、葡萄牙、中國等國家和臺灣、香港地區參加。澳門回歸後，第十一届澳門藝術節於二〇〇〇年三月十一日舉行。歷時十六天，獻上近四十場音樂、舞蹈、曲藝等節目。此後各届，均吸引了中外不同藝術家前來演出。

二〇〇五年三月，第十六届澳門藝術節。演出由白先勇聯同兩岸三地昆劇研究專家、蘇州昆劇院及江蘇昆劇院共同製作的青春版昆劇《牡丹亭》全本。二〇〇六年三月，第十七届澳門藝術節。以「多元文化、世界風情」爲主題，邀請斯洛伐克、德國、加拿大、古巴、葡萄牙、捷克等地的藝術家參加演出。澳門本土藝術家演出原創粵劇、話劇及土生土語劇，武漢京劇院演出京劇《三寸金蓮》。二〇〇七年五月，第十八届澳門藝術節。參加演出的有來自加拿大、西班牙、奥地利、德國、法國、意大利、越南、墨西哥等國家以及中國內地、澳門本地的藝術家。節目包括戲劇、舞蹈、音樂及綜合文藝演出等共二十二項，演出場次達四十五場。有民族音樂會、古典音樂會和流行樂隊演出，另外還上演現代舞、體操舞蹈和拉美舞蹈等。二〇〇八年五月，第十九屆澳門藝術節。邀請中國內地、以色列、墨西哥、西班牙、加拿大、韓國、荷蘭、印度、瑞士等地的藝術家參加演出。內容包括十七項各式戲劇、舞蹈、音樂以及綜合文藝。澳門本地有兒童劇《魔法寶石》（土生葡語話劇）上演。

此外，澳門國際音樂節，亦頗負盛名。第一屆澳門國際音樂節於一九八七年十月二十四日開幕。由當時的總督辦公室籌辦。從第四屆起，改由澳門文化司署籌辦。二〇〇〇年十月八日，第十四屆澳門國際音樂節之「《黃河大合唱》——紀念冼星海誕辰九十五周年音樂會」在大三巴牌坊廣場舉行。自第十四屆起，澳門國際音樂節由澳門特別行政區政府舉辦。一年一度，至今已是第二十一屆。歷屆音樂節均邀請國內外著名音樂團體參加演出，借以提高澳門的音樂水準及國際知名度。

二〇〇七年十月六日，第二十屆澳門國際音樂節在澳門文化中心揭開序幕。參加演出的藝術家分別來自中國內地、美國、德國、法國、加拿大、意大利、荷蘭、印尼、葡萄牙、日本、烏克蘭，以及香港和澳門特區。古典、流行、民間、爵士，中西合璧，古今雜陳，體現全球化背景下的多元化人文景觀。

二〇〇八年四月十八日至二十一日，由中華宗教文化交流協會、葉聖陶研究會、中華炎黄文化研究會和中華文化交流協會（澳門）共同舉辦的兩岸四地「首届文明對話暨論壇」在澳門舉行。探討儒、釋、道三種中國傳統思想文化與社會和諧的話題。

二〇〇八年十月五日至三十一日，澳門特區政府文化局舉辦第二十一届澳門國際音樂節。上演十七套不同品類的節目，共計二十三場。來自多個國家和地區的藝術團體和藝術家，演出歌劇《弄臣》、音樂劇《油脂》、古典音樂《西西里的風》、交響樂《荷花深處》、無伴奏合唱《聖堂天經》及音樂會《澳門情懷》。

（二）旅遊娛樂文化——澳門文化産業的兩大支柱

澳門特區政府確立以旅遊博彩業爲龍頭，適度多元化發展的經濟政策，又以會展業爲重點發展産業。博彩業，成爲澳門的龍頭産業。其與旅遊結合，形成旅遊娛樂文化。兩者成爲澳門文化産業的兩大支柱。

1　六大賭牌悉數登場

博彩業在澳門，歷史悠久。一八四七年，澳門已有賭博合法化的法令。賭業專營，由政府開設。一八九六年七月十日起，葡萄牙禁止賭博，澳門亦禁賭。至一九三七年，在長時間的禁賭之後，澳門又出現專營賭場。賽馬、賽狗，亦隨之興盛。

一九六二年二月，葡萄牙頒布法令，准許澳門以博彩作爲一種特殊的娛樂，澳門博彩業正式合法化。一九六二年，澳門旅遊娛樂有限公司（澳娛）成立。股東霍英東、何鴻燊、葉漢、葉德利，透過公開競投，取得幸運博彩專營權。

二〇〇二年四月一日起，澳門特區政府開放博彩經營權，引入競争機制。澳博（何鴻燊旗下的澳門博彩股份有限公司）、永利（美國投資的永利度假村澳門股份有限公司）、銀河（香港與美國合資的銀河娛樂場股份有限公司）三家，接掌娛樂場幸運博彩經營權。隨後五年間，另有美高梅金殿超濠股份有限公司、威尼斯人集團、博亞澳門有限公司三間公司，分别以轉批給的方式獲得博彩經營權。

二〇〇七年十二月，美高梅金殿投入營運，澳門博彩業六大賭牌（主牌及副牌）悉數登場。至二〇〇八年，澳門的賭桌由二〇〇七年第二季末的三千一百〇二張增至大約四千七百張。賭場員工由五萬人增至七萬人。

2 博彩業與文化創意産業

依托來自國際、國内的資本和賭金，二〇〇七年澳門整體博彩毛收入超過八百三十八億澳門元，其中賭場收入高達八百三十億，比二〇〇六年上升百分之四十六。據亞洲開發銀行二〇〇七年底的報告，拜博彩業所賜，澳門人均GDP以二點一萬餘港元，在亞洲排名第三名，僅次於汶萊和新加坡。《二〇〇七年中國城市競争力藍皮書》顯示：澳門在中國二百個城市的綜合競争力中名列第十，競争力表現穩定。亞洲開發銀行於二〇〇七年七月三十一日發布亞太經濟體的「國民福祉與生活標準」調查表明：在二十三個國家和地區中，澳門躋身第五位。

爲適應澳門社會對博彩人才的需求，從二〇〇三年起，澳門大學開設博彩管理學士專業。之前，澳門特區政府社會文化司司長崔世安曾與澳門大學校長到美國内華達州參觀兩所州立大學，並與其中一所大學雷諾學院簽署合作協定，該大學派教授來澳門，澳大亦派教授到當地，學習開辦博彩管理學士學位課程。除學士學位課程外，澳大還爲在職的賭場管理人員開辦培訓課程。課程内容包括本地與外國娛樂旅遊及文化發展的比較，從文化、藝術、旅遊、經濟發展等不同層面，加深對本土文化的認識。業界以爲：澳門大學的博彩專業可能成爲東南亞惟一的一個高水準的博彩教育專業。

二〇〇三年十月二十八日，澳門理工學院和旅遊學院聯合承辦的澳門旅遊博彩技術培訓中心開張。爲有意從事博彩行業的市民，提供培訓機會。課程内容實用，比如各種莊荷技術、娛樂場英語，還有角子老虎機維修、視頻監控技術等。結業證書由該中心及美國大西洋城凱波社區學院聯合頒發，獲得國際認可。

二〇〇五年，澳門旅遊娛樂文化促進會（Macau Tourism — Entertainment Culture

Promotion Association)成立。聘請有名望之社會賢達及業界前輩，共同推廣旅遊娛樂文化精萃，培養旅遊娛樂文化人才；促進世界旅遊、娛樂、文化交流。

二〇〇七年六月二十三日，澳門特區行政長官何厚鏵率團前往廣州，考察當地的文化産業，探索適度、多元化發展的道路。

二〇〇八年四月二十一日至二十二日，澳門中華傳統文化研究會成立，聯合中華炎黃文化研究會、澳門大學和澳門文化産業促進會，舉辦澳門文化産業與教育發展論壇。研討文化産業發展的理論和實踐，文化産業發展的路向、策略以及發展教育事業和推動文化産業的關係等問題。

無論特區政府、學術機構、民間社團，均高度重視博彩業的持續發展，亦致力促進博彩業與文化創意産業的互動互惠，希望藉此進一步帶動旅遊業、會展業、酒店業、房地産業與零售業發展。

3 旅遊業與文化創意産業

經過四百多年的繁榮昌盛，以及全球化、國際化的進程，澳門已成爲一個閑適浪漫、多姿多彩的旅遊城市。各種各樣的娛樂生活，以中西融合的文化進行包裝，既神秘迷人，又富大都會特色，吸引了世界各地遊客。自由行的開通，進一步推動澳門的旅遊業。而旅遊業的展開，亦推動文化産業的發展。

① 澳門街景——露天歷史博物館

澳門原屬廣東香山，位於中國南方珠江入海口西側。由澳門半島和氹仔（Taipa）、路環（Coloanr）兩個離岸小島組成。相鄰珠海，與香港只一水之隔。熱鬧、繁忙的街道，遊客絡繹不絶，城市面貌不斷地改變。

澳門街景，在建築物以外，街頭雕塑造型獨特、立意新穎。當進入市區，經過羅理基博士大馬路，一座巨型鑄鐵半圓形拱門即現眼前。拱門有十層樓高，直徑三十米，矗立在馬路環島中央。由兩塊巨大的圓弧狀鐵臂連接著一個圓心組成。名曰「東方拱門」。表示乃邁入東方神秘國土的第一道門檻。再往裏走，可見融合門紀念碑，屹立於西灣海濱填海區。紀念碑高達四十米，由烏黑發亮的黑色花崗岩所砌成，象徵澳門乃通向中國的大門。而大三巴牌坊前的兩座青銅像，則另有寓意。一座曰「少女與狗」；另一描述一名中國少女向一名葡國青年獻花的情景：皆别具一格，頗耐尋思。

澳門的中心地帶，議事亭前地廣場。面積三千七百平方米。以葡國特有的碎石鋪砌出各式各樣的圖案。廣場中央湧動著一座飾有地球儀的噴泉。遊人往返，頗具流動著的南歐風情。

②「感受澳門」——中外文化產業的交流與合作

二〇〇六年四月十八日，澳門商務旅遊中心正式啓動。目的之一，在於協助吸引海外團體和會議策劃公司在澳門舉辦會展活動。澳門設有會展中心的酒店，隨時可接待三千至四千人的會展活動，並提供十萬平方米的會展場館和一站式的住宿、餐飲等服務。

二〇〇七年五月，澳門參加深圳文博會。參與文化產業交易，推動澳門與內地及海外文化產業對接。

二〇〇七年六月二十七日至七月一日，澳門特別行政區政府旅遊局於上海舉行爲期一周的「感受澳門」特別大型推介活動。由澳門近百位旅遊業界代表組成的旅遊推廣團，舉行論壇及路演，推廣澳門的旅遊元素，介紹澳門最新旅遊亮點與文化民俗，促進交流與合作。

二〇〇七年九月三日晚，「澳門經濟轉型與旅遊雙向合作」二〇〇七旅遊文化交流活動，在北京人民大會堂舉行。這是威尼斯人集團主辦的一次大型文化交流活動。旨在推進澳門經濟轉型及與內地旅遊的雙向合作。

二〇〇八年四月二十八日，澳門動漫文化產業協會組團赴杭州參加「第四屆中國國際動漫節」。於澳門區展館以「漫畫澳門歷史城區」爲主題，展出《漫畫澳門系列叢書——世界遺產之澳門歷史城區》設計稿。

二〇〇八年，憑藉「感受澳門」廣告，澳門特區政府旅遊局奪得太平洋亞洲旅遊協會「旅遊廣告(印刷媒體)金獎」。「繽紛世界，澳門就是與别不同」，其推廣口號，不同凡響。

上述活動，均有利於提升澳門的國際知名度，推動文化産業的構建，加强文化旅遊的軟、硬件配套，有利於開拓旅遊業的發展空間，爲澳門帶來數量龐大的遊客。二〇〇五年，入境澳門的遊客逾一千八百萬人次。二〇〇六年，突破二千萬人次。二〇〇七年全年入境遊客總數創下二千七百萬人次的新記録，較二〇〇六年上升百分之二十二點七。内地、香港和臺灣是二〇〇七年澳門前三位的客源市場，内地旅客量占整體旅客量的百分之五十五。二〇〇八年首八個月，澳門入境旅客總數，已達二千萬人次，較去年同期上升百分之十七點一。

二　發展文化創意産業的對策

文化創意産業，是經濟發展模式轉變的必然結果，也是資訊時代知識經濟的産物。文化産品，有形的，無形的，都是精神的一種載體。當今的世界，經濟競争力與文化競争力日益融合，而文化競争力已成爲綜合國力的重要指標。

就目前情況看，澳門發展文化産業，仍處於自發階段。依據各方面有利條件及不利因素的考慮，澳門發展文化産業，須要有個從自發到自覺的發展過程。而其對策，則可以「傳承創新，多元、平衡發展」十個字加以概括。具體地講，就是在提高對於文化產業認識的基礎之上，以大中華的背景、全球化的視野，進行傳承與創新，達至商業與文化以及博彩文化與文化產業的平衡發展。

（二）提高認識，從自發走向自覺

澳門的文化產業，由於尚未進入自覺發展階段，人們對文化產業，仍需進一步了解與認識。須知，並非所有文化，都須產業化；亦非產業化，就一定得賺錢。文化產業，是以現代科學技術和文化資源爲基礎，通過個性化的創造過程和特定的組織模式生產、複製、傳播以文化內容爲核心的商品與服務的營利組織的集合體。文化產業，以文化爲發展經濟的理念，依靠的是文化資源的優勢。通過發展文化創意產業，使人文資源和文化優勢成爲新的經濟增長點。或稱，後工業時代經濟發展新的增長點。當今世界，不再只是效率與商業，而是創意與文化。發展文化產業，既要求高度發達的高新技術，又不完全依賴高新技術。因此，發展文化產業，既當重視自然科學，重視科技創新，亦當重視社會科學，重視思維創新。這是發展文化產業最基本的指導思想。

一九九八年十月，路環疊石塘興建一座漢白玉媽祖雕像，高達十九點九九米。與媽祖故鄉湄洲島主峰媽祖石雕像幾乎一樣，成爲全球最大型的天后像。

媽祖崇拜，作爲一種歷史文化遺産，長期以來，因崇拜而吸引信衆，帶動旅遊，多半屬自發行爲；而有意識地加以規劃，著意包裝，將自發崇拜拓展爲一個有組織、有部署的大型活動，令其成爲文化産業，即進入自覺發展階段。

二〇〇一年，澳門特區政府和澳門中華媽祖基金會聯合舉辦首届澳門媽祖文化旅遊節，招徠賓客。自二〇〇四年第二届媽祖文化旅遊節後，澳門特區政府决定將其列爲一年一度的文化旅遊盛事。

二〇〇八年十月十七日至二十一日，澳門中華媽祖基金會主辦，江蘇省海外聯誼會、江蘇省華夏文化經濟促進會協辦「第五届媽祖文化旅遊節」，將文化與旅遊合爲一體。期間，並推出媽祖金身巡遊、觀音祭祀法會、媽祖祭典演禮、舞獅及民族歌舞表演等。上述活動，大大豐富了有關媽祖崇拜的文化旅遊資源，有利於持續、有序地發展相關文化産業。

（二）擺正各方面關係，於平衡中求發展

就地理位置及歷史淵源看，澳門背靠大中華，有著五千年的文明，並有四百多年中西文化融合的經驗，發展文化創意産業，具備許多優越條件；但澳門地方小，人口少，市場不大，又有一定的局限。澳門文化産業，所謂多元、平衡發展，既須處理好自身所存在的矛盾

與衝突，又須在大中華背景及全球化潮流中，確立自己的地位。這是澳門文化産業發展的關鍵。

1　注重品牌與規劃，商業與文化平衡發展

澳門城市品牌建設，牽涉到商業活動與文化遺産留存的關係問題。比如，隨著投資計劃逐步展開，各種各樣的博彩娛樂場所，遍布城區，新建的大厦拔地而起，對於文化遺産的留存構成嚴重的威脅。如何通過相關法律及統一規劃，令舊有的建築，在城市急速現代化和經濟快速增長的衝擊下，得以比較完好的保護，令新建築與舊建築取得協調，其意義既與當前文化産業的發展密切相關，對於未來的生存與發展，亦具重要意義。

①品牌美譽的支援及行銷

中國城市競争力研究會(GN)與中國城市研究院(CUI)口碑中心於二〇〇六年十二月二十八日起，開展爲期一個月針對「二〇〇六中國十大品牌城市排行榜」的公衆口碑支持率進行再調查。到二〇〇七年一月二十八日爲止，城市口碑調查中心取得對全國三十四個城市隨機口碑調查點測評的資料，有效訪問受衆總人數三萬四千人，完成「中國十大品牌城市」城市品牌美譽口碑支持率再調查統計工作。澳門作爲世界娛樂之都，位居榜首。可見城市品牌形象在人們心目中的地位。詳見附表。

「2006年中國十大品牌城市」口碑支持率再調查統計表
統計截止時間：2007年1月28日24:00

城市	品牌美譽	支持票	其他票	棄權票	總體支持率排名
香港	世界活力之都	58.3%	35.5%	6.2%	8
澳門	世界娛樂之都	74.5%	20.2%	5.3%	1
北京	世界文博之都	62.4%	33.6%	4.0%	6
上海	國際總部都會	59.2%	36.4%	4.4%	7
深圳	中國創新之都	73.9%	21.7%	4.4%	2
廣州	國際會展都會	58.6%	37.3%	4.1%	9
杭州	國際休閑都會	71.8%	23.1%	5.1%	5
昆明	國際浪漫春城	70.7%	21.4%	7.9%	4
貴陽	中國避暑之都	73.1%	22.6%	4.3%	3
紹興	中國名人之都	55.6%	35.7%	8.7%	10

二〇〇七年十二月十七日至十九日，由澳門旅遊學院、北京大學、美國普渡大學聯合主辦的第二屆旅遊目的地品牌建設與行銷國際研討會（2nd International Conference on Destination Branding and Marketing：New Advances and Challenges for Practice）在澳門舉行。來自全球各地的旅遊及行銷專家近百名研究者、政府及行業專家參與會議。目前，國際知名旅遊目的地城市的旅遊總體規劃，包括目的地的品牌建設及行銷規劃，已在世界範圍内

引起極大的重視。

②商業與文化的規劃與平衡

澳門重要文化遺產——松山及東望洋燈塔，周邊高樓，不斷湧現，有礙景觀保護。

二〇〇七年七月二十二日，由澳門歷史文物關注協會、澳門歷史學會、澳門建築師協會及澳門景觀文化學會四個關注澳門世遺的團體倡辦「澳門文化遺產論壇」。四團體公布《論壇宣言》及《加强保護澳門世界文化遺產十項建議》，呼籲特區政府大力推動經濟發展的同時，尤須加强保護澳門世遺。

二〇〇八年七月十六日，澳門特區政府土地工務運輸局聯同文化局對外宣布，決定對東望洋燈塔周邊約二點八平方公里範圍内新發展樓宇的高度進行限制，並劃分十一個區域予以不同的高度規限：三個區域的限高在海拔五十二點五米；四個區域限高在海拔四十六至四十七米；而建築物容許高度最高的兩個區域亦不得超過海拔九十米。有關高度限制規劃，反映政府期望於城市規劃與文物保護之間求取平衡。

2 注重互補與互用，文化産業與博彩文化平衡發展

就目前狀況看，爲求得文化産業的繼續發展，不能只是固守一個陣地，而須在原有基礎上，向四面八方拓展。於新開張的賭場酒店，注入新元素，向多元化發展，以越來越新穎的服

務招式吸引旅客。集娛樂、度假、會展及消閑於一身，成爲多元化及一站式服務的娛樂度假中心。這是澳門旅遊可持續發展的必由之路。

文化產業與博彩文化的互補、互用，主要在兩個方面。一方面，將傳統賭博業加以多元化，轉型爲博彩事業，令其成爲一個遊戲世界；另一方面，針對博彩業對澳門文化遺產保護所帶來的衝擊，嚴格監管，並以文化產業所創造的文化精神產品，消除博彩業所造成的負面影響。如澳門威尼斯人度假村酒店與澳門博彩股份有限公司計劃興建的「十六浦」主題公園項目，就於博彩娛樂與購物設施中注入歷史、文化元素，二者結合產生協同促進作用，這是文化產業與博彩文化平衡發展的一個重要環節。

因應社會發展，博彩業多元化，爲本地市場增添更多博彩以外的娛樂元素，有效促進旅遊業及文化產業的發展。例如，於賭場引入國際知名演藝明星和團體的演出，以招徠賓客。等等。這當是比較容易做到的。但是，如何在適度、多元發展的同時，加入更多文化元素，對博彩業進行改造，從而也對整個社會經濟結構進行改造，則有較大的難處。就目前狀況看，這一問題的解決，仍須於上述兩個方面，加大力度，予以推進。博彩業在其多元化的發展過程，經營者須謹記並落實自己對於社會的承諾，撥備資金，采取措施，爲社會文化事業、教育事業的發展，以及城市居民人文生活質量的提高，作出貢獻。期間，特區政府於完善規管、加强發展的同時，對風險的善後與預防，必要時亦須介入。兩個方面，經營者及政府監管部門，對於博彩業所帶來的繁榮昌盛及可能造成的負面影響，即利與害，都應有充分的估量。須承擔責任，興利除弊，將其危害降到最低程度。但是，兩個方面的工作，比起博彩業的蓬勃發展，仍相對滯後。這是應當引起重視的。

3　大中華的背景，全球化的視野

新世紀的文化産業，肩負著傳承與創新的使命。而傳承與創新，其著眼點，應放在溯源與接軌上。澳門歷史文化遺産，承載著人類的精神和思想。既是中華文化的一個組成部分，又是中西文化融合的産物。對之管理和保存，或者重新加以詮釋，除了必須與商業發展、博彩業發展取得平衡與互補外，尚須處理好幾個方面的關係，諸如内地與澳門以及東方文化與西方文化的關係問題。澳門文化産業的傳承及創新，既須傳承中華文化之傳統，又須於民族文化的承繼上，利用自身所具備的中西文化融合的特色，進一步與國際接軌。

①　傳承中華文化之傳統，提高産品質素

澳門回歸祖國，實現一國兩制。在政治層面上，須擺正中央人民政府和特別行政區政府的位置，明確其相互間的關係；在文化層面上，同樣也當擺正中華傳統文化和特區文化的位置，明確其相互間的關係。比如，有澳門研究中心，應當也有中國研究中心（國學研究院）；

有澳門文學研究，應當也有中國文學研究，包括唐詩研究以及宋詞研究。又比如，一年一度的藝術節、音樂節，既有來自西方具國際水準的演出，亦當引進東方古老的戲曲或雜技。既要與國際接軌，亦當原始要終，溯其本源，不能忘記自己的老祖宗。兩相脱節，無論與國際脱節，或者與自己的傳統脱節，都將成爲無本之木、無源之水。新世紀的文化産業，所謂在普及的基礎上提高，在提高的指導下普及，就當將古與今以及中與外的關係擺正、擺平；政府制定政策，分配資源，亦當注重兩個方面的平衡。只有這樣，方才有利於多元、和諧文化的發展，亦有利於多元、和諧社會的建造。否則，只是朝著一個方向發展，有的項目資助，有的不資助，所提供的文化産品，就不一定能够走出澳門。

二〇〇〇年七月六日，澳門大學中文學院舉辦中華詞學國際研討會。北美、韓國、新加坡以及兩岸四地專家、學者三十一人與會，提交詞學研究論文三十餘篇。這是澳門回歸祖國後，所舉辦的第一次關於中國文學的專家級國際會議。研討會以中華文化的一個重要分支中華詞學爲主題，探討文化傳承及與國際接軌的問題，爲提高文化産品質素，增强推動力量。

二〇〇六年十一月二十一日，澳門大學社會及人文科學學院舉辦中國文學現代化進程國際學術研討會。應邀代表，來自日本、中國内地以及臺、港、澳地區，計六十餘名，多數在文化、哲學、古今文學以及比較文學領域，具有卓著成績。這次專家級的國際學術會議，以現代化進程爲主題，探討全球化背景下，中國文學發展的困惑與機遇，爲提高文化産品質素開闢路徑。

二〇〇六年十二月六日晚，中國京劇藝術團應澳門中華文化藝術協會之邀，在澳門文化中心首演《楊門女將》。

二〇〇八年十月二十九日至三十日，廣州工人醒獅協會應邀來澳，於「慶回歸曲藝慈善晚會」作醒獅表演。

事實證明：對於當今文化産業的創新及發展，中華傳統文化，包括古今文學，以及古老的藝術及民間技藝，都可提供有益的借鑒。

② 發掘中西融合之利，開拓國際市場

由於歷史原因，澳門文化既與中華文化有著不可分割的血緣關係，又與葡萄牙文化産生深厚的聯繫。澳門的建築、餐飲、語言與民俗文化，無不受到葡萄牙的影響。澳門的土生葡人社群，是在中國人、葡萄牙人與多個國家民族接觸、通婚的基礎上形成的，其族群文化體現了多元文化融合的特色，也構成澳門文化的一種重要特徵，應予以珍視、保存與發展。

回歸至今，澳門與葡語國家的往來不減反增，有關文化交流活動非常活躍。每年舉辦的「葡韻嘉年華」，是澳門葡語社群全力參與的重大項目。活動通過葡語國家的文藝表演、特色美食、手工藝品展銷及傳統遊戲等，向市民及來澳旅客推介葡語國家或地區文化。

二〇〇六年十月七日至十一日，「第一屆葡語國家詩人與中國詩人對話」在澳門舉行，來自葡語國家葡萄牙、巴西、安哥拉等國家的詩人、詩評家，與中國詩人就漢語詩歌與葡語詩歌相關問題進行討論與比較研究，是中葡文化深層交流的一種體現。

澳門中西合璧、多元而獨特的本土文化，既有利於澳門發展爲中國與葡語國家的溝通橋梁，也具有巨大的社會價值與經濟價值。應充分運用到文化建設之中，以建立城市品牌；並進一步結合商業活動，設計、創作具有澳門特色的文化產業，開拓中國與國際市場。

（三）短暫與永久，傳承與創新

文化產業，既是發展理念，又是一種產業實體。其間，物質、非物質，有形、無形，界限並不怎麼分明。於具體運作，形下、形上，也不太容易把握。如過分强調物質，只顧功利，或者不重物質，只尚空談，都可能出現偏差。就澳門的歷史文化遺產而言，其自身既有有形與無形之分，對其認識及實踐，自然而然，也就有形下與形上之别。發展文化產業，不能只是執著於看得見的功利，追求短暫效益；亦不能一味追求創新，忽略傳承。必須從實踐和理論兩個層面，正確處理好短暫與永久以及傳承與創新的關係，善用資源，於傳承中求創新，澳門文化產業，方才更上層樓。諸多問題，尚待政府部門、相關業者及社團組織通過學術研討等方式，以獲得共識。

原載郝雨凡、吴志良主編《澳門藍皮書》，北京：社會科學文獻出版社，二〇〇九年四月第一版。

施議對主要著作目録

詞與音樂關係研究

北京：中國社會科學出版社，一九八五年七月第一版。

北京：《中國社會科學博士論文文庫》本，中國社會科學出版社一九八九年四月第二次印刷。

北京：中華書局，二〇〇八年八月第一版。

人間詞話譯注

南寧：廣西教育出版社，一九九〇年四月第一版。

臺北：貫雅文化事業有限公司，一九九一年五月初版。

唐宋咏懷詞選

南京：江蘇古籍出版社，一九九一年八月第一版。

唐詩

香港：三聯書店(香港)有限公司，一九九五年五月第一版。
臺北：書林出版有限公司，一九九六年七月第一版。

博士之家

澳門：澳門中華詩詞學會，一九九六年十二月第一版。

古詩今繹

澳門：澳門日報出版社，一九九六年十二月第一版。

宋詞正體(《施議對詞學論集》第一卷)

澳門：澳門大學出版中心，一九九六年十二月第一版。

胡適詞點評

香港：香港文學報出版公司，一九九八年十二月第一版。

辛棄疾

香港：三聯書店(香港)有限公司，一九九九年三月第一版。

今詞達變(《施議對詞學論集》第二卷)

澳門：澳門大學出版中心，一九九九年九月第一版。

唐宋詞解賞

澳門：澳門中華詩詞學會，二〇〇一年五月第一版。

施議對詞學論集

哈爾濱：黑龍江教育出版社，二〇〇一年十月第一版。

當代詞綜（四册）

福州：海峽文藝出版社，二〇〇二年九月第一版。

辛棄疾詞選評

上海：上海古籍出版社，二〇〇二年十月第一版。

人間詞話譯注（增訂本）

長沙：岳麓書社二〇〇三年九月第一版。

長沙：岳麓書社二〇〇八年十二月新一版。

長沙：岳麓書社二〇一二年八月無障礙本第一版。

古詩一百首

長沙：岳麓書社二〇〇六年一月第一版。

長沙：岳麓書社二〇一一年一月新一版。

胡適詞點評（增訂本）

北京：中華書局，二〇〇六年七月第一版。

李清照全閱讀

香港：三聯書店（香港）有限公司，二〇〇六年八月第一版。

詞法解賞（《施議對詞學論集》第三卷）

澳門：澳門大學出版中心，二〇〇六年九月第一版。

文學與神明

香港：三聯書店（香港）有限公司，二〇一〇年五月第一版。

北京：生活·讀書·新知三聯書店，二〇一一年五月第一版。

唐詩一百首

長沙：岳麓書社，二〇一一年一月第一版。

宋詞一百首

長沙：岳麓書社，二〇一一年一月第一版。

納蘭性德集

南京：鳳凰出版社，二〇一一年十二月第一版。

饒宗頤，志學游藝人生

澳門：澳門特別行政區政府文化局，二〇一五年七月第一版。

圖書在版編目(CIP)數據

濠上偶語：施議對學術隨筆／施議對著. —上海：上海古籍出版社，2015.11
(施議對論學四種)
ISBN 978-7-5325-7739-2

Ⅰ.①濠… Ⅱ.①施… Ⅲ.①詞學—詩詞研究—中國—文集 Ⅳ.①I207.23-53

中國版本圖書館 CIP 數據核字(2015)第 178484 號

ISBN 978-7-5325-7739-2

施議對論學四種

濠上偶語：施議對學術隨筆

施議對　著

上海世紀出版股份有限公司
上　海　古　籍　出　版　社　出版

(上海瑞金二路 272 號　郵政編碼 200020)

(1)網址：www.guji.com.cn

(2)E-mail：guji1@guji.com.cn

(3)易文網網址：www.ewen.co

上海世紀出版股份有限公司發行中心發行經銷

江蘇金壇古籍印刷有限公司印刷

開本 850×1168　1/32　印張 11.25　插頁 7　字數 231,000

2015 年 11 月第 1 版　2015 年 11 月第 1 次印刷

ISBN 978-7-5325-7739-2

I·2952　精裝定價：48.00 元

如有質量問題，請與承印廠聯繫